人工少女

[马来西亚]

龚万辉

著

本书中文简体字版由宝瓶文化事业股份有限公司独家授权出版
版权合同登记字号：图字：11—2024—533

图书在版编目（CIP）数据

人工少女 /（马来）龚万辉著. -- 杭州：浙江文艺出版社，2025.7. -- ISBN 978-7-5339-8005-4

Ⅰ．I338.45

中国国家版本馆CIP数据核字第2025H5V344号

统　　策	王晓乐	封面设计	wscgraphic.com
责任编辑	丁　辉	内文绘图	龚万辉
责任校对	唐　娇	营销编辑	詹雯婷
责任印制	吴春娟	数字编辑	姜梦冉　诸婧琦

人工少女

[马来西亚]龚万辉 著

出版发行	浙江文艺出版社
地　　址	杭州市环城北路177号
邮　　编	310003
电　　话	0571-85176953（总编办）
	0571-85152727（市场部）
制　　版	杭州天一图文制作有限公司
印　　刷	浙江全能工艺美术印刷有限公司
开　　本	787毫米×1092毫米　1/32
字　　数	215千字
印　　张	11.75
插　　页	2
版　　次	2025年7月第1版
印　　次	2025年7月第1次印刷
书　　号	ISBN 978-7-5339-8005-4
定　　价	68.00元

版权所有　侵权必究

似是故人,仍是少年

◎黎紫书

为给龚万辉这本书写序,我上网去搜索材料,惊觉他的第一部集子《隔壁的房间》(2006年,宝瓶文化)居然也是我写的序文。

那可是近二十年前的事了。二十年,够我把"给龚万辉的书写过序"这事忘得一干二净。甚至,在看见那些从序文中摘下来被人引用的句子时,我也觉得它们十分陌生,一点认不出自己的手笔。

即便如此,我却不曾动念,想要把那篇二十年前的稿子找来看看。我不想被过去的自己影响我今日对《人工少女》的看法。毕竟过去二十年我又多读了些书,无论是个人创作观,抑或是对文学的见解,都颇有些翻新,而龚万辉,这些年想必也变化良多。

对于龚万辉的文字,在《人工少女》之前,我印象最深刻的是《隔壁的房间》。这部作品在2004年赢得第二十六届联合报文学奖散文首奖。既为散文,便不以故事和情节取胜,而"房间"此一设置,对于美术学院出身、有着画家身份的龚万辉而言,恰似画框一般,本身有种定格的效果,特别适于他发挥。在那一篇散文里,我见识到龚万辉用忧伤华美的笔触轻描淡写,仿佛用水彩画法描绘流失在时光中的莫以名状之物。那些文字的质感,与他所擅长的绘画一致,都透着一种幽寂、感伤的物哀之美。

文字之美倒是其次,真正让我留下印象的却是别的——在那一篇本该归作非虚构作品的散文里,第一人称叙述者"我"被家人唤作"阿鲁"。可作者明明是龚万辉(现实中被朋友昵称为"阿半"),与"阿鲁"这名字八竿子打不着。这使得作品有了种虚构的味道,读来疑幻疑真,不知该把它当散文抑或小说看待。

这位阿鲁是个孩童,他在自己的房间里,隔着一道墙板窥探病重的哥哥,懵懵懂懂地经历了至亲逝世的伤痛。二十年后,阿鲁在《人工少女》里出现了。从一篇三千字的散文移居到一部十五万字的小说,"阿鲁"已为人父,有个儿子,而且身世背景也与散文里的阿鲁不尽相同（这一回，哥哥不是病逝了，而是到山里加入游击队）。虽说文本的空间扩大了五十倍，但此阿鲁依然如同彼阿鲁，终究是人间一个孤独而彷徨的灵魂。这一回，他用针孔摄像头偷窥自囿于睡房中的儿子，看他自缚成茧，最终也像二十年前那散文中的兄长一样，于人间凭空"消失"。

不论是散文抑或是小说，龚万辉的书写总着重于空间感。这些空间，无一例外地幽闭、荒凉，甚至带着一股荒诞的味道。做人工受孕的诊所里给男士自慰射精用的小房间，让男童目眩神迷的玻璃球里飘雪的世界，少女与老师一起冲洗照片的小暗房，被废弃后唯有硅胶人偶留守的旅馆房间，学校囤放生物标本的密室，大学美术系摆放了许多雕像的地下课室，废楼底下积水成池的停车场，晚间捷运独剩一人的车厢……即便写的是一座城市，那也是大瘟疫后遭弃、逐渐归还给蛮荒的群楼与街道。

虽未长期追踪龚万辉的作品，但我轻易认出来了这种空间感。他到处在"画地为牢"——即便是试衣间那样的一间斗室，它所承载的虚空与失落，与整个宇宙等量。二十年前的孩童阿鲁，而今变成了马共游击队员的弟弟，瘫痪妻子的丈夫，跨性别者的父亲，终日游走于废城、捕捉被遗留在时光里的虚拟怪兽的老者……而他依然困惑于人们的"存在"

与否。

为了确认自己对《隔壁的房间》的印象无误,我把这篇文章翻出来重看。没想到开篇第一段便让我赫然一惊:

> 在我的记忆里,那些整齐陈列的房间,像时钟上刻画的间隔那样依偎相连。秒针逐一巡过每个房门,在环形的长廊上留下了渐行渐远的跫音。我有时会以为自己仍然躲在幽暗的某处,脸颊紧贴墙壁,屏住呼吸倾听着隔壁细微的声响。滴答。一如我七岁的安静时光。
>
> 像是凝固在记忆里的时间标本,我仍清晰地记得那一年,我拥有了第一个属于自己的房间⋯⋯

就这么百来字,竟如预言一般,预告了二十年后诞生的《人工少女》。这部长篇由序章《一趟旅程》开始,接下来便由十二个房间组成,正好与时钟上刻画的十二个间隔应和。我用"组成"而不是"串连"这个词,因为这十二个房间尽管在结构上依偎相连,实际上又像旅馆一样,每个房间里的人都坐落在孤独自闭,别人难以进入、自己也无法走出去的小宇宙里,各自飘浮于不同纬度的零重力之境。

我很难说《人工少女》里有一个"故事",显然作者志不在此。事实上,故事是一个小说最低阶,却又不能或缺的层面。龚万辉写他生涯中的第一部长篇，像是越级打怪，不以故事为引，而是以一种贯彻始终的美学特质——一个深度"i人"的忧伤，贯串十二个房间，将其中似有关联却又不完全契合的人物勾连起来。

是的，一个彻头彻尾的"i"人。即便从未见过龚万辉本人，在逐一走入书中十二个房间时，也多少能洞察出来作者那旁观者（可能也是偷窥者）的人格。他是那个十指交叉，坐在一座微缩模型房子前的"造屋者"。小说里的人物——阿鲁、惠子、直树、星野……他们若抬起头来，透过揭了一半的房顶往上看，也许会看见作者在睥睨众生。他们不会知道，自己实际也是一个小人偶。而"人偶"在这里并无贬义，因为在《人工少女》里，人偶无处不在，而血肉之躯与塑料做的身体之间并没有明确的界线。

你知道吗？那些假人模特儿其实是用真人做的。

——《第二个房间：换取的孩子》

小说里的第一人称叙述者，供述自己少年时曾沉迷计算机游戏《模拟城市2000》。他推动鼠标，花许多天工夫建造一座未来感十足的城市。而在"以四十五度俯角"（不止一次，小说里把这种视角称作"神的角度"）注视自己创造出来的盛景时,生出欲望,想要按键召唤洪水、地震,或其他灾难,亲手将城市毁灭。

当我们目睹整座城市毁灭的同时,其实也有一种不可告人的痛快?

——《第五个房间:模拟城市的暂停时间》

读这本书,我很难不去关注阿鲁,半是因为他的名字让我想起故人,另一半原因是,在这部长篇里,他是极少见的会成长、变老的人。其他的人物——纵然岁数在长,却被作者处理成某个冻结在时光中的模样,始终有一种挥之不去的"少年感"。即便是带着人工女儿亡命天涯的"我",一路上追忆似水年华,不断说着眼前这废墟的前世今生,且频频用上"在我的年代""好多年以前""许多年以后"这种老人的语言……但叙述者本身始终年龄不详,口吻不变,倒透出一种厌世少年独有的"其实一切毁灭了都无所谓吧"的绝望感。

只有阿鲁,真从孩子辗转变成了老人。

那些没变老的,很多都在年轻时死了。而事实上,龚万辉从来不真的把人物"写死"。他着迷于末日这概念,时时有毁灭一切的冲动。这边厢,他动念要轰炸自己建造的城市，把它彻底毁掉，却同时在好友即将被父亲暴打那一刻，本能（怯懦？）地按下暂停键——让眼前的一切凝固于毁灭前的那一刻。

他是我见过的，最"害怕"碰触死亡的马华写作者。他总是在书写中用水彩的笔触削弱死亡的终极性，不把它处理成人生的终结，而让它成为这世间另一种形态的诞生。也许是因为犹被人眷念，那些"据闻"已经死去的人，终会在街头巷尾再次出现。他们像变魔术一样凭空消失（在女装试衣间里失去踪影，又或者化作茧消失于父亲的眼皮底下），以后换个身份（阿樱表姐×直播间的夏美、夏美×旅馆里的硅胶娃娃、直树×选秀节目里的少女练习生）继续踟蹰人间。

全书最逼近死亡，可能也是最残酷的一笔，写的是一个父亲坐在浴缸里如蜡烛溶解。

许多年以后，龚万辉对待死亡，仍然与他写《隔壁的房间》的时候一样，充满了忧伤、不甘和怀疑，始终抱着"兴许他们还会回来"的一线希望。这种对死亡的怀疑，也许能反映出他对"存在"的不信任。在这部长篇里，他像在玩计算机游戏，一再将逝去的故人召唤回来，让他们陪着"我"一起等待与面对那被预言过多少次，便落空了多少次的"末日"。

如此执拗，接近孩子气了，便是那"少年感"的来源。

龚万辉的写作，与中国读者一般知道的马华作家是如此不同。他代表的是马华文学的另一个向度。比起过去中国读者所接触到的马华作家，他是马华社会里的另一种成长背景的人——南马长大（与新加坡一衣带水），台湾地区留学（本土人说"轻快铁"，在他就是"捷运"），深受日本文化影响（小说里的人名大多十分日本化），接受过马华文学竞赛圈的考验（马共和雨林书写是必考题）……读他的作品，我猜想会让许多对马华文学抱持刻板印象的中国读者感到惊讶，或许有人因此感到失望也未可知。而这"未可知"，正是他的作品该被引进到中国出版的原因。

2025 年 4 月 1 日

目　录

序章
一趟旅程 001

第一个房间
黑色的房间 029

第二个房间
换取的孩子 059

第三个房间
猫语术 085

第四个房间
阿樱表姐 113

第五个房间
模拟城市的暂停时间 143

第六个房间
浴缸里的维纳斯 171

第七个房间
夏美的时钟 197

第八个房间
地下突击队 215

第九个房间
诸神黄昏 239

第十个房间
暗房的光 267

第十一个房间
宝可梦老人 295

第十二个房间
房间的雨林 321

后记
看不见的女儿，以及看不见的父亲 349

评论
虚构的真实 357

序章 ● 一趟旅程

·

我记得，那天早晨特别明亮。

我从一场梦中醒来，恍恍忘记了所有细节。睁开眼，床边的窗子已经亮了，还可以听见鸟类在远处的叫声。今天的早晨，似乎和昨天没有什么不同。街上开始有车子驶过的声音，阳光从窗帘透了进来，伸出手，可以把手影倒映在墙上。我从枕头底下摸出我的电子鸡，那其实只是一个蛋圆形的塑胶电子玩具，小小的黑白荧幕里，有一只像素粗糙的小鸡伏着睡觉。我必须等它醒来，然后再喂它一点吃的。

房间的门这时咔嗒一声被打开了，父亲从门口探进头来，我赶紧把手缩回被子，闭着眼睛假装还在睡，父亲似乎看了一会，又轻轻把门关上了。

闹钟还没响，但父亲似乎很早就起床了。我可以从门底缝间，看见父亲在客厅里走来走去的影子。然后窄窄的影子停留在我的房间门口，站了许久。父亲终于又打开了房门，走到我的床边，伸手把我摇醒。

"快起床。"父亲说，"不然就赶不及了。"

明明未到上学的时间，但父亲却说，今天不必去学校了。快点换衣服，跟爸爸出门。我心底欢呼，只要可以不去学校都算是好事。随随便便刷了牙，换着衣裤，听见父亲掏出钥匙打开了大门。我急急忙忙跟了出去，套了拖鞋才想起什么，说等一下，又跑回房间，把枕头下的电子鸡收进了裤袋。匆匆瞄了一眼，小鸡仍然躺在那蛋圆形的容器里面，不曾被任何躁动惊醒。

父亲的车子已经老旧了，那是一台白色的 Nissan Sunny，扭开了引擎，像是唤醒沉睡的巨兽，发出巨大咆哮。车里的收音机正播放一首流行歌曲，冷气口呼呼作响，掩盖了音乐的细节，让一切听起来都含含糊糊的。车子行驶着，我坐在父亲旁边，看着风景从眼前趋近而逝。望后镜上挂着一串佛珠，和一个戴着竹蜻蜓的小叮当。小叮当是我挂上去的，原本是麦当劳儿童餐的赠品，我随手挂在车上，竟然就一直挂着。那玩偶的一身蓝色已经被阳光晒到泛白。随着车子行进，佛珠和小叮当一路晃荡。望后镜里有一双父亲的眼睛，直直望着前方。细细的皱纹缠绕着父亲的眼睛，像是网住了一只鱼。父亲一贯静默不语。

车子开进了加油站，父亲摇下玻璃窗，向加油的工人说了什么，那个印度工人熟练地把油缸的盖子打开，把油嘴伸进车子里。父亲下车到柜台交钱，让我在车里等他。趁父亲不在，我把电子鸡从口袋掏出来。小鸡已经醒了，在荧幕里来回踱步。我必须一直守着它，如果放着不理，小鸡会拉出一堆大便。如果忘记喂食，小鸡就会静默而孤独地死去。那死亡是真实的。死亡是不可推翻的。荧幕上会出现一个小小的十字架，代表小鸡已死，而你不管怎样都无法把它唤醒了。

许久父亲才从加油站的贩卖店里出来。他捧着一大堆东西，把鼓鼓的塑胶袋丢到后车厢。我看了看，袋子里有三支大瓶装的矿泉水，一整条吐司，以及杂七杂八的罐头、饼干、啤酒和快熟面，还有父亲开长途车的时候，用来提神的喉糖。我曾经趁父亲不注意，偷吃过一颗，被那极辣的薄荷味呛出眼泪。

我看着这些东西，仿佛要去野餐或露营那样，心想我们应该是要去很远的地方。父亲调整了一下望后镜，踩了油门，车子喷出一阵畅快的黑烟，慢慢离开了我们的城镇，开上了县道。

当时的我恍恍未知，那其实是一次逃亡的旅程。

许多年后，亲爱的莉莉卡，我总是一再想起，当时和父亲一起在车里，不断在曲曲折折的公路上前进的那些光景。窗外的风景往后流逝，渐渐地看不见那些店屋和电线杆。车子背离了繁华的市镇,穿过橡胶林和油棕园,路边不时闪现一两座马来人的高脚屋,运气好的话,可以看见那些放养的黄牛或山羊,在路边低头吃草。车子经过它们的时候,它们会抬起头来看着我们,眼睛清澈而明亮,仿佛我们闯入了它们浮泡的梦境。我总是趴在窗镜前,想再看清楚一点,车子却已经把风景抛远了。

有时车厢冷气不冷,父亲会把车窗绞下,让路上的风灌进来,把我和父亲的头发都吹乱。有时父亲也会停下,拿出一台富士牌的傻瓜相机,对着眼前的空景按下快门。我不知道父亲到底在拍些什么,但拍照的父亲让我有一种其实我们正在假日旅途中的错觉。

车子在路上开了许久,父亲把车子停在路边,让老旧的引擎冷却一下。公路旁有一座巨大的电讯塔,红白色的铁条交错,高高地伸向天空。天空飘着几朵白色的云,我必须用手遮住耀眼的阳光,才能看见塔的顶尖。父亲下了车,走到电讯塔后面的草丛里。我跟在他的身后,看着父亲站立的背影。父亲背对着整条公路,不顾其他经过的车子,扯开裤带,拉下了拉链,就往草丛深处小便。

我在父亲身后,隐约以为自己在草地上看见了父亲伸出鸡鸡的影子。但其实我只看见父亲胯间的水滴映着光,伴随绵长的滋滋通通的撒尿声。我觉得非常丢脸,总觉得路上疾驶而过的人们都在看着我们。在艳阳底下，父亲仍然站在那里似乎永远都尿不完……

莉莉卡，请容我不断向你复述这些琐碎的细节。

我们必须把这些细节都串起来，寻找回当年的那条路线，在折痕破损的地图上指认出我曾经到过的地方。莉莉卡，我必须带着你，依着这条无人知晓的逃亡路径，离开这座被瘟疫渐渐侵蚀的城市。这座城市已经不再需要神的存在。然而我却一直想不起来那趟旅程，我和父亲最后抵达的目的之地。我只记得那些路上不断重复的油棕园、椰子树、马来高脚屋，以及路经石子小路，跨过了那些不同名字的河溪。

我们离开了一座城镇，又进入一座城镇，那之间的路途几乎都一模一样，以至我不断怀疑我们其实只是一直在鬼打墙，困锁在一段重复回转的片段，怎么都走不到下一个场景。

或许那更像是困在一个行走的钟里，以为过了十二就是十三，但不知怎么地又回到了一的起点。

像父亲曾经告诉过我的，我们的家族总是莫名其妙卷进时代的那些大迁徙之中。他小时候跟随整村人遗弃了原本的老家，为了隔绝马共而被英殖民政府强行集中在拥挤不已的"新村"里。以为只是短暂生活，过几天就可以回来住处，或许是大家为了搬迁忙成一团而终究忘记了,竟没有人想过要把一只名叫多多的老狗一起带走。而几个月后,终于领到英政府发下来的通行证,家人回到那无人的屋子看看,原有的木板隙缝竟钻出了攀缘的植物。推开了门,看见门口一堆白骨和未及腐化的褐色毛发,而木板门上皆是一道一道狗爪划出来的凌乱交错的爪痕……

又或者更早,父亲尚未出生的年代,我的祖父其实只是被同乡人哄骗,从遥远的北方只身渡海而来,抵达这座其实没有传说中那么美好的南洋半岛,而无法预想自己终将一生困顿于此,再也回不去出生之故土。

有时候,父亲会在行进的旅程里,或者我们停下来休息的那些破烂小旅馆里,告诉我这些失去了细节,而里头的人物皆面目模糊的关于逃亡和迁徙的故事。但总有太多破碎不已的情节,看不见一个时间的全貌。我们似乎只是站在那故事尚未完结的省略号上,从一个一个间隔的小圆点,跳到下一个圆点……

像那些我们短暂停留过的房间。那些房间都像是在时间河流里突起的石头。

我总会想起这些。九岁那时候,跟随着父亲身影的流浪时光。我们似乎总是在旅行。父亲开着车，在半岛南端不同的城镇之间游荡，住进不同的小旅馆里。那之中有一种稍稍脱离了现实的虚浮感（或许是因为大家此刻都在学校里而只有我不必去上课），以及像是偷来的时间，那么不可告人。但不知为什么，只是小学生的我，却都是坐在父亲旁边的助手座。那辆车子就像是父亲和我的容器。车上总是两个人，非常奇怪，那是母亲恒常缺席的印象。

这么多年过去，我已经想不起我和父亲到底去过了什么地方，那些地名、路名皆不复记忆，但却依稀记得那些我们住过的旅馆房间。

那一律是小镇上的老旧旅馆，并不是现今那种灯光明亮而陈设现代的星级旅店，或近年流行起来的那种个性独特的民宿。那比较像是时差的结界，一切的事物皆已不合时宜。那种廉价的小旅馆，都有一种陈设相仿的格局和气味。灰蒙蒙的玻璃百叶窗、墙头上几何图案的通气孔、塞子用破布缠着的热水壶，以及起了毛球、摸起来粗粗糙糙的凉被……而守住柜台的皆是穿着背心的秃头男子，或者打瞌睡的老阿姨。往后我在王家卫的电影里，看见梁朝伟和张曼玉，窒在小房间里暗渡彼此情欲，突然觉得好熟悉，而忧伤地想起我也曾经置身在那样光度幽暗的房间里。

我记得和电影一样，总要穿过一道小门，走上铺满了小方块瓷砖的楼梯，到二楼才会看见房间。而楼梯口总会有陌生的女人，不知从哪里钻身出来，要向父亲招徕。她们皆是颓萎老去的女人，用厚重的眼影和口红仍掩盖不住衰老的痕迹，只有文眉留下两条灰灰蓝蓝的色彩，不曾因为岁月而褪色，如今却显得非常突兀。然而不知为什么，她们现身而对父亲注目许久，但只要一看到父亲身后的我，她们就会黯然退却，退到刚才她们原本隐身的隙缝之中。

每一次，父亲在进入旅馆的房间之前，一定都会先在门上敲两下，才打开门。这样恍若仪式的动作，仿佛是为了提前告知原本在房间里的什么，我们擅闯于此的歉意。我长大之后，不知不觉延续了这个习惯。有一次我带着年轻的妻，为了庆祝某年的情人节而特地去订了一晚的昂贵饭店，当我们微醺跟跄，说着笑话来到预订的房间门口，少女妻看着我预先敲门而一脸不解："你不觉得这样很怪吗？"

但那些房间本来就是借来的，时间的容器，莉莉卡。

我们倒数计时，而在预订的时刻之前柜台就会打电话来，提醒你时间到了。时间到了，请问要退房还是续钟？那些被我们欢快弄湿的床单，满地的零食屑，那些随便丢在垃圾桶里的安全套，在下一个住客入住之前，一切都会被抹除、消失，像杯子里的水被倒掉，整个房间又会变回原来的样子，仿佛什么都不曾发生过一样。

所以当我和父亲走进了那些不同的房间之后，我都会偷偷地在最隐秘的地方留下一个记号。比如说，在抽屉的最深处粘上一张卡通贴纸，在床和墙的隙缝间塞一根牙签，或者，在窗框上用原子笔画一个图案……我祈望这些只有我一个人知道的细节，会逃过打扫阿姨的目光，会被所有住客遗忘而一直不被发现。仿佛这样，便可以留下我们曾经停滞于此的证据。

这是连父亲也不知道的事。

所以，莉莉卡，许多年以后，当我们终于回到这座被遗弃的旅馆，当我们踩过那松落的小瓷砖，而在脚底不断响起咯啦咯啦如牙齿相碰的声音，你看着一切腐朽、颓败，而疑惑不解的时候，我想告诉你的是，它本来不是这个样子的。

莉莉卡，我和你走在灰暗而狭窄的走道，所有人早都离开了。那些旅馆房间的门，有些仍然紧闭，有些半掩半开。再也没有人去清理尘埃。床褥和枕头被屋顶漏下来的水滴浸染，仿若肥沃而潮湿的土壤，长出茂密而色彩妖异的菌类。空气里似乎充满着看不见的它们的孢子，被我们吸入鼻孔，吸入身体里面。而我们犹如考古学者在古文明的遗址以柔软的刷子轻抚那些神秘石雕那样，伸手抹去房门上摇摇欲坠的门号。

"快到了。"我对你说。

走了许久,整座空去的旅馆只有我们的脚步声。我推开了一扇门,看了看里头。没错,就是这里。我带你走进那个房间,梳妆台的镜子已经破了,地上一堆玻璃,每一枚镜片都倒映出我们的身影,仿佛千百的我们都被困锁在这里。

我伸手把厚厚的窗帘掀开,却不小心连着整个松脱的窗帘架一起扯了下来,扬起一阵灰尘。你掩着鼻子,挥手在鼻尖扬了几下。我叫你来看,窗帘后面露出一片灰白的粉墙,有人曾经在那隐蔽的角落里,用原子笔画了一棵歪歪斜斜的树。树上还开了几朵花。

"你看,我没有骗你。对不对?"

这个房间曾经是我和父亲穴居的岩洞。

一九四〇年,法国多尔多涅省的几个少年,带着一只名叫罗伯特(Robot)的小狗在森林里玩。他们的狗因为追逐野兔而不小心掉进了一个洞穴里。为了救出小狗,少年们扒开洞口的泥石,钻身走入了那个岩洞,借着微弱灯火,他们抬起头却愕然发现岩洞四壁皆是巨大的壁画。

岩洞里有人留下了万年以前狩猎的壁画。那在美术史上谜团一样的手迹，被视为人类艺术创造的开端。如何想象呢？在文字出现之前，甚至在语言出现之前，就有人类以矿石烧成红色的颜料，而以木炭为黑，用了非常写实、精确的线条，刻画出了古老年代的那些野牛、长着犄角的巨鹿，以及马群奔腾的情景。而那些动物皆在奔跑中定格，四肢的动作、拉伸的肌肉皆栩栩如生……

莉莉卡，我第一次听到拉斯科洞窟壁画的故事，是在中学的美术课室里。老师关掉了课室的灯，仅留下幻灯机明亮的投影，一张一张切换那些翻拍的照片。老师的脸重叠在那远古的壁画之上，在那昏暗的课室里，有一种恍若回到洞窟，祭司举着火把的样子。但班上的同学其实都只是在打瞌睡而已。而我那时想的却是，那只奇怪地被命名为"机器人"的小狗，到底最后有没有被救出来？但似乎没有人在乎这个，它就这样，无声无息地消失在那个充满了谜团的岩洞之中。

在秘密还没有揭开之前，在这个世界还没有崩塌之前，我和父亲曾经躲藏在那个岩洞里。

父亲进了门，就转身把房间上链锁好。似乎只要这样，就可以隔绝外面的世界，也让所有人看不见我们。我们总是在房间里不自觉就耗费了大半天的时光。父亲把旅行袋丢在地上,打开电风扇,就拉了一张椅子坐。为了让不断踩离合器和油门而疲惫酸痛的脚歇一歇,他又拉了一张椅子,把双脚搁在上面。父亲从口袋掏出了香烟盒,叼了一支烟,打火机却扣了几下才点着。父亲把自己的脸藏在烟雾底,有时他会浮现出来,抬头喝一口啤酒。父亲皱了眉,我想是因为那啤酒难喝。我们从加油站买来的东西,整个下午都在后车厢里闷住,连矿泉水都变得温热了。

而我坐在房间里唯一的床上,扭开了电视看新加坡电视台的卡通节目。只有这个时候可以一直看电视而不必理会时间。父亲坐了一阵,把钱包掏出来看了一下,从里头抽了一张五块钱的纸币,要我下楼去帮他买打火机,找的零钱就归我了。我当然愿意。跑到楼下的杂货店,为父亲买了打火机,逛了几圈,才决定给自己买一盒踢踏糖(Tic Tac)。回头走上旅馆的阶梯,回到房间的时候,却没有看见父亲。走到厕所看看也没人,椅背上倒是搁了一件汗湿未干的短袖衬衫,衣角随着风扇吹拂而不断摆动着。

我躺在床上,用拇指打开踢踏糖,模仿父亲亮起打火机的手势,却一不小心把大半盒的糖果都撒在床上。幸好父亲不在,要不然会被他责骂。我坐在床上,把那些五颜六色的小糖果一枚一枚拈起来,有些装回了盒子里,有些放进口中。一口含着好几颗糖,舌尖其实分不出那各种颜色代表的不同味道，嘴巴里都是甜甜融融的。

父亲不知去了哪里，还没有回来。为了看时间，我把电子鸡从裤袋里掏出来。液晶荧幕上那只小鸡因为太无聊而打盹了，呼出一个一个的Z字。我摇了摇想把它唤醒。起来吃东西啊。我按了喂食的按键，小鸡就醒来了，低头啄食地上的食物。但从小荧幕里看见的，那些所谓食物，其实也只是一些黑色的小方块罢了。

那时的我非常沉迷在饲育一只虚构的小鸡这件事上，觉得没有什么比这件事更重要了。那蛋圆形的塑胶游戏机，就是那只小鸡的容器。小鸡只能活在那里，或者，我想象小鸡活在那黄色的塑胶蛋壳之中。

莉莉卡，有时候我也觉得，房间就是一种容器。

一座城市是容器。一座森林也是容器。故乡是容器，异乡亦是。有时记忆就是最大的容器，只要把自己装进不同的容器里面，也许慢慢就会有了不同的形状。

也许父亲在逃避的，就是这个——害怕自己变成一个固定的形状。

所以父亲总是带着我旅行。我曾经跟随着父亲在一座一座城镇之间落脚又离开。我们住进不同的房间，打开了一扇一扇不同的门。我们去了很多地方，又仿佛哪里也没去。父亲的旅行目的，似乎只是为了住进不同的房间里，而不是为了房间之外的景色。后来，像是可以预知每一次的迁徙，我们不买多余的东西，保持行李的轻盈。父亲丢弃也捡拾，像是一直在钢索上保持着一种歪歪斜斜、摇摇晃晃的平衡感。那时候我才九岁而已，历经不断的出走仿佛让我慢慢地长出了非常坚硬的外壳，就像养着电子鸡的卵圆形的塑胶容器，如果把它拆开来看的话，除了那么简陋的电路板和螺丝钉，其实没有人知道内里真正隐藏的到底是什么。

一如我第一次见到你的样子，莉莉卡。

那时的你躺在一个坚固的玻璃舱之中。隔着那层玻璃，你赤裸身体，因为皮肤不曾被日光灼晒，而瓷白接近透明。你胸口平缓起伏，随着每一次呼吸，就自浅黄色的液体里呼出一长串的气泡。

那时候大瘟疫还没有结束，我却必须提早将你唤醒。而在此之前，我也想象过，你出生之后，我和你一起生活的各种细节——我将教会你各种不同的知识和技艺，辨认植物和动物的名称，或者在你遭受委屈的时候任你哭泣，但结果我也只能带着你不断地迁徙而已。

我重复了父亲的步履，回到那些我小时候曾经短暂停留过的地方。这些地图上突起的点，将渐渐串连成一条曲折的虚线。这是我们背离这座城市的逃亡路线图。而我牵着你，一路往南。许多车辆挤在对面的车道，只能一寸一寸地缓慢前行。那夜里皆是一点一点闪烁不停的红色的车尾灯光，一望而无际，以及烦躁不歇的车笛声。

我们在和所有车子反方向的道路上疾驶，依着卫星导航躲过了警察和军人的临检站，开下交流道，而转进路灯稀疏的乡野小路。那些小路皆弯弯曲曲，即使打直了车灯，所见的只是道路两旁的草丛和树木，更远仍然是无垠的黑暗。

我弓着背，打起精神看向前方。汽车轮胎碾着小石子，坑坑洞洞，让车子一路震晃。转了个弯，突然一群牛就站在路中。我急忙踩了刹车。车灯的光照之下，那些牛仍默默吃着草，皮肤底透出明显的骨架形状。有一只红褐色的小牛犊，怯生生跟在母牛身后，又一直好奇回头望我。但路实在太狭小了，没有后退和回转的空间，我只能把车子停下来，停在牛群之中。

但它们似乎不想让开，一边慢慢蹬着脚步，一边往地上撇屎。有一头牛停下来，就站在车子前面，转过头来看着我。牛的眼睛折射着灯光，幽深而亮，像是打磨之后闪烁的宝石。

我转头看着坐在旁边的你。你在颠簸不已的路途已经忍不住疲累而沉沉睡着。

莉莉卡，你出生的时候就是一个少女。

在那个发亮的房间里，你亦如此闭着眼睛，但眼皮下的眼球仍然忙碌地滚动着，仿佛仍陷落在一个未完的梦中。但他们说，这只是意识开始蠢蠢欲动的表征。彼时的你还未曾拥有任何记忆，脑海折纹之间皆如白纸。

"这急不来，记忆只能一点一点地累积起来啊。"

那个穿着白色长袍，而被我一直称为医生的男子，在你置身的玻璃舱外，不断按动、旋转那些作用不明的按钮。我发现他的口袋里插着一支原子笔，但笔尖的漏墨把口袋染得墨迹斑斑。如今回想起来，在那个房间里的一切，都有一种先进又古老的违和感，像是七八十年代科幻电影里因应未来而任意想象出来的各种虚假而繁复的道具。仪表板上有不同颜色的小灯泡不断闪烁，以及一台老旧的打印机，发出尖锐的声音，吐出一串长长的数据报表……

莉莉卡，你即将诞生于此。我那时不能预见未来的灾难与迁徙。你即将目睹的都是人类文明最后的余晖。所有至善至美的事物，也许都将变成废墟的碎屑。但总有什么会留下来吧，一如那布满壁画的岩洞，在万年以后又再次被掀开。你如时间的容器，如一颗种子，只有你终会保存下记忆的一切。

你最初的记忆是什么？那个怪异的试验室，或者梦境之末，抓不住的模糊枝节？那巨大的玻璃舱终于被打开了，伴随着一股腥如羊水的液体流泻出来。朦胧中我看见你睁开了眼睛，然而头顶的日光灯似乎太刺眼，你把头侧过一边，软软的头发散落在肩上。但我那时其实多么心虚，手心都捏出了汗。当你如婴孩那样，一双眼睛毫无杂质和业力，侧头看着我的时候，我应该对你说什么呢？"你醒了？""呃，我是，我是你的父亲……"但我并没有这么说，我对你说的第一句话是——

"莉莉卡，请你记住，这是你的名字。"

还是让我们回到那个旅馆的房间吧。

九岁的我仍躺在床上，看着头顶的电风扇摇摇晃晃的，不由想象它会在某一个时刻掉落下来。也不知过了多久，也许刚刚不小心睡了一阵。这时听见房门打开的声音。父亲回来了。父亲走过我的身边，飘过一阵奇怪刺鼻的香味，那是陌生而廉价的女人香水或香精的味道。我故意说："你很臭。"父亲也没有回答，他脱掉了身上的衣服，脱掉了背心，转身走进房间里的厕所。我听见门后传来花洒的水声。

我打开了窗，窗外的风吹了进来，把窗帘扬起。从二楼的房间刚好可以看见行道树的树梢。而此刻似乎来到花期，那一整排树木皆疯长了粉红色的花,在风中摇晃,一朵一朵轻轻地掉落下来。满树的花朵,都遮住了树叶,看起来一片粉色。我想叫父亲来看,但父亲还在洗澡。我偷偷拿了他的富士相机,对着窗外的花树拍了一张照片。快门清脆地咔嗒一声,然后是马达拉动底片的声音。我原本以为这是樱花。"这里怎么可能会有樱花。"父亲这才告诉我说,"这是风铃木。"那是我第一次听到这个树木的名字。回头看父亲,父亲刚刚洗好澡,头发还湿湿的。他手撑着窗棂,站在微风的窗口,身影晕晕散散的,似乎也变得更轻了。

隔日一早,我们便收拾东西,把散落在房间的衣服、毛巾重新塞回旅行袋中。我趁父亲不注意的时候,在窗帘底下,偷偷用旅馆的原子笔画了一棵树。树叶上画了几朵花,然后用窗帘掩住,不让任何人发现。父亲说,不要把东西忘在这里。像是我们永远不会再回来了。然后我们走出了房间,我回头把房门轻轻关上,最后的门缝间,所有光景皆收拢成窄窄一线。

那是一个如常晴朗而炎热的下午,我们刚刚离开了旅馆,原本应该往下一个目的地走,父亲却开错了岔路。那时并没有卫星导航,是的,连手机也没有。车子渐渐离开地图上标记的那个圆点愈来愈远。我们重复走在蜿蜒的公路,路口如树的枝丫，分叉了又分叉。

莉莉卡，如果依照本来的计划，我们继续往南走下去的话，我们会来到一处海岬。那是半岛最南的地界，也是整个欧亚大陆最尾端的陆地，在地图上，像一截无用的盲肠挂在整个身体外面，此后更远便是海水和岛屿了。据说那里还特地立了一个巨大的石碑，让你知道你此刻站立的所在即是天涯海角，世界的尽头。

但我和父亲最后并没有到达那个世界的尽头。我们迷路在陌生的公路上，仿佛只是错过了一个路口便永远地迷失。我们倒退、回转，仍然走不出那怪异的回圈。父亲开始烦躁，踩刹车也踩得很用力，车子停停顿顿的，我在座位上不住向前倾。我不敢让父亲知道，我其实已经开始晕车，额头不断冒汗，已抓不住眼前摇晃不已的景物。不知走了多久，父亲终于在一个T字的岔路上停了下来，仿佛放弃了继续前行。他看见前面有个褐色的指示牌，箭头指着动物园的方向。

父亲抽了一口烟，把半截烟蒂弹出车窗外，转过头对我说："想不想去动物园？"我说好。那时的我，还没去过动物园。作文课上写的都是虚构的情节，风和日丽、人山人海、尽兴而归……但我其实没有走进过真正的动物园。

然而到底谁会在这个偏远的城镇里，建造一个动物园呢？

还真的有。许多年后，这座动物园因为一只马来虎从笼子里逃走而上了全国新闻。那只成年的马来虎在某个暗夜里,似乎因为喂食的管理员的疏失,在无人知晓的时刻,悄悄地钻出了围篱。新闻引起了城镇居民的惊恐,持续了好一阵子,人人入夜皆不出户。但那只走失的老虎却一直没有被找回来。它似乎就这样消失了,或者走入了谜团、噩梦和往后的都市传说里,一身斑纹的毛发,犹如保护色,隐身入现实和虚构之间的隙缝,变成了一个看不见的影子。

当我和父亲走进那座动物园,才发现园区并不大。围篱之中的动物,在日光的曝晒底下,皆躲在阴凉的角落里。有些低矮的篱笆,只是圈养着一些山羊、孔雀、鹿和野猪这些平凡的小动物。它们慵懒地半眯着眼睛,仿佛是我们闯进了这些动物的梦中。只有猴子浮躁地在树干之间荡来荡去,不断地尖叫。

也许不是假日,动物园里没有什么游客,而且日头也太晒了。但父亲似乎兴致很高,他仔细地阅读牌子上动物的学名和简介,不断拿起相机,拍摄它们各自的模样。他且要我站在那些围篱边,为我拍下到此一游的照片。但镜头底下的我,仍因为晕车不退而总是皱着眉头。父亲不断叫我笑。你不是第一次来动物园吗?来,开心一点嘛。他站在那端,举着相机,不断向我挥手。

后来我们来到骆驼的园区，那里刻意铺满了土黄色的细砂，种植了棕榈植物，仿佛只是为了营造出阿拉伯沙漠的背景。父亲坚持要为我和骆驼拍一张合照。但那只骆驼似乎以为我要喂它吃东西，而把头伸了过来。它肥厚的嘴唇一直在来回地咀嚼什么。它靠得很近，我甚至看见了骆驼的口涎从嘴缝间滴落下来，长长地牵成一道细丝。我非常害怕它会突然伸出舌头舔我，只好僵硬地站在那里，缩着脖子，耸着肩膀，变成一副怪异可笑的姿势。

"那不拍了，不拍了。"父亲放下了相机，似乎生气了，"没有一件事做得好。"

我仍站在骆驼的旁边，其实不知道他是在责骂我，或只是一贯地在生自己的气。父亲走了。我紧跟在他的身后，在石灰地上踩出拖鞋趴踏趴踏的回声。但父亲似乎愈走愈快，待我追上一处转角，却已经看不见他。而眼前是一个用水泥和石块砌成的巨大的岩洞。我看见洞里有一双亮绿色的眼瞳。再看清楚一点，一只巨大的老虎躺在幽暗之中，也同样正在看着围篱外面的我。

莉莉卡，我的时代的摄影术，和今天拍照如暴食的方式并不一样。那时候拍照这回事，温吞得多。按下快门之后，从镜头摄入的光，会以左右上下皆相反的影子，倒映在涂了银盐的底片上。底片必须经过药剂冲洗才能显影出来。从拍照到看到照片，其实是一段必经漫长等待的过程。

许多年后，我们走进过往的房间，那些久远的照片从抽屉深处掉落出来，掉在脏乱的地上，扬起一阵尘埃。你伸手拾起了其中一本相册，翻开里头的照片，都已经褪成红褐色，皆是一个小男孩别扭而不讨喜的怪表情。而你却惊讶于照片里那些如今已经绝种的动物，原来以前皆那样拘束而活生生地养在笼子里面……

父亲一直误会了，以为相机可以留住时间，其实到最后也只是捕捉到破碎的光雾而已。

而且，你不觉得吗？动物园本来也就是一个虚构的梦境。几百年来，从第一座动物园开始，殖民地的统治者从世界各处把原本栖息在丛林、草原或沙漠的动物，一只一只捕捉到这里来。他们把那些种类繁多的动物圈养起来，喂食它们。许多动物至此一生都只能在牢笼生活，忘却了觅食的本能。而我们围观那些原本只是图鉴上的名字或是出现在电视里的生物，皆恍恍像是梦游一样。

许多年后，我仍记得那一天，我和父亲一起逛动物园的情景。

那是我第一次看见真实的大象、长颈鹿、貘，以及那只马来虎。没错。彼时没有人会知道，那只马来虎将在多年以后展开它的逃亡之旅，永远逃离了人类的注目。而我那时候站在那里，看着它躺在岩洞之中，其实更像是一只巨大的猫，正在悉心用舌头舔理自己光洁发亮的毛发。

也没有人会知道，在大瘟疫来袭之时，再也没有人光顾小镇的这座动物园。所有人都遗忘了这里。而整座园区里的动物，困陷在上锁的牢笼之中，忍受饥饿而纷纷死去。肉食的动物开始啃食同类的尸体。更多的动物，像那只马来虎那样，用尽力气挣开了枷锁，跃过隔离的河道。一如电影《侏罗纪公园》里的那些被遗弃的恐龙，动物们后来皆离开了那座动物园，走出了人类塑造的幻梦。它们在城市的废墟生存了下来，重新体验遗忘已久的丛林法则，并且在那些无人的公寓和房间里栖身，在荒废的公路上溜达。它们占据了原本属于人类的居所，慢慢繁衍出大瘟疫时期的后代……

而我仍坐在一张石灰椅子上等待父亲。

眼前有几头大象，站在绿色池水的旁边。像一个大象家庭，有成年的象，以及仍留着稀疏鬃毛的小象。为了在日光底降温，它们用长鼻像水管一样把池水吸上来，鼻子绕成半圆，把水洒在自己的身上。它们不断挥动着鼻子，在空中喷洒出一朵一朵的水花。水滴从它们皱纹密布的厚皮又流下来,在脚下积成水滩。

大象园区里有几棵高大的风铃木。树木的花瓣,飘落在大象的身上,也飘落在池水之中。我坐在那里,看着风吹过树叶,发出像是下雨的声音。我已经一个人等了很久。父亲并没有折返回来。有一刻,我甚至以为父亲已经把我忘记了。

莉莉卡,你知道吗?父亲曾经告诉过我,大象从不遗忘。

据说大象是这颗星球上,记忆力最强的动物。它会牢固地记得此生经历的一切,巨细靡遗地,存放在巨大的脑袋之中。或者,那更像是一种可以相互串联起来的记忆体。所以大象在临死之前,会依照祖先凿刻在大脑皱褶之间的一幅路线图,脱离象群,只身走进丛林深处。它会找到那千万头象的骸骨,然后在那象牙交错堆叠的巨冢里,孤独而安静地躺下,等待死亡的最后一刻。

"那动物园里的大象怎么办?"你说,"它们已经无法离开这里了。"

这时有一群穿着校服的中学生走了过来。他们腋下夹着画板,似乎是从学校来到动物园里写生。有几个学生坐在树荫底下,把画纸摊好,就画了起来。他们三三两两地散落在不同的地方，比起刚才，动物园里多了一些此起彼落的谈笑声。

有个女生坐在我旁边的椅子上，眯着一只眼睛，手里拿着铅笔，伸向前方比画着什么。我偷偷瞄了一下，她的画纸上只有几条铅笔勾画的线条，依稀就是大象的轮廓吧。她只画了几下，就从书包里拿出一个粉红色的电子鸡出来玩。她那么专注，盯着那小小的荧幕，手指不断按动那些按钮。

"我也有一个。"我把我的电子鸡从裤袋里掏出来，在那个女生面前晃了晃。她说，借我看。我把我的鹅黄色的电子鸡让给她看。她放在手心上，按了按，又侧着头说："你的小鸡已经死翘翘了。"

我不相信，明明上午看还活蹦乱跳的，怎么现在给那女孩弄一弄就死了呢？我拿回了我的电子鸡，荧幕上的小鸡真的瘫在地上一动也不动了。它的头顶浮出了一个十字架，任我按动每一个按键，也都无法把它唤醒了。

我心底非常难过，但那个女生看着我一脸沮丧，快哭出来的样子，却在偷笑。她还问我："你一个人在这里干吗？"

我没有回答她，我并不想说我的父亲生我的气，抛下我走掉了。那女孩对我说："哎，你别担心啦。我知道让小鸡复活的方法。"

然后她把我的电子鸡拿了过去，翻过来查看什么。我看着她，从耳边的发间抽出了一枚黑色的发夹。她捏着发夹，用发夹的尖端往那个卵圆形的容器背面一个隐蔽的银色小孔戳了几秒。她甚至煞有介事地把电子鸡捧在手心里，吹了一口气，像展现神迹一样，原本死寂的电子鸡，突然就嘀嘀响了一下。

"好啦。"少女说。然后她用手指拨了拨头发，又别上了发夹。

我拿回了我的电子鸡，荧幕里是一颗蛋，微颤着，裂开了一道隙缝。有一只小鸡从蛋壳之中孵化出来。先是冒出一个头，然后身体也钻了出来。它看起来和之前死去的那只小鸡一模一样。那个穿着中学校服的少女，仿佛只是在一刻间，就如神一样翻转了生和死。那是我第一次知道，原来死亡可以如此重置——把所有累积的记忆在一瞬间消抹，但可以换来重生。

原来只是这么简单。

那只小鸡在我的面前欢快地走来走去，拍动它那小小的翅膀。它嘟着嘴巴要我喂它，那么无辜而可爱，恍若一点都不知道，在这段漫长的旅程之中，自己到底刚刚经历过了什么。

第一个房间

黑色的房间

●

　　莉莉卡，在你还未诞生的某一天早晨，我自一场怪异的梦中醒来，却已记不得自己在梦中到底经历过了什么。

　　先听见一阵聒噪的鸟叫声，恍恍起了床，掀开床边窗帘，看见一大群的乌鸦飞过。那些乌鸦掠过公寓的玻璃窗，飞远了。我看着那些黑乌乌的鸟类，鼓振着翅膀，像一个一个被拆散了部首的字，或聚或散的，聚拢成一朵蠕动的乌云，又随着风快速地变幻着不同的、妖异的形状。

　　我不曾知道此刻目睹鸦群的寓意，心底有些烦躁。下午才是复诊的时间，但心悬了一夜，在床上翻来覆去，天泛亮时才恍惚睡着，却又被乌鸦吵醒。这座城市愈来愈多乌鸦。原本也没察觉，不知从什么时候开始就无处不在，啃食人类遗留的残渣生存，繁衍成巨大的族类。

　　看去公寓外面，相对着另一幢公寓。一整面的玻璃窗口。有些窗口被布帘虚掩着，有些却开敞、透明，看得见睡房、客厅的那些陈设。阳台上总是挂着未干的衣服、内衣裤，可以由此大略推测屋子里头住了什么人。这些窗口恍如平凡人生的展示，都是扁扁的，玻璃切片那样的生活。有一次深夜我甚至看见过，某扇明亮的窗口，一对男女像日本AV演的那样，裸身趴在落地窗前，而无惧周遭透明的窥视……

也许都是一样的，莉莉卡。当我们开始数算，第一个房间。第二个房间。第三个房间……

整座公寓，那一个一个房间，就像是玻璃箱里的蚁穴，所有人都蜗居在这里，那么紧密却又陌生。有时我会想象，也许对面的某一扇窗里，布帘的背后，此刻也有人透过窗口这样偷偷看着自己。

但不会有人知道我今天要到诊所去。掩上了窗帘，我走进浴室，对着镜子刷牙，然后换上出街的衣服，咔嗒一声，锁上了房间的门。走在这座城市的影子底，就可以安好地隐身在人群之中。已过了繁忙的上班时间，坐上捷运，看着倒退流逝的城市风景，又回想起早晨那断掉一半的梦。我在梦中似乎看见眼前城市变成了一座巨大的废墟。原本高耸的公寓，被绿色的攀缘植物盘踞。梦中没有任何人，而日光却似乎格外清澈，抬头看见一群一群鸟类聒噪飞过天空——

这是这座城市未来的景象吗？像旧日那些科幻电影里一再重现的终末场景。但梦总是徒留突兀的片段而没有下文。捷运这时播放到站的播音，我想，今天又要在诊所里耗上漫长等待的时光。

总是要好久才会轮到我。

坐在诊所的长椅上,我不断抬头看墙上跳闪的数字。诊所里播放着轻音乐,但似乎因为都经历了太长的等待,所有人都沉陷在一样木然、失焦的表情里。有个孕妇从我的身边站起来,我缩了缩腿让路,看那女人扶着自己的腰,慢慢走向转角。我低头再看了看捏在手心里的号码薄纸,仿佛有什么是需要一再确定的。但其实都已经不是第一次来这里了。走进这间诊所,总有一种一切都太过晃亮的虚浮感。冰冷的日光灯,将所有事物照得光影分明,但墙上却贴满了一整列可爱婴孩的照片。不同肤色的小贝比,都开心笑着。我有时会想象,身处的妇产科诊所,此刻像是一艘远离地球的太空船,而所有人即将被送去遥远的星球,身负繁衍人类、重建文明的重任。

而我坐在那些怀孕的女人、结伴而来的年轻夫妇之中,却是孤身只影的雄性。

周遭景象里,我恍若走错了舞台场景,变成这里唯一格格不入的人。那些孕妇彼此之间都会交换一种同伴那样的会心之笑,但没有人向我搭话。我已经坐在那里许久,安静地

第一个房间 黑色的房间 | 033

等待被叫号。时间仿佛以一种星群晃过窗前的方式流失，通常从诊所出来，都已耗费了整个下午。

但今天不一样。当那个年轻护士拿着几张表格，当众问我"这三天之内有没有射精？"时，我竟像是小学生那样有些羞赧，耳根热了起来，又觉得那些坐在长椅上的陌生人都在看我。

仿佛所有人都知道了我的一切秘密。

我像课堂提问被老师点到那样回答，没，没有。护士木然地在表格上填写了什么，给了我一个小罐子，指着转角，对我说，你待会就进去那个房间。我说好。那个鲜黄色盖子的小塑料罐，上面贴着标签，用潦草的原子笔写着编号和我的名字。我把罐子握在手里，总觉得有些别扭，就把那小罐子塞进裤袋。但那个罐子却像一个掩藏不住的秘密，在裤子布料底下，恍若从体内长出来的什么一样，仍浮出一个太过明显的形状。

"所以，我们会挑选出健康、高活跃的精子，像这样，从针尖放入卵子里面……"

当我听着医生说明整个过程，觉得非常不真实。那个年轻的医生，戴着细框眼镜，用一种机械而平缓的语调（他一天大概要讲相同的话几百次吧）告诉我这些，一连串的怪异的英文简称，AI、IVF、IUI……像一颗一颗尖锐的石头逐一浮出水面。

但我当时完全无法理解那些科学字母背后的意义，又不敢多问，任由医生继续说着。我看着医生掀翻手上那些图解，想起的却是中学生物实验课观察过的那些死去的细胞标本。从高倍数的显微镜看去，那些染成了蓝色、紫色的细胞滤泡，随着镜头的聚焦而忽隐忽现，其实非常绚丽魔幻，非常像是另一个星球的景象。

当我看见一个巨大的细胞体，像宇宙孤立的恒星那样，恍如冒现着滚热的岩浆和辐射光线，那位年轻医生说，这就是人类之卵——"Egg"，那是少数我完全听懂的英文名词。

生命会由此开始，莉莉卡。从一个零开始。从虚无开始。那就是我们的卵生年代。一枚细胞突然苏醒过来，以一种亘古的方式自体分裂，一而二，二而四，四而十六……然后不断增生、堆叠，依循着那看不见的指令，慢慢长成心脏、脊椎，伸出的突触变成手和脚——慢慢地变成一个人。

——所以到了最后，我只能用这样的方法，把你召唤回来。

第一个房间　黑色的房间　｜　035

莉莉卡，我即将告诉你的，是一个关于诞生的故事，也将是一个逃亡的故事。这里也许就是你将来一直追问的来处。我明白。因为我小时候也曾经追问过自己从哪里来，却被大人苛责阻止。他们如何用神话和谎言推托，用更多的故事来掩盖故事。亚当与夏娃。人首蛇身的女娲抟土造人。或者非常敷衍地告诉你，其实你是捡回来的啦（所以从一开始就是一个关于遗弃的故事？）。

而此刻，我们必须回溯到这座城市未被匆匆遗弃的时光。在我们展开逃亡的旅程之前，我们必须来到第一个房间，伸手调转那生锈的巨大的钟，将指针拨回到一切尚未崩坏的时刻。然而，和所有关于新生的故事一样，当宇宙恍如量子那样渺小，我们回到那大爆炸之前的史前时光，诞生和毁灭其实离得很近。

许多年后，莉莉卡，如你所目睹的，这座城市在一瞬间变成了废墟。那些从水泥之中袒露出来的钢筋，被日光拉长影子。我们读取那些报废而到处被弃置的记忆晶片，而得以任意地打开了不同的房间。

在画素粗劣而杂讯雪花纷飞的映像里，你可以看见，我还坐在那里。在那间诊所里，我一个人还在等待着命运的叫号。我和那些孕妇排排坐在长椅上，变成了一排人形剪纸。

我踩着自己的影子，那是一种薄薄的、不踏实的挫败感。

有许多许多的人类之卵，此刻正被置放在这间诊所的某处。我只能想象，那是冒着冷雾的急冻库，还是一整排一整排的试管墙？或者像是电影《黑客帝国》那样，一整个黏湿、温热的培育舱，以及一条条输送黏稠液体的管线……但这些都太科幻了。我总是无法更踏实地想象，那些携带着人类基因密码的微物，那些看不见却在显微镜底躁动的细胞体，似乎一直以来都是看不见的，一种虚构的存在。

然而在我记忆中浮现的画面，却一直是初三生物课本的最后一章，那些针笔手绘的人类胚胎图，依成长的周期排列，从受精卵渐次长成人类婴孩的形状。但让我不解的是，不知为什么，那些胚胎却怪异地还留着鳃和尾巴，以及半透明如胶质的皮肤，透出内里微小的血管。比起人类的样貌，它们更像是蛙或鱼类的幼体，历经了亿万年的演化，如今像一帖帖快转的画片，把漫长时光的进化浓缩到了课本的书页之中……

但课本的最后一章，却被生物老师刻意地跳过了。虽然每个同学都偷偷仔细翻过了那几页，男女生殖器官的解剖图，透视到内里的构造，标示成了一个一个的学名。如今回想起来，那些名字，其实更像是一个隐喻。一个十五岁的少年，要如何想象呢，女生裙摆下看不见的内里，掩藏着那些管线繁复又如齿轮精密咬合的构造……

但我的朋友直树却自有他另一套理解的方式。

十五岁那年，直树是我的同班同学。那时候我和直树都坐在课室的最后一排。上课的时候，直树总是竖起课本，伏在桌上睡觉。直树在班上的成绩垫底，不讨老师欢心，我常常在老师刻意点他起立作答的时候，要伸手把他自遥远的梦中摇醒。直树总是搔着一头乱发，惹大家笑。

不知从什么时候开始，直树把我当成了他的唯一好友。我还记得，总在下课时间，坐在隔壁的直树会让我看他新学的一些魔术。那阵子的电视综艺节目突然流行起魔术表演，直树似乎在那段日子沉迷在各种魔术戏法里。有几次，直树还真的从他的皱烂的书包里变出几本香港色情杂志，大方地让我看。我们在下课时间伏在桌上假装打盹，其实都在翻阅抽屉里的那些肉色图页，被自己鼓胀的情欲掀翻得焦躁不已。

如今回想起来，那些杂志上的封面女郎，举手投足皆维持着一种老派的姿势，还有如今只有老理发厅的褪色型录上才看得见的蓬松发型。恍如时光定格的身体。那些布料欲掩未掩的丰乳肥臀，那些劣质印刷而走色的光影，比起课本的黑白插图，其实更能激起男生对于生殖的想象。而女郎照片旁边还会配上"失身时刻""喜爱招式""敏感部位"这些引人遐思的个人资料。然而令人扫兴的是,那最关键的露点部分,却永远都被一只突兀的蝴蝶遮住了。像被刻意涂去的谜底,没有人看过蝶翼背后的真相。

但那都已是多久的事了。

许多年之后,当我搜寻手机的通讯名单,在中学同学的通讯群组里发送结婚请帖,夹带了一张俗气的结婚照片。结婚照片里是我和惠子。我穿着不合身的黑色西装,而惠子被一袭长长蓬蓬的白色婚纱包裹着,像绽开的木槿花瓣底,柔柔软软的花蕊。惠子依靠着我的肩膀,对着镜头,把眼睛笑成弯。

讯息才送出去一刻,手机就一阵叮咚响起。

但我始终没有等到直树的回应。

那一场婚礼,如今像一个极其遥远的梦。这么多年过去,为了巩固那团浮泡一样的记忆,莉莉卡,我必须一再添补更多的细节,而不管它是真实的或是虚构的。

但我确实还记得,那一晚的婚宴,所有人都沉陷在一种欢庆的、色彩斑斓却又那么简陋的场景里。酒楼的那些红艳艳的灯光结彩,用保丽龙切割出来用荧光红绿涂色的立体字,以及那永远不会停止的卡拉OK歌声。婚宴的晚上我不断地被朋友灌酒，一轮敬酒过后，喉咙底仿佛还一直有酒精要从体内涌出来。

我转头看惠子。惠子少见的浓妆，长长卷卷的假睫毛和发片，其实一点都不似日常的样子。惠子也因为喝了太多酒，潮红从脸颊蔓延到脖子，裸露的胸口被晚装紧紧裹住整晚，竟也红红的一整片。

按照喜宴的流程，我和惠子被拱上舞台，举着高脚酒杯，对着所有人喊："饮胜！饮胜！"①但那光影流转的高台上，我其实看不清楚每个人的脸。大妗姐②很快就抢过了我手中的麦克风，开心过头地高喊："今年娶新抱③，明年抱孙哦！"

回到公寓之后，呕过一轮就清醒了许多。我疲倦地躺在床上，像是从高速旋转的洗衣机里被捞出来，看着转动的电风扇，床头镜子贴着剪成双喜的红纸。我们才刚刚搬进这幢公寓，房间很新、很白，有一种粉刷过的气味。我扶着头侧躺着，而惠子似乎仍处在一种高烧、亢奋的情绪之中，一边脱去耳环、发饰，一边说着婚宴上的谁谁，以前初中时候是怎样欺负她，今天却笑眯眯的什么事也没发生过一样。我其实并没有真正听进去，嗯啊嗯啊随口应她。

---

① 饮胜，广东话，"干杯"的意思。
② 大妗姐，粤式婚礼中指导新人完成各种仪式的女性。
③ 新抱，广东话，指儿媳。

惠子站了起来，想把晚装褪下，但手指够不到背后的拉链，转头叫我帮忙。我伸手把拉链褪到她的腰际，才发现露背晚装底下，被酒精浸染过的身体，一整片都是红色，煮熟的虾子一样。我忍不住想要伸手试探那红色的身体，是否如想象中那样烫热。手指经过的惠子的肌肤，一整片发光的汗毛，皆如蕨芽苏醒。

"不要停下来。"惠子说。

头顶上的日光灯好刺眼，我躺在床上，扶着惠子腰际，但其实看不清楚惠子此刻的表情。惠子跨骑在我的身上，震颤着红色的裸身，告诉我，不要停下来。但一切都来不及了，我此刻躺在床上张开双手犹如鸟类完全拉开翅膀的姿势，但是没有用的，时间还是停不下来。谁能够预知这座城市的崩坏？那些高大楼宇、那些方正毗邻的公寓，最后却像巨人推倒了骨牌那样，一座一座接连地倾倒、崩塌了……

或许有什么禁咒就在那一刻被解开。有时我仍会想起那一天晚上所经历的一切。原本以为平常的人生，像一个发条时钟，会永远依循着固定的速度运行。但事实上是，上紧的发条会慢慢地松弛下来，一开始谁也不会察觉秒针慢了数拍，一直到有一天，时钟突然叩嘎一声停下，所有的事物，包括这座城市、房间里头那些原本摆放整齐的事物、我和惠子，此刻都会依着惯性力，一下子摔得东歪西倒。

但那时候，我恍恍不知这些。

我在床上轻抚惠子裸露在棉被外面的肩，光滑若瓷。惠子已经安然睡着，刚才一整个身体的赤红都消褪去了，胸口随着深沉的呼吸如退潮海浪轻缓起伏。已经是凌晨时分，但此刻我反而睡不着，隔着一层梦，轻呼惠子的名字。她仍深深沉陷在自己的睡梦中，而我独自回想刚才的情景，自己混浊了酒精的精液，像是看不见的隐喻，或者一泡白浊浊的浮梦，此刻深植在惠子的体内。我想象曾经在纪录片频道里看过的情景，那显微镜放大千万倍的镜头底，人体的深处恍如星际大战一样的宇宙幻景，此刻万头攒动的细胞体，正在攻坚着一枚巨大的死星……

莉莉卡，也许在你的眼里，那些生殖轮回的双人之舞，那些如快转镜头的花开花落，皆像是啪嚓的火光一瞬。

或者像是脊椎动物尚未登场的混沌时代，那些彼此覆盖、碰撞、恍无重力而互相弹开的单细胞生物，它们吞噬彼此的身体，依着本能繁衍、复制出许许多多的自己，而历经万年瞬间不曾间断的生生灭灭、朝生夕死……但如果再靠近一点，再将镜头的倍数放大一点，我们会不会看见，所谓生命发出的微弱的光?那些你于心不忍一挥手就毁灭的一丝温热,以及,爱?

我们还是要伸手调校时间,回到那最初的光景,那第一个房间。

惠子一个人坐在床上,望着公寓对面的一整面窗口。白色床单和棉被无人折好,日光底下的皱褶如山麓影子分明。已经是结婚之后的第三年,我们还没有小孩。原本一切都说顺其自然,但有什么就像温泉泡沫那样不断冒现出来。像是原本依着地图行驶的车子,不知怎的走进了岔路,离预定的目标愈来愈远。

一开始是亲戚长辈的探问:"我明白啦,年轻人都是要享受二人世界嘛……"后来同辈朋友一个一个都有了小孩,不经意划过社群网站都是那些晒小孩出游、小孩睡觉、小孩吃东西吃得满嘴都是的照片,原本都觉得好可爱好好笑,但如今看起来却似乎总有一丝炫耀的意味。

又或者,以往闺蜜互相拥抱取暖的周末聚会,有人把小孩带来,而之后所有的话题都会被妈妈们牵走,围绕在小孩身上(她们热烈地比较保姆费用、奶粉品牌、学前才艺班那些……)。而那个幼兽一样的小孩一整个下午都在闹脾气,在餐厅里高叫奔跑，顽皮地拉扯桌布，弄翻咖啡杯，把惠子那件心爱的米白色裙子溅得都是斑斑点点的咖啡渍。而惠子仍笑着说没关系啦没关系，别这么说，小朋友活泼才好……但我知道，惠子渐渐就不再赴约了。从什么时候开始呢，惠子独自陷入了一种沉默的自伤之中，仿佛她终于察觉了，只有自己一个人是不一样的——像一颗慢慢偏离引力的行星，最后终要被整个星系除名在外。

"没关系啦，惠，其实现在也没有什么不好啊。你看现在世界这么糟糕，地球都快毁灭了……"我笨拙地安慰惠子，但我其实心底知道，她是那么迫切地想要一个小孩。

或者更准确一点地说，她是那么迫切地想要一个女儿。

我会怀念起在这座城市倾倒之前的时光，我和惠子在那幢公寓里度过的日常。日子一天一天重复，却也一如自转的陀螺稳定着直立的姿势。我如常上下班，在固定的时间回到家，扭开电视看看新闻，看着公寓外的窗口一盏一盏橙黄灯火亮起。而惠子在家里接一些服饰设计的案子。有时候下午她会打电话来，要我下班的时候顺路打包一些菜餸①回家。

---

① 餸，粤语方言，指下饭的菜。

日常的晚上，我们一起吃晚饭，一起躺坐在沙发上看喧闹但无聊的电视综艺节目，那样的宁静时光，惠子偶尔会突然想到什么，转过头对我说——如果我们女儿啊……

"如果我们女儿，像吴宗宪的女儿这样一直跟你顶嘴，你会不会爆气？"

"你看，如果是我们女儿穿上这件衣服，一定也那么可爱对吧？"

我们在周末逛着百货公司的橱窗，我看着惠子在童装部伸手轻抚着一件少女粉蓝色洋装的样子，不忍去戳破那浮泡一样的想象。似乎就从那时开始，我任由她虚构一个女儿——对，一切都是虚构的，但奇怪的是，虽然惠子说的是"我们"，但那似乎是我所无法进入的梦境结界。那是仅属于惠子，而我无从参与的构图和画面。

——莉莉卡，我要如何想象你的样子？

许多年过去，我还记得我们的蜜月旅行，千里迢迢来到欧洲，打算漫游那些只存在于美术史课本和童话故事的古城。我和惠子在佛罗伦萨百转千回的街巷里走走看看了几天，吃着那些油腻又分量太大的意大利小食。我们依着导览的地图，走进了各处的美术馆。惠子说，她一定要看一看波提切利的那幅名作《维纳斯的诞生》。因为她小时候玩过这幅名画的拼图，两千片的拼图呢，花了好几个月才完成。她曾经那么仔细地在那堆零散的碎片里翻找正确的一片，像是从摔烂的镜子里拼凑回原有的镜像。所以一直到今天，她还那么清楚这幅画的每一处细节，从海浪、树叶而至维纳斯一头卷曲的红发丝……

后来我们走进了那座拥挤的美术馆。馆内正展出一系列中世纪闪闪金光的宗教画和文艺复兴时期的雕刻作品。但所有游客都团团围着米开朗琪罗的大卫雕像，在那巨神一样的大理石立雕底下不停地拍照（有一对情侣且在大卫的胯下耳语：你看那鸡鸡好小哦）。我回头找惠子，却看见只有惠子背对着所有人，孤单站在一尊纯白的少女雕像前。那是被放置在整个展馆的最角落，且连语音导览都直接跳过的一尊不起眼的宁芙（Nymph）女神像。

少女神盘着古希腊的曲卷发式，白色的石头却让人错觉了一种柔软光滑的肤质。女神低垂着头，一双属于少女的孱幼乳房在灯光下变成了非常柔和的光和影。她的右手轻轻地举起来，左手搁在大腿上，手指却不知曾经遭受过什么而断裂不见了。惠子一个人在那尊雕像前伫立许久，无视那些走过她身后的游客。我有些疑惑，走近了，才看见惠子眼角泛着泪光。泪水汩汩流过脸颊，她伸手把眼泪擦去，红着眼眶，回过头向我说——

"怎么办，我觉得她就是我们女儿的样子……"

莉莉卡，对不起。当你诞生之时，这座城市已经满目疮痍。

如何向你叙述一座看不见的城市？那些曾经盛极一时而今被时光尘土淹没的帝国之都。罗马、庞贝、佛罗伦萨……依着我和惠子原定的旅行计划，那一个一个在地图上恍若孤星的城市，会由火车轨道牵连成线，逐点而连成一个星座的形状。冬日多雨的季节，我们穿着厚重的大衣，在那些古老的街巷里晃走，却一再讶异于那些间夹在现代都市的暗影底、在汽车喧嚷的市街旁骤然乍现的千年的残垣败瓦。那些擎向天空的石柱，或者散落一地而被野草和青苔覆盖的大理石块，怎么才隔一条街，就是名牌包包专卖店，波普艺术荧光色装点的艳丽橱窗。那非常像是，原本那副古老的躯体，被另一座更宏伟、现代的城市附身，占据了原有的灵魂和个性，但又隐隐地，透出史前时光的痕迹。

总是有标示牌说明，这里留下的那些残骸即是千年人类文明存在过的证据。随处都能看见，那些华丽的罗马式雕柱，那些巨神的雕像（如今却断手断脚的，或者被狂热的中世纪教徒敲掉了鼻子），那些失传的技艺和语言，那些神话和故事……

莉莉卡，现在我们也只剩下这些了。这些零落的遗迹，原本都源自一个已然不存在的帝国，一座古老的城市，如今却因为遗失了太多的拼图碎块，再也拼凑不回它本来的样子。

当我们走出了美术馆，外面的光度骤然亮起来。我眯着眼睛，远远看见一群黑色的鸟，群集飞过那塔顶尖耸的教堂。冬季的风把脸吹得麻麻的，惠子把自己缩在驼色的大衣里，又像没事一样，想去看看公园景色。路上一整排的银杏树都抖落了叶子，黄色的碎叶堆叠一地，鞋底都是湿湿软软的触感。

我看着惠子的背影，仍想起美术馆里的那尊少女神的雕像。然而要如何想象呢？那些文艺复兴时期的画家和雕刻家，都曾经相信可以用最细腻的技艺去描摹现实——只要捉住所有的细节，就可以将真实重现，甚至将神话重新召唤回来。然而眼前真实如雾，如同描摹海市蜃楼。战争和权谋把一座城市摧毁了，又在原地重建一座城市，如此不断重复。没有人会知道，文明诞生之初的光，会穿过那些大理石雕像的眼睛，把瞳孔变成白色，而无人可以见证最繁华的城市，最后颓然消失的过程。

一如我们遭弃的城。

没有人会知道,从遥远的国度回来之后,冬日的温度突然反转到热带的炎热和忧郁,一如没办法一下子就调整回来的时差和睡眠,像被强大的离心力甩了出去,我和惠子一起陷入了一种非常怪异而荒谬的情境里。

从那时候开始,惠子会严格计算自己的经期,每天用温度计测量自己细微的体温变化,确认排卵的时日。原本看到普通数字报表就头痛的惠子,如今会在一个复杂的表格上打钩钩、做记号,用笔纸运算繁复的数学公式。像是占星术士计算着日月星辰的运转,那体内看不见的极深处,如潮汐起落,自有一套神秘而坚定的自转方式。

我们开始严格依循着红笔打圈的日期做爱。但只有我忧伤地知道,新婚初始的那种即兴和激情都已经不复存在了。像是两具扯线木偶,依着重复的动作。我们匆匆开始,也匆匆结束。惠子拒绝了我在床上要求的各种奇技淫巧,而且她总是不让我立刻拔出来,仿佛要确保每一滴精液都实实在在地留在自己身体里面。然而,一次又一次,身体和身体的碰撞,皆若虚掷在湖中的圈圈涟漪,什么也没有浮现出来。

我渐渐觉得自己其实只是在配合着惠子。我进入她,却由始至终都无法进入她一个人塑造的那个巨大的幻梦之中。

第一个房间　黑色的房间　｜　049

我紧紧抱着惠子的裸身,那么熟悉这具身体,每一处幽微不同的柔软、骨头突起的位置,以及肌肤和手臂纤毛的触感,但却恍惚已经感觉不到炽红烫手的温度。

为了制造出一个女儿,惠子甚至吃下各种荷尔蒙药丸而渐渐易怒和发胖,脸上冒现难愈的痘疮(然而她以前是那么在意自己的脸容和身材)。每月例行的生殖活动亦如招魂的仪式,渐渐让我有一种出神的恍惚。有一瞬间我似乎错觉了,自己的灵魂突然挣开身体,仿佛那些灵异电影,虚虚浮浮地飘在房间的天花板,低头俯看着在床上如机械那样不断抽动的自己。

为什么会变成这样呢?原本的一切不都是好好的吗?

我有时觉得眼前现实如热雾扭曲而渐渐倾斜,似乎所有的事物都将要倾倒。当惠子一个人躲在厕所里痛哭的时候,我隐隐听见她抽泣的声音。我轻轻拍打着门,而无人回应。贴着门,我隔着那道厚重的门板说:"惠,你先出来好吗?我们再努力看看。"

我们再努力看看,把这座城市,或者,那已然消逝的帝国,一砖一瓦地,慢慢地再重建起来好吗,莉莉卡?

许久之后,我才哀伤地知道,惠子其实瞒着我,把自己的卵子从身体深处抽取出来,冷藏在这间诊所里头。像是把自己的身体切割成了最小的单位,把那仅属于自己的DNA的通关密码,深锁在那浮泡一样的微小容器之中。

我愕然在那个塞满了内衣内裤的抽屉深处,找到了一大沓的体检报告和诊所的收据,上面都是惠子的名字。

似乎在很长的一段时间里,惠子趁我上班不在,一个人到诊所去做了各种各样的身体检查。我从来不知道这件事。我翻阅那些充满英文学名的纸张,查了网路才看懂:贫血、多囊性卵巢、不孕之症……而那些妇科医生竟然像考试打成绩一样,依不同品质,把她的卵子标上了ABCD不同的级别。

红色的D。不及格的人生啊。

我才想起,有一次我们吵了大架。惠子抱着膝,缩在墙角的影子底下哭。我想抱紧她,却一次一次被推开。惠子号啕大哭着说——是,我知道,我一开始就是一个报废品。

莉莉卡,那时候,我们并不知道惠子在十五岁那年所遭遇的一切。

叩叩叩,你还在听吗?

叩叩叩,一阵敲着玻璃窗的声音,似乎把我们又拉回了那间明亮的妇产科诊所。回头看,有一只乌鸦站在诊所的窗前，用喙一下一下啄着玻璃。它不知道那是透明而不可穿越的吗？我看着那只乌鸦的眼睛，一圈鲜艳的红色包围着明亮的瞳孔，在日光底下闪闪烁烁的。任我注目许久，那只乌鸦像是也看到了我，呀呀叫着不停，拍着翅膀，挥落了几枚羽毛，飞走了。

我还坐在那里，仿佛已经坐了一个世纪。红色闪动的数字逐渐递减，像是倒数什么到来。终于有人叫到我的号码。我跟在护士身后，走一段长廊，看见一整排相邻而紧闭的房间。护士确认我的名字，为我打开了其中一扇房门，说："你弄好了就自己出来哦。"我说好。护士转身轻轻关上了房门，我才发现，那房门也隔开了外面的所有声音，像是我被隔离在一个人的世界里。

依照预定的程序，我必须在这里把自己的精液榨取出来，盛装在小罐子里，然后把罐子放进一个透明保鲜袋，再交回给护士，就可以了。

我按下喇叭锁，恍如挤身进入了时间刻度之间的狭缝。那个房间和诊所外面的摆设、光度完全不一样。灯光刻意被调暗了，非常狭小的空间里，摆了一个小桌，一张血红色的沙发椅，以及一个洗手台、镜子，旁边挂着卫生纸卷。转过身，我伸长了手臂就可以碰到两边的墙壁。墙上挂着一架电视机，画面是一整片灰色的雪花，微微发出沙沙的噪音。

我这才发现，房间里黑乎乎的，一扇窗都没有。

那像是厕所但却又不是的房间，让我有一种脱离现实的违和感，如走进了超现实画家达利的画作里——那个无人的旷野，看似辽阔但其实视野非常狭窄，时钟于此柔软地融化掉，列队的蚂蚁一只一只爬上桌子……

即使我曾经在脑海里多般想象，仍不曾想过如此景象。我坐在沙发椅上，把藏在裤袋里的那个塑胶罐子掏出来，放在小桌上，这才发现原来桌下摆了好几本欧美版的色情杂志。这时墙上的电视一瞬亮了，把原本房间里静置的光线搅动起来。（所以像是去唱KTV那样，其实有另一个人在控制着每个房间的荧光幕？）我抬头看，荧光幕上开始播放一出成人影片，那画面也是一个陌生的房间，且没有任何剧情，有一个不知名的女优才一开始就躺在床上扭动着裸身，揉着自己的乳房，发出造作的呻吟……

"在这里打飞机？"
"怕什么啦，干，又不会有人看到。"直树说。

有一瞬间，我错觉了自己回到了中学的那间"密室"。
中学时的校园，有一处传说中闹鬼的所在，那其实是理科实验室的隔壁，用来摆放生物标本的房间。那个房间也不大，平常其实不会有人打开，却摆满了各种各样的动物标本。四脚蛇、猴子、巨蟒、雉鸡、果子狸……那些原本应该住在山林之中的动物，此刻表皮下的肌肉、内脏皆已被掏空，只剩下皮毛。但它们却都被摆成活着的姿态，比如说蛇仍缠绕在树枝上，公鸡昂首提足，羽毛仍栩栩如生。它们的眼眶嵌着玻璃弹珠，发出让人疑惑的光芒。

除了这些标本，一排排的铁架上，密密摆放着大大小小的玻璃罐。罐子里皆注满防腐的氯仿，而黄绿色混浊的液体之中，像泡药酒一样浸泡着各种哺乳类生物的胎儿。那些刚刚出生即夭折的猫、鼠、兔子，甚至一只尚连接着胎盘的小狗，它们皆半闭着眼睛，瞳孔变成灰色，失重地浮游在那泡液体之中，仿佛仍困陷在一场不会结束的梦里。

据说这个房间深处，某个玻璃罐里，偷偷藏着一个人类的婴儿标本。

许多年前有个女学生躲在学校厕所里产子，被发现的时候，那个婴孩就卡在蹲式马桶的坑洞里，仍嘤嘤地发出微弱的哭声。而后那婴孩的哭声，每晚在同一时刻都会出现……

直树说得绘声绘影。

似乎每个年代、每间学校都有那么相似的鬼故事。但直树却百无禁忌，把那个标本室占为己有，当作了他的秘密基地。

我还记得那时，我们两人不知为什么被学校几个结党的高中生盯上。他们会在校门口堵那些落单的学生，明目张胆地伸手要保护费。更多的时候，他们会在无人的校园角落里，恶意地戏耍那些他们看不顺眼的人。

为了躲避那些高中生，我和直树常常放了学也不马上回家，躲在那标本室里面虚耗着时光。小小的方形的空间，被直树称为"密室"。那个放满标本的房间，似乎被直树妄想成武侠小说里那种一按机括就嘎啦嘎啦打开的房间。像一个结界，只要扣上了锁，就没有人可以进来。

当少年的我第一次走进那间密室，觉得这真的是一个适合躲藏的地方，仿佛整个世界都遗忘了这里，甚至连时间都似乎变得比外面缓慢。只要我们在这里躲藏得够久，就可以永远藏身在这个时间的裂缝里面，永远都不会被人发现。

往后，我们两人就占据了那个标本室。放学过后，校园里也没有什么人，关上了门就十分安静，隐约传来远处铜乐队在练习步操的声音。我们把门反锁，躲在里面抽烟、打屁，任由门外的时间缓缓流失而毫不吝惜。直树坐在纸板箱上练习着他的蹩脚的魔术戏法，而我翻着色情杂志，时不时惊叹几声，挥手叫直树来看。

"喂，过来看啦。夭寿哦，这个波霸也太夸张了。"

那安静无人而幽暗的隔间，那些定格而扁平的动物标本和纸上的女体，仿佛都是昔日时光的赠礼。我们连灯都不敢打开，依着窗外日光，少年的我念着杂志上那些广东话拗口的字，想不明白"为冧老细口捻大雀"到底是什么意思。直树突然抬起头来，一脸狡狯地问我："喂，阿朔，你敢不敢在这里打飞机？"

"在这里打飞机？"

我一开始以为直树在开玩笑，但直树却真的伸手要来拉开我的校裤拉链。我闪身躲开。"干，走开啦。"我回了嘴，但我并不真的生气，只是觉得有些别扭。我的裤裆此刻确然因为那些杂志上的妖娆女体而鼓鼓胀着。直树缩回了手，一刻间，就恢复了他一贯的嬉皮笑脸，嘲笑我，是不是因为鸡鸡太小不敢拿出来。我们靠着铁柜子，一阵无人说话。直树随手拿了一个玻璃罐子，指着发黄标签上的日期，说："靠，这里的标本比我们都还老耶。"

——为什么会想起这些？

许多年后，我早已离开了学校，不曾刻意想起十几岁的那些事情，一切任由它愈来愈远。中学的好友在毕业之后都四散了，每年新年的同学聚会也来不齐人。大家在手机里互传那些贺词图片,也就是无事相安了。也许这就是变成大人的过程,少年时经历的一切,都是一场梦一样。

这么多年过去了,我一个人被护士小姐丢弃在那个诊所的小房间里,却想起了过往的事。

当直树伸手想要触碰我的那一刻,似乎就如针尖抵着一颗吹胀的气球,在戳破气球的那一刻被喊停了。在那间密封起来的标本室里,寂静突然十分明显而漫长,似乎为了化解那一刻的尴尬,直树转过头对我说:

"阿朔,我来表演一个魔术给你看。"

我看着直树把课本、作业簿从书包倒出来,清空了整个书包。那个年代,中学生都用青色或白色的帆布书包,上面一定会用原子笔和立可白涂鸦,写一些"忍""追梦"那样意义不明的字。直树的书包皱皱烂烂的,上面乱画了几只黑色的鸟,也不知多久没有洗过了。直树此时还煞有其事地,刻意让我检查一下书包是不是空的。

"里面什么东西也没有,对吧?"

直树笑着说,似乎预知了他将在下一刻骗倒我而十分得意。然后直树当着我的面,把双手伸进书包里,掏弄了好一会。我努力想要看出魔术的破绽,牢牢地盯着书包,和那双手的任何动作。直树装模作样地往书包呼了一口气,突然从书包里掏出了一个乌黑黑的什么。我再看了看,竟然是一只乌鸦。

魔术表演不都应该变出白鸽吗？怎么会是一只乌鸦呢？

直树如何无中生有，我始终没有答案，但那一瞬间，我确然被直树的魔术吓了一跳。那只乌鸦在直树的手中，一动也不动。我以为只是一个道具，或者是这间课室里偷来的标本，想要更近一点看，突然乌鸦的眼睛就亮了起来。那双眼睛是红色的，瞳孔之中有一星微光。乌鸦慢慢扭动着它的脖子，像是才刚刚从一场长梦苏醒过来，恍恍不知身在何处。它站在直树的手心，看着四周，看着直树，也看着我，振动了几下翅膀，一瞬间，就从直树的手掌飞了起来。

那只乌鸦在标本室里头乱飞，飞过那些已经死去却冻结于此的动物，但它却怎样也飞不出那个小小的房间。因为时间于此是不一样的。

有好几次，乌鸦快要飞到我的头上，我用手臂护着自己的脸，缩着肩膀，惊恐地看那只乌鸦在天花板四处用力地乱撞。乌鸦的翅膀拍打着日光灯管，拍打着玻璃罐子和墙壁，发出啪啪的巨大的声响，像是永远不会停歇一样。乌鸦的羽毛一枚一枚飘落下来，轻轻地，落在我的身上，又落在地上，像黑色的雪花，像一场永远下不完的雪，慢慢地，把整个房间都敷上了一层浓密的黑色。

换取的孩子

第二个房间

·

他一个人躲在黑色的暗影之中，隔着薄薄绢纱，看出去的却是一整个色彩斑斓的世界。

那是印在长裙薄纱上的图案，各种花瓣和绿叶，红色的，绿色的。像眼睛贴着万花筒，外面的景物朦朦胧胧，也像是印了花。男孩星仔抱着膝，蹲在一袭花裙底，长长的裙摆刚好掩藏他幼小的身躯。偶尔有人经过他，甚至在他面前停下了脚步，星仔屏着呼吸，一动也不敢动。

没有人发现他躲在那尊假人模特儿的长裙里面。没有人看得见他。在那间百货公司里头，星仔也不知道自己躲在那里已经多久了。

都已是那么遥远的年代，那时镇上唯一的百货公司，如今像是一个永远的回忆。小时候以为无比巨大的百货公司，如今回想起来，也只有三层楼而已。一楼、二楼卖鲜果和日常用品，三楼摆了男装女装，以及专属儿童的玩具部。那时候，和母亲一起到百货公司买东西，是星仔最期盼的事。百货公司开张之后，老街的杂货店顿时就失色了。那些廉价小玩具，怎能比得过百货公司里闪亮华丽的进口货？变形金刚、闪电猫、乐高版的星际大战……都来自电视火热播映的卡通影剧，如今像是从画片走出来一样，可以捉在手里，那么地真实。

每次到百货公司，星仔就挣脱母亲的手，一鼓作气跑上三楼，在那摆满了玩具盒的架子前来回巡视，伸手摸这摸那。把变形金刚的盒子捧在手里，重甸甸的，隔着透明的包装盒，想象它在自己手中，从重型卡车变化成机器人的模样。星仔会学电视里机器人变形时发出的怪声，咕嘎嘎嘎，仿佛一句咒语，就可以重现电视里镭射光乱射的打斗场景。

好几次和母亲央求，但母亲都不给买。太贵了，一个玩具的价钱竟可以抵五件新衣，这是母亲心算的公式，比真理还真，无可推翻。

玩具部的旁边就是摆卖衣服的地方。走进那层楼，挂满色彩缤纷的新衣，以及一种从棉布纤维散发出来的微微刺鼻的化学味。三楼还摆放了很多假人模特儿，有男人、女人的模样，也有儿童假人，和那时的星仔差不多身高。它们的手足关节皆可以扭动，模仿人类摆出不同的姿势。在白晃灯光底，它们皆被穿上整齐的衣服，而塑胶的脸，恒常是一种僵硬而怪异的笑容。

母亲此刻应该还在那里，站在一尊一尊穿着展示套装的假人旁边，和女装部的销售员在聊天。她们实在聊得太久了，星仔乐得自己在玩具部那里乱逛。和往日不同的是，圣诞节快到了，百货公司煞有其事地布置了一番，天花板竟然挂了一整个圣诞老人驾着麋鹿雪橇的巨大保丽龙板，写着英文的"Merry Christmas"。四处都贴了雪花、红帽、袜子的图案，红色和白色，红色和绿色，都是炫目的色彩。走进了百货公司才知道，仿佛这么多年来，小镇才要第一次过圣诞节。

玩具部也不一样了。原本摆放芭比娃娃的柜子今天变成了圣诞礼物专柜。一整排大大小小的雪景玻璃球吸引了星仔的目光。

星仔没有看过这些，圆圆的玻璃球里头有一间小屋和杉树，屋瓦和树木的细节都做得好精致，连窗内的桌椅都看得那么清楚，仿佛让人错觉了那就是真实的缩影。而最令星仔惊奇的是，只要把圆球拿起来摇晃一下，原本堆积在球底的白雪就会飘扬起来。玻璃球里头注满了水，雪花飘落的时候，球里的重力仿佛和外面的世界并不一样。雪花像是真的，以一种缓慢的速度落下来，落在小屋顶上，落在圣诞树梢，慢慢地铺成一幅雪景。

星仔从来没有看过真正的白雪。他双手捧着玻璃球，重复地摇晃它，那雪花平静了又被掀翻起来。玻璃球在星仔手中，激起了一场暴风，雪花飞扬、旋转着，怎样都停不下来。

到底是怎样才能把屋子和树木塞进那小小的玻璃球里呢？星仔想不明白，把玻璃球举高来看，想要找到那个秘密的封口。却不小心，玻璃球从手心滑落下来，砰然一声，跌在地上。那玻璃球一瞬间就碎裂成一片一片的，原本透明球体之中看不见的液体，此刻都漫出来。水流到星仔的脚边，上面漂浮着原本是雪花的无数的白色颗粒。

——完蛋了。

不知道有没有人听见玻璃被砸碎的声音，星仔看了看四周，似乎没有人回过头来。他望着一地的玻璃碎片，掺和在一摊水中，不知道应该怎么办。地上的水一直引向星仔这边，沿着地板瓷砖的边线，曲曲折折的，仿佛有着自己的意志一样。星仔踩过地上的水渍，牵出一个一个湿漉漉的鞋印，长长一串，像一道虚线，跟在他慌张逃走的身影后面。

没有人知道闯祸的星仔，其实一直躲藏在百货公司的三楼。

在假人模特儿长裙底的胯下，他一个人抱膝安静地蹲在那里。恍如回返到最初的胎盘时光，那裙纱像是一层半透明的薄膜那样笼罩着星仔。

也没有人知道，许多年后，这座三层楼的百货公司也终将没落，空置成废楼，然后被更宏伟、更现代化的连锁超市取代，最后变成了时间的泡影。

莉莉卡，我如今仍会偶尔想起那间百货公司，以及它为小城的人所承载的关于"现代"这个字眼的想象。那里的冷气总是开得很大，巨大的温差仿佛隔出另一个明亮的结界。我也曾经走进那明晃、干净的宽敞空间里。或许我也曾经在某个无人记取的时刻，在琳琅满目的玩具部遇见过男孩星仔。或许我也曾经看见过他仓皇逃离的样子。或者，看见他一个人躲在假人模特儿的长裙底，还不知道自己不小心露出了脚指头……

嘘，不要说出来啦——
好吧，莉莉卡。

你知道吗？许多年后，我竟然在电视上看到那幢被弃置的百货公司大楼。

有一阵子，电视上非常流行一种实景拍摄的鬼屋探险节目。通常是两个穿得很清凉的辣妹，拿着手电筒，走进那些沦为废墟的地方探险。那镜头追着少女的背影，总是一整大段因为摄影师手持着摇晃而令人晕眩。而少女们在那些废置的建筑物里乱闯，只因为一些很小的风吹草动就大声尖叫。"你们有没有看到？那边有一个影子……"然后节目里就会不断重播那段画面，慢速的镜头之中，原本少女的喊叫声即放慢成一种怪异的粗嗓。然而那拍到鬼的画面总是因为画素太低，而呈现颗粒粗大、雪花纷飞、模糊不堪的景象——说真的，其实什么都看不出来。

我总怀疑这样的低成本而怪力乱神的综艺节目其实根本就不是为了拍鬼，而只是为了满足观众看着少女在镜头前被惊吓、痛哭崩溃的低级趣味而一集一集拍摄不歇。且为了营造一种真实感，摄影机会打开夜视功能，原本黑暗的一切都会一瞬间变成绿色白晃的画面。而人类的眼球在夜视镜头之中，不知为什么会像猫的瞳孔那样发出怪异的反光。当她们闯入那弃置的大楼里，爬着阶梯，在那些楼层之中乱走，我才愕然发现，那似曾相识的景物，原来就是小镇的那间百货公司。

但那已是一座闹鬼的废墟。

当我在电视上看见那荒废之一切的时候，都已经离开了小镇，到大城市工作多年。记忆中明亮而整齐的百货公司此刻黯然无光，手电筒照晃过才骤然亮起一角。我只能从地砖的样式、楼梯扶手那些微小的细节，而一再确认那是我曾经熟悉的地方。

电视画面此刻正拍到三楼,原本整齐叠着衣服的货架,如今东歪西倒的,什么也没留下了。那个节目里有个名叫娜娜的女孩子,不断强调自己拥有灵异体质,她在探险的途中总会不时皱着眉说:"我好冷,这里让我很不舒服……"她穿着细肩小可爱,露出单薄的背影,以及瘦削的肩膀。娜娜一个人走进黑暗之中,下一刻突然尖叫起来,指着看不见的某处,不断哭喊,说看到了一个小孩子。打了灯光才看清楚,那是许多肉色的假人模特儿,一个一个、一个一个笔直站立在黑暗之中。

在那画面里,站立着几十个假人,挤满了整个空间。

此刻它们身上毫无一件衣服,裸裎的身体却仍保持着优雅的姿态。它们紧贴着彼此站在一起,仿佛拥挤的人潮,正要涌向哪里,却怪异地凝结在某一瞬间。在那恍惚的镜头底下,那些裸体的人形,不知已经这样站着多久了。它们像是陵墓的人俑。它们的肉身过了这么多年而不曾腐化,且脸上仍非常诡异地皆带着一种僵硬、不自然的笑容。

不知为什么,从电视中看去,我仍错觉了那些假人是活着的。即使无人知晓,仿佛只有它们在废墟和逝去的时光之中,笔直而坚定地存活了下来。

而那个叫娜娜的女孩子,小心翼翼地穿过那群假人,不断干呕，仍在晃动的光里，走到楼层的角落，一扇一扇的门前面。她手颤颤地，将那排列整齐的门，陆续地推开。像是在和看不见的什么玩捉迷藏一样，要把躲藏在之中的鬼找出来。

——直树，你快点出来啦。

我在这时候，凑着荧光幕，才看清楚那一扇一扇的门，其实就是服装部的试衣间。没错，我还记得，我曾经就坐在那试衣间的外面，等待直树开门出来等了好久。

那是我十五岁的时候，十二月的某一天，天空没有一朵白云，我和直树在百货公司里虚耗了整个下午。

莉莉卡，你问我为什么记得这么清楚，因为那一天，恰好是美国太空梭失事的隔日。像一个时间的标记，报纸的头版刊登了那艘原本预定飞向宇宙的太空梭，在蓝天之中骤然爆炸、解体的照片。记者拍下了灾难的那一刻（他们原本是为了拍下火箭成功升空的情景），从火箭燃料舱喷出来的白色烟雾，在空中缠绕成一个无比巨大的问号。而七名太空人在升空的爆炸之中，皆一瞬间气化成了那个白色问号的一部分。

那时候学校已经考完了期末考，大家都在倒数放假。而我记得，班上的同学都正在忙着排练英语舞台剧。彼时学校有所谓的"同乐会"，每个班级都要上台呈献一个节目。也不知是谁提议，我们班要表演一出希腊神话的剧目，俄狄浦斯的故事。但那故事的所有细节我如今早已忘了，因为我和直树都没有上台，我们如愿地被分配到道具组，可以永远都躲在聚光灯照不到的后台。

那一天下午，我们蹲在舞台的后面，用木棍和铝箔纸做成一支一支士兵的长矛，而直树一点都没帮忙，他还把女神维纳斯的戏服披在身上，搞笑地假扮女生，搔首弄姿。隔着一层厚厚的帷幕，同学们在舞台上排练着，重复高亢而深奥的英语台词。没有人想起我和直树其实并不在那个故事里面，我们如畏光而挤在一起的介壳虫，都躲在故事的背后。

"实在太无聊了啊。"

直树把那白色裙装搁下，打了个呵欠，说："而且热死了。后台怎么连风扇也没有。"

我觉得直树其实只是一直在假装而已。那时直树的母亲刚刚过世，葬礼延绵了几天，直树缺席了整个期末大考。回来上课之后，他的校服袖子上被别上了一块黑色的小布料，在白色的校服上十分显眼，像是一个深邃的缺口。服丧之人。失去挚爱之人。那是死亡的戳印，怎样都摘不掉，像是唯恐别人不知，直树的母亲刚刚死去了。

直树提议去百货公司吹冷气，我说好。我们放下了那些没做完的道具，抱了书包低着头，就从舞台的后面溜走了，竟也没有被任何人发现。其实也不一定真正要去哪里，就只是希望离开那个所有人被分配好位置和角色的地方。我们很早就知道，离开所有人的注目，是一件令人开心的事。我和直树溜出了学校，在校门口搭上了往市区的巴士。天气热得要命，车厢里所有搭客都在冒汗，每个人的汗水烘出一股无处可避的热气，仿佛此刻全人类都正在慢慢融化掉的油腻刺鼻的气味。

那时我们就只是想什么事都不做，百无聊赖地待在百货公司里面吹冷气而已。我们没有可以逃跑的地方，也没有比免费的冷气更叫人享受的事了。我和直树在巴士上聊起了电视上不断播放的火箭爆炸的新闻。我问直树，那些太空人离开地球，原本是要飞去什么地方呢？

直树耸耸肩说他哪知道啊，也许是要飞去寻找外星人吧。

莉莉卡，在你诞生的世纪，相隔了这么多年，另一支宇宙探险队，终于又一次乘坐巨大的火箭，喷着巨大的火焰，拖出一条笔直的白色烟雾，挣脱地心引力，逃离这个百孔千疮的地球，航向了未知的远方。

或许只有离开地球，才能躲藏到更深的地方，再也无人可以找到。

而我仍记得我和直树坐在百货公司的三楼，各自从自动贩卖机买了一杯可乐。那可乐很稀、很淡，但我们无所谓，冰块在纸杯里轻轻碰撞，时间任由一颗一颗疙瘩那样的水滴凝结在杯上。

此刻每一层楼都播放着圣诞歌曲，好像永远都不会停止一样。百货公司真的很凉快，汗湿的校服不知什么时候都干透了。我们把衣角从裤头抽出来，并肩坐在一条长凳上，相对着女装部一整排的试衣间。

不时有不同的女人走过我们面前。午休的上班族、买了菜顺道来看看摸摸衣服的主妇，或者穿着T恤牛仔裤的少女，她们皆捧着要试穿的衣服走进那试衣间的门后。但不知为什么，那些三夹板的薄门其实并不是完全密封的，门的上下都留了三十公分左右的空隙，泄漏出试衣间里头的光。

从那隙缝间，其实可以清楚看见那些女人的脚踝。即使隔着一扇门，我们仍然可以从那三十公分的间隙，看见她们脱下了鞋，抬起脚、踮着脚尖的各种动作。有个女人正在脱下裙子，裙子褪到地上，她弯腰把裙子捡了起来——我看见她的手，指尖上红艳艳的指甲油，如流星一瞬晃过。她们正在脱衣。每个人走进了试衣间，就会把一件一件衣服都脱下来。那试衣间之门几乎遮住了女人的全身，那门底下的隙缝，却默许了我们更多妄为的想象。想象那隔着一层薄薄门板的背后，此刻裸裎的女体……

她们如何注视镜中的自己？如何把自己装扮成理想的人？没有人知道我和直树其实坐在对面偷看，仿佛我们如此透明，并不存在一样。而那些从门底缝间露出来的白色的脚踝，皆像是一只一只扑飞的粉蝶。

当她们试好了衣服，打开小门，已经穿回了原本的衣裙，变回了本来的模样。她们整理衣领、裙摆，把皱褶抚平。而我望着她们的背影，脑海里犹是刚刚想象翻飞的画面。有一个少女，像是察觉了什么，回过头来看着我们。我和直树都慌忙回避了她的目光。

而此刻直树转过头，指着女装部的那些假人模特儿，告诉了我一个秘密："阿朔，你知道吗？那些假人模特儿其实是用真人做的。"

"屁啦。"

"是真的，你不相信。"

那些塑料模特儿都是用死人的身体做出来的。

我们如此觉得那些假人栩栩如生，因为都是用真人制模的。直树说，要先把石膏涂抹在尸体上，留一个小孔，然后浇灌入熔化的塑料。那黏稠的液体高温如岩浆，会一瞬间把人类肉体那些软组织，那些皮肤、血管、内脏一下子就汽化消失。最后就只剩下最坚硬的骨架，而原本的皮肤被置换成了肉色的塑胶，待慢慢凝固之后，再打磨、雕塑细节，就变成了一个一个的假人模特儿。然后我们还为它们穿衣服，假装它们活着的样子。没有人知道其实每一个假人模特儿的身躯底下，仍然留着一具完整的人类的骨骸。

直树一脸认真地告诉我这些，以及各种细节，仿佛是真的一样。

所以他从小就非常害怕这些假人模特儿。

每一次走到百货公司的三楼，他都非常害怕那站立不动的假人。他总会想象，在某个无人知晓的时刻，它们会悄悄动起来，转过头来看他。百货公司的服装部对小时候的直树来说，是一个恐怖的所在。他总是紧紧跟在父母身后，拉住母亲的裙角不敢乱看。父亲一开始只是笑他，后来就不耐烦了："到底怕什么？这些都是假的。"父亲骂他，像个查某[①]。但直树就是忍不住会去想象，在百货公司关门熄灯之后，那些塑胶模特儿就会一个一个活转过来。它们因为白天僵直地站立太久，会伸懒腰，活络一下筋骨。且它们会依各自不同

[①] 查某，闽南语，指女人。

的性别，兀自在黑暗中扮演父亲、母亲和孩子——那其实原本就是人类赋予它们的形象，以及身世。

"我发誓我小时候真的见过，其中一个假人对我眨了眨眼。"

即使到今天，十五岁的直树仍相信那坚硬塑胶底下，其实是真人的尸体。"怎么可能啦。"即使直树说得煞有其事，我却始终不能相信。而那时候，为了向直树表示我比他勇敢，或者为了戳破他恐惧的背面，其实只是大人一时哄骗小孩的谎言，纸糊那样的无稽之谈，我们起身走到一个女人模特儿的前面，一再端详，想要找出那塑胶皮肤底下的破绽。直树站在我的身后，仿佛刻意要离那个假人远一点。我回头看他，故意在他面前扭转着模特儿的手腕关节，发出一种咯咯刺耳的声音。

那个假人被我推得一晃一晃。它拥有一副西洋女人的脸孔，睫毛很长，嘴唇被涂上不自然的鲜红色。它戴着金黄的假发和一顶缀花的帽子，手挽着一个女装提包，仿佛是一副正在出门逛街的样子。那个女人模特儿身上穿着一袭长至脚踝的花裙子。裙子上有碎花缤纷的图案，红色的，绿色的，重重叠叠的花色。

"要不要打赌，里面有没有穿内裤？"

我笑着问直树，没等直树回答，就伸手掀开了那件碎花长裙。我吓了一跳，直树逃得更远。我们才发现，那裙底下，躲藏着一个五六岁的小男孩，正惊恐地看着我和直树两人。

小男孩非常紧张，看到我们还往里缩了缩。我看着他，又看了直树。我们都没想到裙底会有一个小孩——他什么时候躲在这里的？他是在和谁玩捉迷藏吗？那小孩也不开口，什么都不说。也许是裙底太闷热了，小孩的额头汗湿，细细的头发贴在额前、脸颊，他一副要哭出来的表情，一身是汗，好像才从水里打捞起来，又像是初生的婴儿，让人错觉了他才刚刚从假人的胯下生出来一样。

那个小男孩把食指放在嘴唇上，就把世界噤了声。没有人开口说话，四周安静得好像连不断播放的圣诞歌都听不见了。

嘘——

许多年后，我已不再时常为了吹冷气而跑去那间百货公司。小镇在九〇年代终于出现了第一家麦当劳，原本只是在电视广告中看到的汉堡，才知道原来是这个滋味。那时候，小镇上的民众会堂经常有一些奇怪的展览。金缕玉衣、马王堆那些从中国运来的稀奇古怪的事物，如今回想起来大概都是赝品。但有一次我无意间在一个展览里看到一组非常怪异的塑像，那其实是人类被剥去了皮肤的模样。他们应用新科技，先剥除人的皮层，灌注一种奇异的液体，使得肌肉、血管皆塑化定形。他们一再强调这些人像是"真实"的——那原本真的是一具一具人类的尸体，但此刻却摆出奔跑、丢铅球或仰卧起坐那些活着的姿势。以往看不见的，如今你可以清楚地看见人类在运动时，各组肌肉、韧带互相牵扯的各种细节。

我想起了十五岁那年，直树在百货公司和我说过的话，也许也不全然是谎言。

那时我已升上高中了。期末考缺了席的直树后来还是留了级，开学之后不再和我同班。像那些如风吹散的少年情谊，分班之后，我和直树也很少相约出来玩了。有时下课时间，他路过我的班级，如果看到我的话，会故意站在玻璃百叶窗前，对我眨眨眼，然后手指摆在唇上，比一个"嘘"的动作，仿佛我们之间仍拥有一个没有人说出来的秘密。

对了，那个小男孩后来到底去了哪里呢？

我记得后来百货公司响起了寻人的广播："星野小朋友，星野小朋友，你的妈妈在找你。请到三楼收银处这边哦。"

广播重复播放了好几次，我和直树正站在那尊假人模特儿前面。然而，当我们再一次掀开模特儿的裙子，却发现原本蹲在那里的小孩已经不见了。

明明刚刚还在的，如今那花裙子底却空荡荡的，什么都没有了。

记忆总是不牢靠的，莉莉卡。这么多年过去，我明明记得那个小孩就这样消失了。但直树却说，小孩后来其实找回来了。

高中分班之后不久，直树就搬家了，跟着他的父亲离开小镇。临走之前，直树约了我在百货公司见面，似乎就是话别。我们躲在百货公司的后门口抽烟，一面高高的墙，挂满了冷气机的压缩器，一个一个铁箱子呼呼地发出热气和马达运转的噪音。直树呼出了长长的一缕烟，我闻到树叶焦灼的气味。我们靠在那面潮湿又肮脏的墙上，任由一阵热风把直树吐出来的烟雾都吹散。

但你都忘记了哦？直树说。

直树把只抽到一半的烟随手丢在地上，用脚尖踩熄了星火。直树说，你真的忘记了，那一次我们在这里遇见那个小孩的事。我说我记得，那小孩不是消失了吗？然而直树却说，你记错了，那个小孩后来被找到了啦。

小男孩在百货公司里失踪的事闹得很大，还上了地方版的新闻。人们早已报了警,连续两天,在百货公司的楼层之间不断寻找,搜索着每一处唯恐遗漏的角落。找了很久,几乎快要放弃的时候,有人打开了三楼的其中一间试衣间,终于找到了那个小孩。那个男孩原来只是因为摔破了百货公司的东西,就害怕得躲了起来。他一再躲避寻找他的大人,夜里就从藏身之处走出来,偷百货公司里头的包装食物吃。

小孩终于找到了,每个人都松了一口气。孩子的妈妈泪眼汪汪地搂着他,后来又气上来,当众斥骂他,揪着小孩的肩膀,扇他耳光。小孩在围观的人群之中放声大哭。每个人都在劝那个母亲,哎哟,不要这样啦,小孩子不懂事,找回来就好了啦……

"为什么我完全没有印象了?"我说,"我记得报纸只报道了失踪的事,我一直以为那个小孩就这样不见了。"

"哎。"直树说,"有时我们就是会不小心忘记一些重要的细节。但是,阿朔,你有没有想过,其实这之中有什么可能已经偷龙转凤那样被换掉了。像一个没有破绽的魔术,好像只有我一个人知道,那个小孩其实已经并不是原本的小孩了。"

"直树,你在说什么啦?"

你知道吗?从试衣间走出来的那个小孩也许是假的。

或者说，那些站立不动的展示模特儿之中，有一个男孩模样的塑胶假人，就在那场混乱而无人察觉的时刻，偷偷冒充了那个小孩。没有人发现小孩已经被换掉了。那个儿童假人替换了失踪的孩子，跟着那个母亲走出了服装部，走出了那间百货公司。那是他第一次晒到真正的阳光，而不是光度永恒却没有温度的日光灯。原来外面的世界是这样的。他眯着眼睛，感受着街道上不一样的喧嚣和气味。他拥有了一个名字。他终于真的变成了一个人类的孩子。

——一定有什么弄错了吧。

男孩星仔其实自己也想不起来，到底什么时候从藏身的地方走了出来。

他只知道，他不小心打破了一颗圣诞玻璃球，闯了祸。他逃离现场，跑到女装部找母亲，母亲却已经不在那里了。他听见有人走来，一时着急，就钻进了假人模特儿的裙子底下。

但那似乎是一个和现实隔开的结界，星星逆行，时间于此消失，或者被扭曲成快转、倒退的方向；又或者像是薛定谔的猫，莉莉卡，那其实是一个哲学和科学的悖论——如果没有人将掩藏着真相的布幕掀开，就没有人知道猫到底是死了还是活着的。

不知过了多久，隔着裙摆薄纱，男孩星仔看见了两个穿校服的少年就站在假人前面，他们开始讨论模特儿的真假，伸手乱碰那尊女人形状的假人。星仔紧紧抿着嘴，深怕发出一丁点声响就会被发现。他无望地抱着塑胶假人的双腿，抬起头看，那光滑的双腿交会的彼端，有一个幽深的小孔，像是唯一的出口。星仔不知道，那是在假人制造过程中，脱模、灌浆时必然存在的孔洞。星仔祈望自己可以消失。他想了想，伸出了手，手指伸进那个小洞，却没有想过，那竟然是一种湿湿滑滑的、恍若真人肌肤那样的触感。

星仔的手指伸进了假人胯下的那个小洞，先是食指，然后一下子整个手掌就滑了进去。星仔有些惊讶，假人双腿之间的那个洞，似乎有一股吸力，把星仔的整个臂膀都带了进去。星仔才发现，虽然手伸进那么深的地方，他仍碰触不到洞的尽头。但是那个洞里面整个暖呼呼的，很舒服，仿佛手伸进了一泓温暖的池水，又仿佛那无垠的池水之中还可以容纳更多。星仔心想，他可以试试看把整个身体都钻进去。

当星仔完全挤身在那个假人模特儿里面的时候，像是他重新回到了初生之处。不曾想象过，那假人模特儿的里面是一个温热、潮湿的所在。有一种怪异而踏实的安全感，如厚厚的腔，紧实而温柔地包覆着他的全部。他此刻才放了心，这里如此隐秘，他再也不会被人找到了。

莉莉卡，我后来才知道，我的朋友直树也曾经那么想要躲在一个没有人可以找到的地方。我们曾经躲在百货公司的角落，我们躲在舞台之后无人看见如躲在月亮的背面。长大之后，我们继续躲在公寓的房间里，以及，那一扇一扇的门后面，但怎么都想不起来，什么时候我们都走了出来。

但直树最后却把我拒于那扇门外，把自己藏得更深了。

当班上同学在表演着舞台剧的时候，已经完全没有我和直树的事了。我们躲在帷幕的后面，从隙缝间看着同学们在聚光灯之下扮演着希腊神话的神祇。舞台剧一开始，有人高喊着："瘟疫降临了！"他们儿戏地搬演一个流传千年的故事，念着生硬的英文对白，随着情节和走位晃动着背影。

只有我和直树知道，眼前一切其实都是那么粗糙而虚假。那灯光下的华丽的希腊神殿布景，其实都只是我们用廉价的厚卡纸做的。当表演结束之后，只有我和直树留下来拆布景，我们近乎暴虐地徒手把那些布景纸板撕下来，恣意地捏皱、踩烂它们。我们满身大汗却哈哈大笑。毁灭让我们快乐。仿佛摧毁一件完好的事物，有一种源自本能和原始的快感。我们继续乱撕乱踩。我们累了就坐在一团糟的舞台上，看去原本坐满了学生，此刻却空无一人的礼堂，徒留一张张排列整齐的塑胶椅。

仿佛我和直树预先看见了这座城市未来的景象。在一场瘟疫过后，一整座城市如卡纸做的那样，轻易地就被毁掉了。

对了，别忘了星仔还在那里。

当星仔不知自己躲了多久，从那温热的小洞里钻身出来，离开了假人的胯间，却愕然发现，原本明亮而巨大的百货公司，此刻却一片黑暗。

地上皆是破碎、脱落的瓷砖，踩在上面，仿佛整个世界像是冰封的湖水一样在脚底下碎裂了。星仔隐隐约约看见，原本白色的墙，不知是谁用喷漆罐喷上了张扬的涂鸦。他不明白眼前现实何以至此。不是才过了一个下午吗，为什么百货公司就变成了这个模样？这里一个人都没有，像是已经被弃置多年。星仔心底慌张，努力地忍住眼泪。过了很久，他终于看见楼层彼方有晃动的一线光，有个穿着细肩带背心的女孩子正拿着手电筒在寻找什么，当那柱灯光晃过星仔，女孩似乎也发现了星仔，却不知为何吓得哭喊起来，甚至晕倒过去。

"喂，我在这里，我在这里啊。"

星仔向那群提着摄影机和灯的陌生人挥着手，却发现从口中发出的声音都变成了闷闷的低音,像一枚一枚枯叶,轻轻掉落在无垠的黑暗之中,好像涟漪都没有。没有人听见他呼喊的声音。

他一个人走向那些闯入了废墟的人,却似乎没有人看得见他。他在每个人的面前挥动着手,都这么近了,他们的目光似乎都穿过了他的手、他的身体,而看向更远的地方。仿佛他已经被遗忘在这座巨大的废墟里,没有人再想起来了。

——啊,直树。我终于想起了。

我想起了,我还站在那试衣间的外面,等待着你出来。

从学校逃走的那天下午,我们在那间百货公司到底待了多久呢?为了把那个小男孩找出来,我和直树走遍了整个服装部。我们掀开一个一个假人模特儿的裙底,而引来陌生人的侧目,以为我们是变态。后来直树说:"我知道有一个地方可以躲起来。"我跟在直树身后,走到那排试衣间的前面。我们依序推开了一扇一扇的门。每一个小小的隔间都是一样的,长方体的形状,有一面全身镜,以及衣服的挂钩,此外什么都没有了,那么一目了然。

直树走进了最后一间试衣间,却在我面前把门关上,咔嗒一声上了锁。我敲着门,问他在里面干吗啦。直树说他只是想把校服换下来而已。我知道，直树一直对他母亲的死亡耿耿于怀。也许直树只是不想再让任何人看见他的校服袖子上，那个黑色的臂章，那个关于死亡的戳记。

但直树在里面也太久了。

我一个人站在试衣间外面等直树换衣，看看手表都过了好长时间。我敲了敲门，他隔着门板说："等一下。"我甚至伏下了身，想从那门下面的空隙看他在干吗。我看见直树脏兮兮的一双帆布鞋，从那个狭窄的缝间，却怎样都看不见直树的全身。

"直树，你好了没有啦？"我在门的外面喊他。

"再等一下啦。"

直树从门缝间探出头来，手指在唇上，向我轻轻地"嘘——"了一声。

然而像是有什么被搞错了，或者被偷偷置换了什么。我在试衣间的门外站了多久呢？那些陆续走过来试衣服的女人，皆以狐疑和警戒的眼神瞄我，让我觉得十分不好意思。我等得不耐烦，又拍了拍试衣间的门，不知道为什么，门却轻易地被我推开了。

我才惊异地发现，直树早已经不在里头了。那狭小的试衣间里，仍吊挂着直树的白色校服，然而墙上的全身镜映照出来的，却只有我一个人的身影。

第三个房间

● **猫语术**

·

屋子里只有我一个人。那时我才发现，猫会用全身来做梦。

那只灰棕色的虎斑猫，放松而舒服地躺在沙发上，露出浅色毛茸的腹部。明明在沉睡，四肢却微微地划动着。像是沉陷在一场奔跑的梦中，猫的眼睛在薄薄的眼睑底下快速地转动，嘴巴发出唖吧唖吧的细声。猫正在做梦。我站在那里，小心翼翼地避免发出任何声响。看着那只全身微微颤动着的猫，不想在此刻把猫吵醒。

沉睡的猫，尾巴也在挥舞着。或者确切一点地说，只剩下一小截的尾巴，变成像人类的拇指一样的形状，恍如有着自己的意志那样，一左一右地摆动。

猫本来拥有一条非常美丽的尾巴，一节一节深浅相间的棕色，虎斑的条纹一直延伸到末端。那人类历经演化而失去的部分，在猫的身上，优雅而表情丰富，像是一个问号，有时生气或受到惊吓，就会变成笔直的惊叹号。

猫会用尾巴来表露自己的情绪，也许连猫也不自觉这点。

惠子曾经教我辨认猫尾表达情绪的方法，仿佛猫也和人类一样会说话。比如说，可以从尾巴晃动的方式，来猜测猫是开心还是不开心。轻轻顺毛抚摸，猫会缓慢地左右甩动着尾巴，表示十分惬意。尾巴立起如蕨类的幼芽是好奇，垂下来则是心情不太好。懒得回应你的时候，只会动动尾巴末端。坐着把尾巴盘在前脚，那是戒备。有时生气或者玩过头，尾巴一整个奓毛起来，这时最好就不要太靠近它。

惠子说得那么认真，像是谙懂猫语的人。

但她并不知道，后来猫却失去了它的尾巴。

那是惠子离家之后的某一天，我赶着去公司上班，匆匆关上公寓的门，却忘了锁上窗口。不想猫竟然懂得推开沉重的玻璃窗，从公寓的窗口逃走了。回到家，没有听见往常猫的叫声，就觉得不太对。找了整个家里，掀看那些幽暗的角落，都没有猫的踪影。窗口留下一道隙缝，风缓缓地吹动着窗帘。我打开了窗往下看，十多层楼的高度，楼下是邻居的冷气压缩机，以及放在窗台上，一排枯萎的盆栽植物。

这么高，不会真的跳下去了吧？我想。

走到楼下的小公园，我呼叫着猫的名字，拿着开好的猫罐头，想用香味把猫引诱出来。在公园玩耍的小孩都看着我，不知道这个大人在寻找什么。我仔细查看底楼的洋灰地，有没有血的痕迹。我其实非常害怕看见猫的尸体，但我什么也没有看见。

过了三天，猫自己出现在公寓的门口，蜷缩在门口的脚垫上，见到我下班回来，只是微微地抬起头。公寓的每一层楼似乎都长得一模一样，也不知道猫是怎样找回自己的家。但猫看起来非常疲惫，瘦了一圈，原本光亮的毛色似乎也黯淡了。猫拖着尾巴，回到自己熟悉的枕头上躺下。尾巴一动也不动，似乎再也不说话了。

猫带着一条受伤的尾巴回来。

尾巴上有几枚也许是其他流浪猫或野狗咬过的齿孔，发了脓，不断流出黄白的液体。看起来很痛，但猫仍不住转过头，想要舔那伤口。隔日我把猫抱去看兽医，医生摇头说，怎么这么晚才送来，伤口生脓不太好处理。原以为清洗了伤口，打过抗生素就没事。结果下午医生打电话来，说，感染得太厉害，猫一直在发烧，只能截切掉受伤的尾巴。

我在电话那端也不知道该说什么，仿佛并没有同意或不同意的选择。把猫抱回来的时候，猫已经没有了尾巴，在麻醉药的浸染中仍迷迷糊糊的，套着巨大的头套，走路如喝醉一样东歪西倒，恍恍惚惚不知道自己失去了什么。

第三个房间　猫语术

来来回回复诊了几次，手术的伤口一个多月后才完全愈合，猫的尾巴剩下一小截，像是一枚从草丛间冒出头来的菇菌。当我为猫脱下头套的时候，猫像逃狱一样挣脱了我的怀抱，在客厅里、房间里箭那般来回暴冲，仿佛为了报复什么，把桌上的咖啡杯都撞倒，跌在地上碎成一片片。

没有尾巴的猫像是失语的猫。

从此我再也不能从那一小截尾巴的动作，看出猫到底在想些什么，到底开心还是不开心。

有时猫因为得不到原本应有的回应，对着我生气地大声喵叫。我觉得非常气馁。如果惠子在的话，也许就懂得猫到底在向我控诉什么。

但奇怪的是，猫似乎并不知道自己的尾巴已经不在了。它仍会不断摆动只剩下根部的那截尾巴，且它会像以往那样，扭过头仔细地梳理下半身的毛发，以一种瑜伽动作那样的扭曲姿势，从背脊到尾巴，不断地舔着自己——然而我却惊异地发现，像默剧演员摸着一堵看不见的墙，猫其实只是在不断吞吐着舌头，梳理着自己的身后，那什么都没有的空气而已。

也许猫仍然以为自己的尾巴还在,像惠子以为女儿还在一样。

惠子怀孕的时候,我曾经想过要不要把猫抛弃。

为了迎接新生,屋子里的那间小房,被布置成了婴儿的房间。原本的白墙换成了粉色花纹的墙纸,挂上百货公司摆卖的那种外国小贝比的照片。我从家具店扛回了一张白色的婴儿床,蹲在房间里满头大汗地组装起来。猫对这些都好奇。我在房间里忙进忙出的时候,猫也跟进跟出,贴在我的腿边,不断挥动长长的尾巴向我撒娇。我却把猫嘘走,不让猫再进来。

但那个房间其实原本是属于猫的房间。如今猫砂盆、食物盘子和猫睡觉的大枕头,全都被移到厨房的角落。猫跑过来嗅了嗅,不解地回头看我。它似乎不知道,为什么要搬家,睡觉的地方被换成了陌生的地方。而自己原本的房间,从此关上了门不能进去。

那时候,即使每天都努力地清扫着屋子,但屋子总是有清扫不完的猫毛,依附在屋子的每一处看得见和看不见的地方,依附在我和惠子的衣服上,拍一拍,就掀翻在空气中。我甚至为此买了昂贵的空气过滤机。打开过滤机,猫从睡梦中一瞬惊醒,夹着尾巴逃走。猫最怕那机器马达发出的高分贝的噪音，躲在柜子底下大半天不敢出来。喂饭的时候，惠子叫唤猫，猫却藏得更深。她说："你干吗把猫吓成这样？"

好像都在为了这样的事争吵起来。

"医生不是说，猫毛对孕妇和婴儿的呼吸都不好……"我对惠子说。

那时惠子已经怀孕三个月。外表看起来好像没什么改变，仍穿着日常的衣服，只有我知道，她身体内里包裹着另一个微小的生命。

那时候，惠子总会在临睡前，躺在床上跟肚子里的贝比讲话。她会变成小女孩玩洋娃娃那样的腔调，用很多叠字，对着自己的肚脐说："妹妹今天过得好不好？有没有好好睡觉觉？"惠子会巨细靡遗地告诉那个看不见的女儿，日间所经过的那些琐事。或者她会翻开绘本童书，轻柔地念几页故事。

我躺在惠子的身边，看着她说："小贝比哪里听得到啦。"而惠子非常坚持胎儿可以透过羊水、子宫而至腹部的肌肤，感受到任何声音传来的鼓动。声音甚至就是人类最初的记忆。所以她必须一直说话，必须指向那未来，——为女儿尚未看见的那些事物命名。

我贴近惠子的身体，侧耳靠在她的肚子上，隔着柔软的小腹，想要听听那内里的动静。但其实我什么也没有听见，像是潜艇沉入海沟深处,随着她的呼吸,只有一种沉沉闷闷的,像耳膜在水底的回声。

我还收着那张从诊所拿回来的超音波扫描图。灰蒙蒙的一片,竟是惠子的身体深处。像是银河繁星那样的雪花噪点,照片的中央,有一枚看起来比较深色的轮廓,浮在那片灰色之中,像是一艘迷航宇宙之中的太空船。

医生说一切都很好。胎儿心跳比较快但不是什么问题。那时我听着那些,有些恍恍惚惚。想起多年来惠子一直想要有一个小孩,尝试了太多的方法,如今总算有了结果。然而荧光幕里的超音波图,却又那么地不真实。然后医生推了推眼镜,抬起头,问我们家里有没有养宠物。惠子说家里有一只猫。医生说,那要注意家里的整洁哦,宠物的毛发、弓形虫、尘螨啦,有时也会影响到孕妇和胎儿。

回到家里,猫像往常那样坐在门口等着我们。惠子放下包包,摸了摸猫,一手把猫捞起来抱在怀里,像抱着婴孩一样亲猫的脸。回来的路上我都没说话,走到房间才对惠子说:"也许先把猫给别人寄养一阵子吧?"惠子却生气了:"怎么可以这样?猫猫跟我们一起六年了,怎么可以这样丢下它?"

我不再提起关于猫的事了。

第三个房间 猫语术 | 093

原来已经六年了啊。我并不若惠子那样善于记住时间，有时会恍惚地在时间之河中迷失，要从河底打捞起那些记忆的卵石作为时光的标记。

如我记得第一次遇见惠子的情景，是倾盆雨天。那时我才刚搬来这座公寓不久，如常从公司下班，在楼下等电梯的时候，听见不知哪里传来幼小动物的微弱叫声，嘤嘤不绝。我循声去找，先看见一只三花色的母猫躺在逃生梯下面，然后才看见几只毛茸茸的、不同花色的幼猫，互相叠着，匍匐在石灰地板上。那些幼猫大概还没长到一个月，眼睛都是灰蓝色的，围绕在母猫的身边，寻找着母亲的乳房。

然而雨水不断从墙外洒进楼梯间，已经累积成一洼水渍。我向那只母猫伸出手，母猫却防备地张口哈气。我左右寻找什么东西可以为猫遮雨，突然觉得身后雨水停了，转过头去，有个女孩站在后面为我撑着伞。伞遮着我和猫，但伞沿的水滴却把女孩自己淋湿了。女孩撩过脸上湿透的黑发，亮起一弯微微的笑。

那天开始，我每天都到楼梯间，带一些便利店买的猫食来喂猫。女孩有时也会在那边，和我一起蹲着看猫吃东西。我们并肩在那狭窄的楼梯底下聊天。女孩说她刚刚念完时装设计，正在到处投履历。我说挺巧的，我念的是西画，算是半个同行吧。有时我来了而没看见女孩，就刻意在那里待久一点，看那些小猫互相嬉闹、打架。

有一天，我如常来喂猫，却发现母猫不在了，那几只小猫也不知去了哪里。原本的猫窝只留下了唯一的一只虎斑猫，看起来十分孱弱，眼睛被凝结的眼屎糊住，辨认不了方向却不断乱爬。它被自己的排泄物弄得一身脏污，趴在石灰地上，茫然地用最高的声量哭叫，恍如不知母猫已经离去，不知自己为何被遗弃于此。

女孩说："我们养它吧。"

我抬起头，看着女孩无惧肮脏，抱起了那只小猫，轻柔地抚着猫的身体。小猫很瘦，透过薄薄的皮肤，可以摸到底下纤细而明显的骨架。猫在女孩的手中微微颤抖，肚子如风箱起伏。女孩低声温柔地安慰它，仿佛自己就是母亲一样。

那只虎斑猫后来住进了我的公寓，女孩也经常到我家里看猫。有时我想把她留下一起吃饭，女孩总说不行，她要在固定的时间回家。她那时在照顾着生病的父亲，这是我许久之后才知道的事。

后来，猫慢慢长大了，女孩变成了妻。

如今那只猫坐在窗口看着对面的公寓。谁会知道呢，瘟疫突然来临，整座城市像是被谁按下了暂停键，随后是遥遥无尽的禁制期。我和猫一起被困在公寓之中，已经两个多月不能外出。从窗口望出去，天气真好，天空是明亮的蓝色，但街上却一个人也没有。猫端坐在沙发的椅背上，看着窗外一动也不动。

窗外的景色不是都一样吗？我始终不明白，猫到底在看什么？有时窗口飞过鸟类，猫远远就好像听见，一箭冲到窗口边，望着鸟群扑着翅膀飞走。偶尔有些鸟，比如麻雀或乌鸦，停歇在阳台上，猫一动也不动地盯着它们，耸动着尾巴，好像已经瞄准猎物，下一刻就要扑上去。或者是松鼠，隔着一道透明的玻璃，松鼠总把猫掀弄得焦躁不安。我不明白松鼠到底怎样爬上这么高的公寓，也许这些飞禽走兽都是从远处的丛林跑过来的。

但猫其实拥有精确的时间感，如时钟重复着一日作息。它每天午睡醒来，一定会准时坐在那里看风景，像是对每日不断重播的剧情不厌其烦。猫有没有记忆呢？如果一只金鱼只有十六秒的记忆的话，那么和人类相比，猫会有多长久的记忆？它会不会记得幼年时候曾遭弃无依？它会不会记得惠子的样子和气味？

连我自己好像都有些模糊了。

孕期第四个月，我陪惠子回到那间妇科诊所复诊。那时我还特地下载了一套计算孕期的手机App，可爱卡通风格的画面，倒数着预产期。现在惠子体内的胎儿已经有一颗柠檬那样大小了。手机App上画了一颗橙黄柠檬，和一个可爱的卡通小胎儿，短短的手脚，快乐地漂浮在羊水之中。

在那幽暗的诊所小房间里，惠子一如往常躺在单人床上，掀开腰际的衣服，任由医生涂上一种透明、凉凉的凝胶，然后做超音波扫描。我把位置让给了医生，自己站在房间角落里。医生盯着那灰色的荧光幕，看了许久，转身打电话和谁讨论什么。然后我和惠子就被独自留在那冰冷和无光的暗室，等待了很久，第二个医生才推了门进来。原本惠子还带着微笑，后来开始觉得似乎所有人的表情都太凝重了。那个比较年长的医生转过头对惠子说，嗯，目前看不见胎儿的心跳。

医生指着荧幕上那个据说是胎儿心脏的部分，但其实荧幕只有一片模模糊糊的雪花，什么都看不清楚。

"从胎儿的血液循环来看，只是刚刚不久的事。"

那一刻，我觉得那个房间像时光停顿，像海啸来临之前浪潮都往后退去的宁静，而下一瞬间，所有的事物皆然失重，不断往深不见底的井底掉落下去。或许那只是我的心在一时沉下来的感觉而已。惠子仍躺在那张白色的床上，露出肚脐那截小腹，没有人为她把衣服盖上。在那狭窄的小房间里，没有人说话。

"不是说三个月之后就稳定了吗？"许久，我才开了口。

医生耸耸肩，低头在表格上潦草地写着什么，说，什么原因都有可能，基因、体质、各种外来因素，也许，更多是因为生物自身的优胜劣汰……

只是这样而已。

嗯，真的只是这样而已。

莉莉卡，如果你能继续活在地球上，活得够久，你会不会看见生物演化之洪流，像夜空银河那样，记录着百万年的生生灭灭？

或者，那繁茂树状的演化图，不断从枝丫延伸出去的各种物种，以单细胞为最初的起点，从卵生进化到胎生，从生命之海划着笨拙的鳍，走上荒芜的陆地。而那些不断在时间洪流之中被汰换掉的生命，那些拓印在化石之上的鹦鹉螺和三叶虫，或者，那些巨大的长毛象、剑齿虎和渡渡鸟……你会不会看见？那个在演化之树上，像一个坏掉的果实一样颓然掉落在地上，无法变成真正的人类，而终究腐化消失的尼安德特人。

你会不会看见我？或者那个没有成形的女儿？

你会不会因为不忍，而伸手将那原本必须淘汰掉的生命，从演化之河中打捞起来？

"怎么可以说得那么轻松？什么优胜劣汰……"走出诊所之后，在回家的车里，收音机兀自播放着流行歌曲，一直沉默流泪的惠子才说——

"那是我的女儿。"

手术必须尽快安排，要把死去的胎儿从子宫里拿出来。我记得，等候手术日期到来的那两天，我请了假在家里陪惠子。但惠子却什么话都不说，在安静的屋子里面，像是把自己关在一个失去语言的箱子。为了隔天的手术，惠子去医院之前坚持要先洗澡。我待在浴室外面，听着花洒水声落下，却无法想象，此刻她的裸身里面，脐带相连着一团没有生命的死物，那种绝望而无奈的心情。

引胎手术原来只是在病房的单人床上直接进行，连全身麻醉都不必。对医生来说，似乎只是一天之中一单很小的手术。惠子穿着单薄的病人服，躺在床上，被撑开了双腿，晃亮的灯光照着她的下身。我在床边陪着惠子，惠子的手紧紧地握着我，因为太过用力，指节都泛白。

我曾经在脑海中搬演过多次类似的情景，或许更多是从电视剧里看来的情节，惠子会在床上大声哭号，满头大汗，一番折腾之后，一个初生的婴孩会从那胯下被掏出来，湿淋淋地，全身皱巴巴地来到这个喧嚷又明亮的世界，音乐下，大家都笑着松了一口气……

但原来并不是这样的。

此刻什么声音也没有，那个医生弓身埋头在惠子的腿间，有一个护士递给他各种不同的工具。他用一个怪异的金属圈撑开了惠子的洞口，然后用一支镊子往深处探索。而惠子其实清醒着，紧锁着眉头。医生从那濡湿的洞里夹出了什么，啊，那是一只小手——像是从玩具人偶掉出来的零件，那是半截的腿，以及一团一团，看不出是什么的支离破碎的肉块。

那个柠檬大小的雏形人类，此刻正在被金属镊子的尖端"噗"一下捏爆，漂浮在染红的羊水之中……

那非常相似，多年以后，我一个人在公寓里，瘫在沙发上重看日本动画《新世纪福音战士》，在灯光幽暗的客厅里，那电视的强光不断闪过我的脸。我不曾察觉时间过去，任由声光充满自己的感官——使徒来袭。人类补完计划。懦弱的少年。那染成红色的海水之中，载浮载沉的支离的绫波丽……有一瞬间我才明白了，年少时我一点都看不懂的，那个故事背面的寓意。

我一个人捂着脸，在沙发上却好像怎样也没办法哭出来。

猫安静地坐在旁边看我。

从那时开始，我偶尔会梦见许多年前，雨一直下不停的情景。我一再变回年轻的模样，一再回到了那座公寓的逃生梯那边。那光度在梦里似乎更明亮但也更朦胧一些，恍如柔光镜底不断重播的画面。我还蹲在那里，看着那只三花色的母猫。我静默看着，那只母猫口中衔着一只幼猫，哦不，那只母猫其实正在啃食着自己的孩子——因为出生就畸形而终究活不下去的幼猫。

我清楚听见，骨头被咬碎的声音，咯嘞咯嘞，咯嘞咯嘞，先是头，而至尾巴，那只死去的幼猫慢慢地被母猫吞食殆尽。那些掉落下来的血肉碎屑都被一一舔食干净。

我从来没有告诉过惠子。那时候我刚找到那窝猫的时候，走近才看见母猫正在吃掉自己早夭的孩子。我非常讶异。但那母猫一脸木然，似乎是不带着任何情感的，缓慢而坚定地把幼猫吃掉。恍如那只是在履行着生物的本能，或者世界运转的方式。对，优胜劣汰，万物刍狗。

那时候，惠子并没有看到这一幕。她撑着伞向我走来的时候，一切都已经结束了。

我也曾经想过，这一切的发生，会不会都是猫的缘故？

手术之后的惠子陷入了悠长的沉默。原来小产也一样得坐月子，不能洗头吹风，更像是被判延长的徒刑。我在网上订购了月子餐，每天送来，皆是黑乌乌的汤食或者麻油酒味浓郁的食物。惠子没有胃口，也吃不惯，大部分剩下来的汤汤水水，还是由我自己吃掉了。

而惠子总是坐在沙发上看电视，看一整天。更多时候只是任由那些声光流过，也不再理会时间。窗外天色恍惚又从明亮变成昏暗。我打开了客厅小灯，才发现她的双眼流光闪闪，木然着脸却都是泪水。从此我更小心翼翼，必须跳过电视上那些角色怀孕的剧情，也要回避任何堕胎、入院的情节，往后甚至连婴儿的镜头出现，都似乎会触动她的心绪。我这才发现，干，那些狗血又没完没了的电视剧，十之八九都脱不开这些戏码。好像任何故事，都非得要有出生和死亡，怎么躲都躲不过。于是我只好干脆把电视锁定在日本动画频道，从此每天荧幕上都是那些娃娃音说着日语的卡通美少女，或者重播又重播的《哆啦A梦》《蜡笔小新》和《鲁邦三世》。我默默把电视遥控器收了起来。

惠子也没有说好，或不好。她什么也没说。

从惠子体内被拿走的，似乎还包括了语言和文字。好像从那时候开始，惠子就不再说话，不再和我交换任何的字词。她似乎把某种和人类沟通的能力关掉了。我觉得非常气馁。虽然日常生活似乎还是一样，叫她吃饭，她也会走来餐桌；提问一些什么，她也会点头或摇头，但就是不再开口说话了。说话和不说话之间，那似乎是一道看不见又确实存在的障壁。我总觉得自己被拒在透明的墙外，再也没有办法走近惠子。

直到有一天，惠子开始和猫说话。

那天我偶然听见惠子在低声说着什么，以为她在和谁说电话，走近才知道她正在和猫对话——"什么？你想出去走走？"惠子对着猫说，像跟一个小孩子说话一样，"不可以哦，要乖乖，外面很危险啦。"

而我非常惊讶，那只虎斑猫抬头看着惠子，虽然不曾开口喵叫，却不断有节奏地挥动尾巴。那尾巴妖娆起舞，仿佛以一种类似人类手语的方式回应着惠子。而惠子竟能从摇晃的猫尾，精确地知道猫在回答什么。他们之间有时会聊上好久：你饿了哦？对啊。今天的天气好好。没有啦，我没有在伤心。我只是还有一点疲倦……

这样就好。开口说话了就好，我想。即使惠子只是对猫说话，但总好过把自己闭锁在失语的状态里。

后来，在瘟疫蔓延的大禁制期间，每个人都被困锁在这座公寓里，看去对面明亮的寓所，隔着玻璃窗皆像是一幕幕的哑剧，那时，我才稍微体会了那种失去语言的感觉。

那段无法外出的时间，我有时会担忧，不知惠子此刻身在何处。有时亦不由得想起末日。想起在新旧世纪交接的时刻，不知为什么，总一再盛传那就是世界末日的来临。那时好莱坞开拍了好多末日灾难片，彗星撞地球，外星人来袭，甚至太阳将要把地球烧毁……那时我还是学生，在台北的大学念书。公元二〇〇〇年到来的那一刻，我挤在人群之中倒数新的世纪来临，广场上空放起了美丽的烟火，久久不息。我也想过，若现在即是末日，我最想做的事是什么？好好地回宿舍躺好，还是应该马上和身边不认识的女孩拥吻？倒数五四三二一，没有陨石坠落，没有恶魔出现在天空，人群欢呼又散去了。

后来预言者又说，其实二〇〇一年才是末日之年。又有人说，古老的玛雅人历法结束在二〇一二年，那一年才是世界终结的时刻。然而末日不断地延后，又不断地跳票。像是牧童高喊狼来了，仿佛千禧年之后，每一年都是世界末日。我那时还跟惠子开玩笑说："要不然我们每年都来庆祝世界末日好了。"

却没想到真正的末日之时，第一件消失的事物是卫生纸。

惠子若知道这样，也会觉得无奈又好笑吧？

为什么人类要在危急的时候囤积这么多的卫生纸呢？我一点都不明白。

没想到全国禁制期后来延长又延长。从窗外看去，原本拥挤的街道如今空无一人，像是末世电影的景象。我一个人在公寓里无法出门，烦躁地刷手机里的新闻，读到一则标题，在瘟疫期间成人网站的浏览量直线暴增。所以这段日子，像是末日激发了生物本能的生殖欲望，所有人都被困陷在房间里，无日无夜地看A片？我这才知道，为什么整座城市的卫生纸都消失了。

此刻对面公寓，一排排灯光亮起。屋子里只剩下最后半卷的卫生纸，而瘟疫漫漫仍未结束。

整个世界只留下了我和一只断了尾巴的虎斑猫。禁闭在家里而无法外出的日子，像是为了避免被顿然失去引力的失重感抛开，我仍努力地维持一日作息的时间。在固定的时刻起床，做些室内的简单运动，打开电脑工作，吃饭，喂猫，晚上看电视一直到累了睡觉……一日一日过去，愕然发现，其实绝大部分的时间，我并不需要开口说话。对着屋子和猫，有时一整天都没有说上一句。

而猫必须花费很长的时间睡觉。有时我觉得屋子真的太安静了，就看看猫在哪里，又见到它爬进了小房的婴儿床上睡觉。那个婴儿床原本是留给未来的女儿的，上面还挂着会摇晃、旋转的闪亮玩意，但如今猫已经把它占为己有。猫在柔软的小床上睡着，伸展着腿，好似这张床就是为它订造的一样，随着呼吸，肚腹平缓地起伏。猫为什么可以睡得如此毫无防备呢？猫深睡了就会做梦。有时在梦中仍晃动着那只剩下一截的断尾。但我从来不知道猫会梦见什么。

一如我始终没有像惠子那样，看懂猫尾挥动出来的各个语汇。而那只虎斑猫，似乎也不曾知道自己的尾巴已经消失，却依旧摇晃着一条看不见的长尾，不断地想告诉我什么。

我不时回想起，好几年前，我在潮湿的楼梯间把猫捡回来的情景。谁想过呢，原本被母猫遗弃的小虎斑，如今也已经变成了四公斤多的大猫。如果那时候没有把幼猫带走，在命运的歧路上，或许猫就会拥有另一段截然不同的一生，也或许，它就不会失去它的尾巴。

那失去的部分，变成了猫的幻肢——

据说，那些因为各种原因或意外失去了某部分肢体的人，即使伤口已经愈合了，却仍会产生一种幻觉，以为那消失的肢体还依附在身上。他们会无意识地挥动那想象出来的手或脚，并且可以非常真实地感受到那传来的触感和疼痛。

那想象中的不存在的肢体,就是"幻肢"。

而猫仍以为自己的尾巴还在。我已经不止一次发现,猫在睡前都努力地清理看不见的那条尾巴。我看不出猫脸的表情,但那截根植在脊椎末端的断尾,左右地摆动着,其实一直叨叨絮絮在向我说着什么。一如惠子,总是在向肚子里的女儿说话。甚至在手术之后,坐在那灯光幽暗的屋子里,或许也在努力地想象着,她仍然可以像之前临睡的絮语一样,隔着巨大的虚空,对着想象的女儿说话。

——而不是开口向我道别。

那天我下班回来,屋子暗暗的,电视兀自播放着日本动画,闪动的光映照在墙壁上。惠子却不在家。奇怪的是,屋子仍留着一切日常生活的痕迹,仿佛惠子仅是去附近的购物商场买点东西就会回来。过了许久,当我发现屋子终究只剩下我一个人的时候,我才想起,惠子曾经不止一次说起,想要再去一次意大利的佛罗伦萨。那是我们曾经蜜月之旅的地方,想要一个人再去看看,那时来不及看完的风景,那些挂在幽深宫殿之中古老的油画以及巨大的雕像。

"为什么想要一个人去?"我故意问。

"你跟着来,那谁喂猫啊?"惠子笑着说,"而且你会害我都没有艳遇啊。"

我也笑了。但我其实知道，惠子怀孕之后，有看不见的什么，已经相隔在我和她之间。没有人再提起过旅行的事。而我们全心为新生的女儿准备一切，也早已忘记了这些。

惠子想要去很远的地方吧。

没想到后来就是漫长而没有休止的禁制期。瘟疫如毛虫啃着叶子，慢慢地蚕食着地图上那些国界，终于也蔓延到了这座城市。大禁制期间，国境封闭，我没办法去哪里寻找惠子，我甚至连这座公寓都踏不出去。和我相依为命的只有那只猫。有时猫会跳上沙发和我依偎在一起，轻轻抚过猫背，猫会从身体的深处，发出一种低沉而延绵不绝的，呼噜呼噜的声音，像是一种电波的低频。像是一种腹语。

像是猫已经忘记了我曾经对它所做过的事。

——对不起，我曾经在惠子怀着女儿的时候，擅自想要把猫丢弃。

那时候惠子正在体内孕育着一个新生命。孕期来到第二个月。她不断地孕吐，大部分时间都躺在床上。那是一个闷热的深夜，雨一直下不出来。从公寓的窗望出去，城市的光害把厚厚的积层云晕染成一种怪异的粉红色。惠子早已沉沉睡着。我摇晃着盛了猫粮的盘子，轻轻叫唤猫。猫从门后探出头来，又到了吃饭的时间，以为和日常一样。而我趁着猫在低头啃着猫饼干的时候，捉着猫的后颈，把猫装进了提笼里。猫还来不及转过身，我就关上了笼子的栅门。

猫在塑胶笼子里头不断地喵叫。愠怒的猫，不明白为什么此刻自己要被关起来。我怕惠子被吵醒，提着猫笼，拿了钥匙，轻轻地旋开屋子的门，走出了公寓。

公寓外面停放着两排车子，长长相连到很远处。公寓里的停车位永远都不够，住户都违规把车子停在路边。我这才发现自己忘了拿车钥匙，手里提着猫笼子，打消了再走回家的念头。沿着排列的路灯往下走，橙黄色的灯光把柏油路映照成金色，我踩着自己的身影，在光底下影子拉长了忽又缩短。

猫的身子很沉。猫已经停止了叫声，但手提着笼子，仍可以清楚感觉到猫的动静，似乎正随着我步行的摇晃，而在提笼里不安地重复来回走动又伏下。我不时还可以听见猫用爪子在抓着栅门的声音，发出咯咯的微响。

迎面走来了一个陌生人，手里拎着装消夜的塑胶袋，在路灯下看着我和手里那个巨大的猫笼。我有些心虚。但那个人走过了，也没有再回过头来。

嗯，不会有人知道吧。

不会有人知道我要去丢猫。

回过头看去，公寓已经在身后愈来愈远，路边停着的车子也稀稀落落的。厚厚的云层闪过一些光，大概离得太远了，很久才听见闷闷的雷声。我把提笼从右手换去左手，但猫笼好像愈来愈沉重了。我干脆把猫笼捧在怀里，从塑胶笼子的隙缝间，看见猫伏在笼子最深处，此刻也在抬头看着我。在暗夜里，猫的瞳孔变成了圆形，发出一种灼人的绿光。

再往下走，就会是一处荒弃的草坪，再更远，就是幽深的树林。我没有数算自己已经走了多久，这里再没有路灯，芒草长得很高，伸出长长的穗子。原本公寓的所在也是园丘，是谁把树木推倒，建起一座一座高耸的公寓。但猴子和松鼠似乎仍一再回到那里，世代记忆之中的栖息地，闯进人类的公寓之中。这里就是这座城市的边缘了。芒草丛里堆了很多垃圾，那些塑料袋被动物咬破，掀翻。还有人类丢下的巨大的家具，破损的橱柜、塑胶凳子，甚至有一整组坏掉的沙发，累积雨水，绽出了坐垫的海绵……这些废弃物堆叠起来的，在草丛之中，像是一座巨大的人类文明的坟场。

这里应该够远了吧。

汗水不知什么时候湿透了我的T恤。我只穿着短裤，小腿被草叶划过，刺刺痒痒的。我站在无人的草丛里，可以听见各种不同的声音，分不清是虫鸣还是什么动物的叫声。我想象草之深处此刻有许多复眼正在看着我。我打开了手机的光，银白色的光照亮那些草叶，却也不能看见更深的地方。我把猫笼放在草地上，看了看四周，仍是无垠黑暗。我伸手把笼子的门打开了。

以往豢养在公寓里的猫，曾经三番两次都想从门缝和窗子逃走，然而当此刻我打开了栅门，猫却瑟缩在提笼里，缩成一团，长长的尾巴搂着自己，不敢出来。

我往笼子伸出手，猫却退得更深。我想把猫掏出来，不注意就被猫抓了一下。在手机的灯光底，我看见手腕上一道很细的伤痕，下一秒血珠就从那道隙缝冒现出来。

那干脆就连猫笼一起放在这里好了。反正没有猫的话，笼子带回去也没有用途啊。

我站起身，那一刻，却听见笼子里发出了人类婴孩的哭声。我以为我听错了，但笼子里的猫正在以全身的力气，胀着肚腹，发出不间断的号叫。号叫的声音和初生婴儿的哭声一模一样，仿佛我此刻要丢弃的，其实是一个人类的孩子。猫的哭声一直都没停，好像愈来愈急促，也好像愈来愈大声了。哭声把四周琐细的虫鸣都掩盖了，变成了此刻暗夜里我唯一听见的声音。

好像第一次，我听懂了，猫想要说的是什么。

豆大的雨滴这时落下来。一开始是一滴，两滴，然后就是雨声如交响疯狂的齐奏。雨水落在草叶的声音，和打在石灰地上的声音是不一样的，仿佛是无处不在的絮语。雨下得很大。雨水一下子就湿透了我的全身。夹着风，吹乱了雨水，把草叶吹低了头。我仍蹲在那里，紧紧抱着猫的笼子，感觉到猫在怀中的重量。

那场雨似乎怎样都下不完，仿佛终要积成预言中的洪水，将会把所有的事物冲走、淘洗一空。

第四个房间

阿樱表姐

·

在一切终将淘洗一空之前,莉莉卡,你跟随着我,走进了那座宏伟的废墟。

我们走在长长的走廊,伸手推开了一扇一扇房门。有的房间还完好地保留着人类匆匆离去之前的样子,但仔细看,灰尘日积月累覆盖在玻璃窗上,墙的裂缝冒出了植物交错的根。是谁把一个卡通图案的马克杯搁在餐桌,一只蟑螂从杯口探出头来,挥动它的长长的触须,又快速地跑过桌面,逃去无踪了。

"是这里吗?"你问。

你望着那静止的光景,伸手抚摸的事物都一一颓然枯萎,一碰就碎去。

我们仍在逃亡的路途。我们在破烂的地图上打了很多红色的叉叉。但眼前的那些房间,却像底片胶卷被剪散了那样零碎,无法接续起来。我喃喃自语:"我记得……"于是我们一再穿越了这些陌生的房间,但莉莉卡,我没有告诉你的是，我其实并没有把握找到光亮的出口，而且记忆中的坐标似乎已经愈来愈不牢靠了。

从我们那个年代开始，人类把原属于自己的记忆复制在固体之上。那似乎是一种不断跃进的技术，才不到五十年，就从一大块的磁碟片缩小成指甲大小的记忆体。又如何去想象呢？如今所有记忆的碎片（那些互传的短讯，那些刺伤彼此的字，或者那些手机任意拍下的影像……），化身成零与一的序列，它们如幽魂依附在那些微小的晶圆和电路板上，那么牢固却又脆弱，以为可以永远存在，却又那么轻易就被修改、抹除了。

若我们继续深入那座废墟，那些门号零落的房间，就可以看见更多人类遗留的景象。客厅里的沙发，虽然被时间敷上了一层灰尘，但软垫凹陷一个浅浅的印子，仿佛才刚刚有人坐过，却不知那人去了哪里。时间在这里是停滞的。我们如同登陆了一座文明腐朽的星球，眼前一切皆那么陌生而又熟悉。

"啊！"

你被一个坐在椅子上的身影吓了一跳。

打开了其中一扇房门，就看到一个长发的女孩子，端坐在一张白色的椅子上。怎么可能还有人住在这里呢？那个少女穿着一身白纱的小洋装，垂着肩，手安放在膝盖，一动也不动。走近她，才看得出是一个真人大小的人偶。但她实在太真实了，脸上甚至还有雀斑和痣。她仍张开着眼睛，望着一片荒芜、瓷砖爆绽的地板若有所思。双眼的睫毛很长、很翘。长发笔直挂在胸前，发丝如瀑。要伸手去碰触才会知道，肉色表皮的硅胶，和人类的皮肤其实还是有一种触感上的差距。也许是缺乏了温度，也许是太柔软了，少了一种肌肉幽微的弹性。

她一个人坐在那个褪色的房间里面，不知已经坐了多久。

但她不是真实的，我知道。

这是一比一仿真的少女人偶。二十一世纪用以制造性爱人偶的技术，早就已经不再是那种廉价又虚假的充气娃娃。她们是时代精致的产品，欲望映照的极致。她们集体在国外的工厂里被复制出来。从模具脱出的一个一个身体，非常魔幻意象地，由流水线上的工人打磨她们的硅胶皮肤，涂上嘴唇和乳晕的颜色，并且小心翼翼地在胯下剪开了阴道的开口。

她们的脸孔被精心地雕造，装上了玻璃的眼珠子，都是手工的，还用美术喷枪喷上了逼真的肤色。而且在硅胶的肤质底下，有着模仿人类构造的骨架，手指、肩膀，而至脚踝的每一个关节皆可以转动，能够被摆布出各种不同的拟真的姿势。有人会为她们穿上女仆装、泳衣或动漫女神的衣服，悉心地化妆、打扮，拍下产品型录的沙龙照。在精心营造的光影底，她们栩栩如生，瞳孔流光，仿佛闪耀着生命的光彩一样。

但是莉莉卡，她们看起来那么真实，却都不是真的。

你站在那里，看着那具静止不动的人偶，看了好久，仿佛是在看着镜中的自己。你伸手触摸那具人偶的头发，掀起了微尘，飘扬在光里。你回头看了看我，眼睛里充满了疑惑。

你或许会想，她为什么会被制造出来呢？为什么要经过那么烦琐的工序，以及花费那么多的时间以仿拟人类的模样？在这座城市的崩坏时刻还未来到之前，你要如何想象，一个真人大小的少女外形的人偶，被人类所赋予的意义？

也许是因为那个少女和你一样，看起来都是一个十几岁的女孩子。但你是不同的，莉莉卡。你是自由的，不受任何人的操弄和摆布。你会感到哀伤和快乐，也会思考。

——并且，最重要的是，你拥有着记忆，不是吗？

我们在那个少女的房间里滞留许久。那房间的墙壁被漆成粉红色，墙上挂着一个心形的镜子。有一张白色的单人床，床上摆着玩具小熊和绣花边的枕头。虽然时间过去了这么久，那房间看起来仍有一种甜腻和稚气的感觉。但是我要如何告诉你，其实这些都是虚构的。这些是虚构的，一如我们那个时代流行一时的VR体感游戏、日本AV，或是那种微缩版模型屋……所有陈设的讲究和事物的细节，其实都只是为了自虚无而模仿成一个少女的房间。

若我们将时间再倒退一点，再退后一点，你或许会看见一个陌生的男人，走进这个精心布置的房间里。他伸出手，将那个少女身上的衣服一件一件褪去。像是捧着一颗柔软多汁的果实，一点一点地，把果皮剥开。

而那个少女人偶，仍然睁着她一双美丽清澈的眼睛，仿佛自己和眼前的现实毫无关联。她的脸上永恒守持着一种不笑也不哭的表情，微启着唇，像无声地述说什么。

或许我们可以恣意地想象，那个男人会满头大汗地趴跪在那张摆满了可爱布偶的床上，压住那硅胶的裸体，把一具在他眼中无生命的人偶，折成怪异的姿势，暴打她，无爱地进入她……

（救我——）

即使隔了这么长的时间，你仿佛还可以听见呼救的声音，像是裂缝滴水，从那微微噘起的嘴唇，慢速镜头一样，依着音节幽微的转折，缓慢地开阖，一点一点地流出来——

滴答滴答，重复不止。

如同瘟疫在这座城市散开之时，电视上转播的画面。那些被封印起来的禁区里，那些被困在公寓之中无法出来的人，隔着玻璃，我们听不见任何呼喊的声音，于是他们用马克笔写了求救的大字贴在玻璃窗上——H，E，L，P。但因为距离真的太远了，镜头拉近了也看不清楚他们的面目。他们都戴着口罩，只露出一双疲倦、惶恐的眼睛。隔着一道透明的窗口，他们仍然对着摄影镜头无助而徒然地大力挥手。

如同那时候坐在床榻上，那个穿着大号T恤却掩盖不了瘦削身躯的少女，她空洞和茫然的眼神。

——我想起来了。是你，阿樱表姐。

请容我再努力地想一想，离这片废墟更远的地方，如今那里恐怕已经一片荒芜，什么也没有了。虽然已经是那么久远的事，但我却还记得，小学毕业的那个长假，我曾经跟随着母亲，搭了很久的巴士，从市区到乡下，去探望阿樱表姐。

那是一次晃荡不止的旅程。那时的巴士还有跟车的剪票员，手里有一把怪异的打洞器，要在每一张小小的票根上啃出一个小洞。巴士上没有冷气，铁框的车窗开着，就一路随着巴士摇晃哐啷乱响。蓝白色的海口巴士从市区总站出发，经过市街，循着路牌转弯，就开上乡间的小路。

巴士驶过的地方，扬起一片砂土和灰黑的烟尘。车厢里都是柴油的气味。通常这时，车里只有零星的乘客了——带着菜篮的马来阿嬷，或者穿着校服、一脸疲累的中学生。母亲也总是在车子的摇晃中就忍不住睡着，失重的额头，一直往虚空甩去。这个时候，我会悄悄地从母亲身边走开，自己占有巴士最后一排的座位，伸手把玻璃窗拉下来，任由风灌进车厢，把头发吹乱，把脸颊都吹得麻麻的。

那年往返的旅程，一路颠簸不已，而景物皆摇晃如幻梦。

那条乡间小路其实并没有真正的巴士站牌，只要路边有人招手，或者车里有人拉铃，小巴士就会停靠下来。就这样停停走走，花了一个多小时。离开城镇，巴士抵达的乡下，就是母亲的老家。那时外公早已经过世了，而外婆和大姨、姨丈仍留守在那间老旧的木屋里。

我从来没有见过外公。一张严肃的老人的脸，扁平成了一张黑白的照片，高高挂在木屋的墙板上。那间独自建立在路边的老木屋，屋前有一条长满野生荷花和浮萍的大水沟，以及一棵被牵牛花缠绕的老树。在我的印象中,老屋的空气总有一种稀薄却无处不在的鸡粪味。有一只大冠公鸡从屋子门口探出头来,悠闲地踱着步,侧头打量着我。我总是怕那只公鸡来啄,而紧紧跟在母亲身后。

母亲每次来都大包小包,那天一早还先在家里炖了什么药材汤,盛在不锈钢的保温壶里,一路叮叮当当地扛进木屋。外婆从厨房走出来,把公鸡嘘走,见了我,也老是同样那句:"阿朔这阵较大汉①哦。"

那幅老旧腐朽之景,那从窗棂间洒下来的条状之光,窗外面各种不同深浅、指认不出名字的繁杂绿色,以及聚在一起说话好像一定就要贴身耳语的大人们,一直是我对"乡下"这个名词最初也是最后的印象。

老木屋据说是外公自己一块块木板搭建出来的,三代人下来,竟这样就挨过了风风雨雨几十年。如今天花板却不知什么时候破掉了一整片,也无人修补,从那方洞可以看见屋顶铺着锈成红棕色的锌板,以及屋子的梁木。而一片一片的木板竖立成墙,经过岁月洗礼,摸上去会有一种纹理柔滑、温顺的感觉。有时木板缝间破损了一个小洞,凑着眼睛看过去,就可以看见墙的光亮的另一边。

---

① 大汉,闽南语,长大了的意思。

木板墙的那一边，是阿樱表姐的房间。

我跟随在母亲的身后，掀开碎花的布帘就看见阿樱表姐躺在床上。阿樱表姐是醒着的，侧着身在看书。她听见有人进来，转过头，手撑着坐起身，叫了一声："阿姨。"又看见躲在母亲身后的我，对我调皮地眨了一下单眼。

母亲说："阿樱啊，阿姨从家里带来了一些补汤，等一下喝。"

阿樱表姐说好。她笑起来会露出两颗虎牙，在她苍白的脸上，特别地显眼。齐颈的短发，发梢有些乱了，让表姐看起来仍有一种属于小女孩的稚气模样。

那个房间有些闷热，但表姐竟然还盖着薄薄的毛巾被，一双脚藏在被子里。房间里有一种淡淡的中药气味，灰尘在光中飞扬。这里本来是外公的房间。外公过世之后就没有人睡在里面，慢慢堆积了零零碎碎的杂物和纸箱。但床铺还在，如今变成了阿樱表姐栖身的所在。

表哥曾经吓唬过我，这房间里有鬼啊。晚上阿公会回来，连阿嬷都不敢进去睡了。不知道阿樱表姐有没有听过这件事，但我知道，表姐和我一样，原本就不属于这里。这终究只是一个借来的房间。况且打开了窗，也是亮晃晃的，没想象中那么可怕。我看见床头上堆着一沓日本漫画书，想是表姐用来打发时间的，还想多看一眼，母亲要我走开，别吵阿樱表姐休息。

回想那一年的长假，阿樱表姐大概也才大我几岁，而我还是六年级的小学生，有太多不能明白的事。阿樱表姐并不是大姨的女儿，而是更远一点的亲戚，原本也并不住在老屋里的。那阿樱表姐为什么现在会在这里呢？而且为什么都躲在房间里不出来呢？好几次，我问母亲关于表姐的事，不知道为什么，母亲都故意不答。想再说的话，母亲就要我住嘴。

乡下的一切仿佛都有着一种新奇和神秘，伸手触碰的事物都和小城里的不一样，一种指尖粗粗糙糙的触感。老旧的电掣是黑色圆圆的形状，还有蹲式的厕所，以及里头的钨丝灯泡发出橙黄色的温暖的光——仿佛这里的时间比较慢一些，让我稍稍看见了视觉暂留的细节。但彼时我并不知道这是老屋最后的余光。再过几年，外婆过世之后，这间木屋连着土地，就像其他老旧的东西一样，很快就被变卖了。原本以为永远不会随着时间改变的事物，铲泥机的怪手才轻轻一碰，就脆弱如骨牌那样应声倒下了。

而在那之前，我随着母亲来到这里的时候，一切都还是时光凝固的样子。

乡下的孩子们会在下午时刻聚在大树下抓"豹虎"。那是一种善斗的蜘蛛，躲在牵牛花丛之中，要辨别哪里藏身着蜘蛛，就要眼尖看哪些叶子被蛛丝粘在一起而蜷缩起来。下午的时候，我跟跟跄跄地跟随在那群表哥表弟身后，但我其实和他们并不熟，原本也只是过年过节会见上一面而已。孩子们围了一个圈，把各自抓到的银蓝色蜘蛛从怀里掏出来，让它们在一个火柴盒里面相斗。小小的盒子就是擂台，日光底下，两只蜘蛛身上都闪着蓝绿的光彩，高举着一双前脚，蹦跳、闪躲、撕咬，凶猛得很。

我总是站在圈子的最外围，伸长脖子，想看那火柴盒之中的厮杀，却又好像被有意无意地推开。回想起来，乡下的表哥表弟似乎对我总有着孩童之间的那种故意为之的排挤，相隔着一种"你跟我们不同一国"那样的看不见的壁垒。孩子们赤着脚在红泥地上奔跑，无惧地上的石块和泥泞，转过头嘲笑我，老是穿着球鞋，装模作样。

那时的我也不知道怎样回嘴，心底有一丝难过。午后日光倾斜，表哥表弟们抛下了我，跑去河边钓鱼了。我一个人蹲在老树下，自己翻找着一片一片叶子。"豹虎"真不容易找，像是藏在绿叶背后的宝石一样。我也想捉一只，可以带回学校向同学炫耀。那丛牵牛花缠绕着大树的树身，茎叶如蛇，攀缘到更高的枝丫去了。

我伸手搭着粗糙的树干，想要爬上更高的地方，鞋子踩在叶子上却滑了一下。一松手，就从树上摔了下来。虽然也不高，但手肘刮伤了，刮掉了一层皮肤，透出一道一道鲜肉色的伤痕。一开始也不怎么疼，我反着手臂看那伤口，吹了一吹，血就像是被唤醒一样，一丝一丝地冒现出来。

幸好没有人看到。

如果母亲知道的话大概又会苛责。我扶着手肘，忍住膝盖疼痛，一拐一拐地走进木屋。炎热而叫人慵懒的下午，姨丈在懒人椅上睡着了，报纸还握在手中欲坠不坠的。电视机开着也没有人看，大概又是什么综艺节目，不断发出意义不明的笑声。我走向厨房，看见外婆和母亲坐在餐桌边剥江鱼仔，一边剥着，一边压着声量在聊些什么。

"阿樱啥咪都不说啊。"

"夭寿哦。这款代志①，吃亏嘛是查某人啦……"

我知道，她们在说阿樱表姐。

我不想让母亲看到自己摔伤的样子，转身走去阿樱表姐的房门口，悄悄把门帘掀起来一角，想看表姐是不是在睡觉。阿樱表姐却看到了我，放下手里的漫画书，挥手叫我进来。我走进房里，掩着手肘。但阿樱表姐却把我轻轻拉过来，见到衣服上有一些血迹，就盯着我问："是不是阿超他们欺负你？"我低着头说不是，是自己不小心跌伤的。表姐

---

① 代志，闽南语，事情的意思。

说:"你流了这么多血。"

表姐从床上坐了起来,起身打开房里的橱柜,往抽屉里翻找什么。她穿着一件过大的哈啰凯蒂T恤,领口都洗成荷叶边。从那件陈旧的T恤下摆露出了那种中学女生都穿的体育短裤。表姐招了招手,要我坐在床角。她拈着棉花棒,蘸了一些黄药水,小心翼翼地为我把伤口上的沙砾洗干净。药水碰到伤口有一些刺痛,我忍不住把手缩了一下。表姐问我,很痛哦?我摇头。表姐靠得很近,扶着我的手臂,她的手指凉凉的。

阿樱表姐抬起头看着我,笑说:"我的头发是不是很臭?"

"没有啦。"

"一定有啦。我都快一个月没有洗头了。"阿樱表姐搔着头发说,"痒死了。"

表姐的头发近看似乎真的都纠结在一起了。在那个房间里,被单皱如沙丘的床上,日光仿佛串住了两人的影子。

不知为什么,在那个传说闹鬼的房间里,我觉得阿樱表姐有着和我一样的寂寞。表姐为我贴上一条创可贴,要我伸展一下手臂,然后说:"好啦。"我仍坐在床角,指着床铺上那几本摊开的漫画说:"可不可以借看?"阿樱表姐就笑了,两颗虎牙又开在嘴角上。

那是好多年以前的某一个下午,我和阿樱表姐在那个闷热但光亮的房间里,翻过一本一本的书页,直到窗帘后的日光都倾斜。我还记得,我们一起躺在床上追看日本漫画家安达充的"TOUCH",盗版的中文译本不知为什么被翻成了《邻家女孩》。那其实是一个哥哥替代了死去的弟弟,背负起另一段人生、命运和爱情,继续活下去的故事。然而有些遗憾的是,我和表姐始终都没有看到故事的结尾,因为那个时候,漫画的最后一集不知是还没出刊还是被人借走了,一个故事的结局,就这样悬吊在半空。

许多年后,因为相隔了太久,我几乎都要淡忘了那套漫画的剧情。然而在那穿过了窗帘的日光里,还是小学生的我,想起了什么,抬起头,问阿樱表姐:"这个房间里有鬼啊你知道吗……"

阿樱表姐说,我知道啊。

有几次晚上,她总是翻来覆去睡不好,想干脆起身开灯,突然一瞬间就全身都动不了,想喊出来却也只是嗯嗯咽咽被闷住的喉音。然后在房间里,她就看见一个女孩子的稀薄的淡影,慢慢地走过来,握住她的手,像是要带她到哪里去。那不知是梦还是现实的情境,其实并不是真的可怕,但阿樱表姐却坚决地觉得,不可以啊,自己不能就这样离开这个房间。也不知过了多久,那拉扯的感觉才消失。昏昏沉沉睡着,隔天早上醒来,手腕那里翻过来看,有一道一道红色的细痕，好像刚刚被什么很用力地捏过一样。

"所以那个鬼不是外公哦？"

"不是啊。也看不是很清楚，一个模模糊糊的女孩子的样子。"

我又问："那你为什么要一直在房间里不出来？"

阿樱表姐耸耸肩说，没办法啊，因为她不能吹到外面的风。这是大姨一再告诫的——是的，绝对不可以吹到风。

我搔了搔头不明白。表姐说："你坐过来。"表姐盘着腿坐在床铺上，红色的体育裤之下，折着一双瘦瘦长长、白瓷颜色那样的女孩子的腿。我有点不好意思，怯怯坐到表姐身边。表姐微笑着对我说："给你看。"她低头掀开了腰际的T恤，露出了肚脐。我才第一次看见，原本永远都掩藏在衣服的后面，那隐秘而接近透明的肉色的地方。

但非常怪异，和我想象中全然不同的是，那并不是属于少女的身体。

阿樱表姐的小腹像是一个漏了气的干瘪气球，皮肤松垮掉而有着一线一线的折痕，且上面都是密密麻麻交错的皱纹。像是大象那粗糙的皮肤，又像是有人偷偷把原本属于老人的那种缺水如干土龟裂的皮肉，不知为什么，却丑陋地移植到了少女的身体上。

"你可以摸摸看。"

我有点犹豫，表姐却轻轻握着我的手，伸向自己的肚子。我的指尖触碰到表姐的腹部，像蜗牛触角缩回了一下，又继续顺着那些细纹抚摸过去。阿樱表姐身上那些深刻而交错的皱纹，我始终都无法忘记，那是一种柔软但又粗糙的说不出来的怪异触感。

而所有起伏的皱纹，那些线条，都指向腹部正中凹陷的肚脐。仿佛那就是旋涡之眼，仿佛整个崩塌世界的中心，所有的事物都被吸进了这个凹洞里面。

"阿朔，你相信吗？这里面本来有一个小贝比……"

许多年以后，每当我回想起那次和母亲在乡下小住的那些情景，总是会想起那橘皮满布的少女之腹，以及表姐让我轻抚过的恍如河水干涸龟裂的肌肤。许多年以后，我仍记得阿樱表姐袒露着自己的肚子，对我说过的那句话——

这里面本来有一个小贝比。

短暂的假期过后，我又回到了小城，以及原属于自己的生活之中。再过几年，听说老屋就被拆掉了。所有关于乡下的记忆，原本就虚虚浮浮，如今更像是走入了一个没有坐标指引，而只能依靠依稀印象去辨认方向的丛林。如何在那些繁复交错的蔓藤和羊齿植物之中，找寻那被遗失的细节？

——或者让我们再回到那个梦中，莉莉卡。

　　那个充满了虫鸣声响的晚上，十二岁的我蜷缩着身体，睡在阿樱表姐的房间里。那天我千百不愿意再和那些表哥挤在一起睡了，央求母亲许久，让我睡在表姐房间。母亲拗不过，问了表姐，表姐点了头。我拉了一张薄薄的床垫，铺在地板上，就躺在阿樱表姐的床边。在那个闹鬼的房间里，我和表姐凑着橙黄的灯光看漫画，直到深夜，阿樱表姐打了一个呵欠，说要睡了，要我把灯关掉。侧躺在床上的阿樱表姐，手枕着头，问我："你会不会怕？"

　　我耸耸肩，说："不怕。"

　　房间的灯光熄掉之后，浓重的黑就涌了上来，有一瞬间我什么都看不见。待眼睛慢慢适应了黑暗，却非常奇怪地，眼前恍恍出现的轮廓，却不是原本的房间，而是一座陌生而巨大的废墟。

　　此刻我踩着一地凌乱的木条和锌板，抬起头可以看见一整片辽阔的夜空，满满繁星。然而残垣败瓦之上却怪异地仍笔直矗立着一扇一扇的门，整齐地排列在那片荒芜之地，以一种图学透视法延伸到看不见的远方。

　　我恍恍看见，有一个少女的身影站在远远的尽头。

　　——莉莉卡，在那个梦中，即是我们相遇的最初吗？

为了找回我们迷失的方向，你一次一次把电缆插上后脑勺的接口，骇进了一个一个久远幻梦之中。你站在那些虚线相连的门扉之间，牵起了年幼的我的手。

"你必须选择一道门。"你说。

我在那梦中恍恍不知自己身在何处。眼前的每一扇门却都长得一模一样，我疑惑而不知道应该选哪一扇门才对。

走了许久，我才停了脚步，犹豫了一下，慢慢伸手打开了其中一道门，才惊讶地发现，原来每一扇门的后面，都通往了一个原本看不见的空间。满满的光从门缝溢出来，照得我一脸晃白。

但那一瞬间，不知为什么，我马上就直觉自己选错了。

打开门看进去，那是一个为婴孩精心布置的房间。莉莉卡，你点了点头，让我走进了那个房间里。和外头破败的景物全然不一样，眼前的一切都非常整齐、光洁而明亮。仿佛于此的时空是不一样的。男孩的我赤脚踩在厚实柔软的地毯上，房间正中有一张精致的婴儿床，走近了，才看见床里摆放了好小巧好可爱的枕头和被子，以及顶上有一串卡通小鸟的吊饰，缓慢地旋转着。

然而令我更讶异的，却是挤满房间的各种各样、大大小小的玩具娃娃。有手工缝制的布偶，用纽扣做成眼睛；也有陶瓷脸孔、挂着凝固而诡异笑容的古董娃娃，木头雕刻的小木偶，以及那种会眨眼睛、按一下机关就会用尖锐的娃娃音说"妈妈我爱你"的塑料玩具婴孩……

"这房间里面，本来应该有一个小贝比。"

我那时才终于听清楚了，莉莉卡，你一直想对我说的是什么。

然后周遭的一切突然开始慢慢地软化、脱落。那些娃娃像受到高热灼烧一样，木头化成灰烬，塑胶的部分如蜡滴泪。一颗玻璃眼球从融化的娃娃的脸上掉了出来，掉在地上，滚去好远……

那场梦就骤然停下了。我在深夜里蒙眬醒来，揉着眼睛，好一阵子才确认了自己仍身在老旧的房间里面。转过头，阿樱表姐仍沉沉睡着。在窗帘之间透进来的微光里，表姐紧闭着眼睛，皱着眉头，嘴巴却很用力地不断咬合，牙齿间发出咯咯咯摩擦的声音，在那暗夜里听起来非常地响亮。我轻轻呼唤表姐，她没有回应，仿佛仍然困陷在自己的还未完结的梦中。

几年过去，我来到了和阿樱表姐那时相仿的岁数，拥有自己的青春和烦恼，已不时常想起关于乡下的事了。有一天，听见母亲和大姨在聊电话，她们似乎说起了阿樱表姐，我刻意偷听了一下，才知道阿樱表姐后来还是离开了这座城镇，离开了所有人，一个人"跳飞机"到日本，在东京新宿的中华料理店里打工。像是为了挣脱自己的一切过往，阿樱表姐把原本的名字都换掉了。

我突然有一种预感，我永远不会再见到阿樱表姐了。

莉莉卡，如你后来知道的，木屋被拆毁之后，乡下的老家变成了一个近乎虚构的词。我那时候已经上了高中，放学后如常经过一家漫画出租店，却发现那间店竟然要收了，门口贴了漫画清仓大抛售的卡纸。我走了进去，看见那些书架皆已空置，地上堆满了一沓一沓的成套漫画书，凌乱地散落一地。

我在书堆中翻找了一阵，无意间看见全套的安达充的"TOUCH"，且找到了曾经遗失而未解的最终篇。我抽出那本最后一集的漫画，蹲在书架边，弓着背翻看着。仿佛时间随着书页翻开而倒退，原本以为早已忘记的情节，突然全都汹涌如潮地浮现出来。一直翻到最后一页，才终于看到，上杉达也站在一处迎风之草坪，面对着浅仓南，向女孩说出了心中的话。我看得泪眼迷蒙，一个人缩在那里，拼命忍住不让其他人看见我流着眼泪。

仿佛一下子不小心掀翻了多年以前的记忆，书店外面明明晃亮的光，恍惚暗了一下。从来不曾察觉时间原来已经过去了这么久。我想起阿樱表姐，依然是那个稚气的少女模样。我其实还记得，我和阿樱表姐躺在床上看漫画的时光，以及那时看到最后一本，表姐掩上了书页而未知结局的一声长长叹息。

不知道阿樱表姐到最后有没有看到那个延宕多年、悬而未决的漫画结局呢？

莉莉卡，如果我们可以更早一步就掀开时间的底牌的话，你会不会忍不住去窥看那最后一张牌面的谜底？又或者，反悔、耍赖地，把抽出来的坏牌再塞回去。

好嘛。可不可以让我们再重来一次——

但是，即使一再回到那个房间里，时间却无法伸手阻挡。一个无人知晓的开端，只要一开始就没有办法阻止了。莉莉卡，你曾经在那个房间里看见这一切，伸手拉扯房间里的人却也无法改变什么。往后瘟疫将要渐渐在这座城市蔓延开来，如一滴墨汁滴在水杯里，妖娆地晕开，而至整杯水最后变成了一片无明的灰色。

瘟疫的病毒把人慢慢地吞噬掉，让记忆变得破碎。

初期的症状和流感也没有什么不一样，发烧、咳嗽，身体觉得疲累，但你渐渐觉得自己想不起什么，漏掉这个，漏掉那个的。慢慢地，一大片一大片的记忆会自脑海剥落，剩下零散的碎片，失去了彼此的联结，无法被串联起来。而原本深藏在大脑皱褶之中，那些任何仪器也看不见的记忆，早已经一点一点地被侵蚀掉了。在那巨大的扫描仪之中，各种断面的Ｘ光片里，看起来原无任何异状的人类之脑，其实已经被抹除了所有的记忆，变成了一片荒芜的废墟。

于是城市颁布了管制令，要求市民待在房间里不要出来，以免疫病传染。原本热闹的街道、购物商场和餐厅，此刻都空无一人。在那停顿而漫长的时光里，我不断复习自己的记忆，依照防疫手册做各种的自我检测，以防任何些许细微的遗忘。在所有人都把自己禁锢起来，紧紧抓住回忆不放的日子，公寓外面的阳光依然猛烈，下午窗帘筛过了光，我有时仍会忧伤地一再想起阿樱表姐。

在那段大禁制时期，我仿佛可以体会阿樱表姐被困锁在房间里的那种心情了。然而表姐似乎背负了更多的无人看见的伤害，而我小时候却恍恍不知。往后才慢慢知道，为了避开那些流言蜚语，以及灼人的目光，十五岁的阿樱表姐从学校休学，自现实把自己隔离起来，一个人躲在陌生亲戚的乡下老屋里。仿佛一只被关在玻璃盅里头的蝶，在那老旧闷热的房间里，仍不断扑拍着自己鳞粉脱落的翅膀。而我曾经不小心闯入那个蛛网封印的结界,看见阿樱表姐掀开衣服之后的伤痕。

少女之腹上的那些皱纹会否随着时间而消退?又或者像抹不去的痂那样,永远烙印在身体之上?

我永远都不知道,如果那个时候,在那个废墟之梦中,我打开的是另一扇房门的话,那么眼前的这一切,如今这无由修改而渐渐崩坏的现实,会不会有什么不一样?

——如果可以再一次选择的话,你会打开哪一扇门呢?

莉莉卡,你知道吗?在疫情刚刚蔓延的那时候,因为无法走出房间,为了打发漫长而无聊的时光,我曾经沉迷在一种叫作"线上直播间"的玩意。

那其实就是二十一世纪借由智能手机和快速的网路才发展起来的一种个人秀场。你可以对着镜头说话、唱歌,或做任何事情,想象在看不见的某处,千百人正在围观着你。只要打开手机镜头,便是向世界打开了门,虽然你无从知道门外到底是谁在窥视。其实镜头之中永远只是你一个人。你只是一直在凝视着自己的镜像而已。

然而那种直播间的网路现场,太像是一个一个隔着玻璃的房间了。

虽然从荧幕之外无法伸手触及，但那些房间里头的细节却那么清晰可辨。我躺在房间里，快速地滑过手机荧幕上的那些少女。每个女孩的脸都镶嵌在一块一块的方格之中，像是邮票，或者像是什么产品目录。但我知道，只要伸手按进去其中一张照片，就可以看见一个女孩直播的样子。那些年轻女孩子在镜头前面，会跟看不见的粉丝们说笑、聊天、玩游戏，或者秀一段歌艺。围观的人可以送礼物给那些女孩（虽然是虚拟的但还是要花钱），然后她们会花枝乱颤地跟你说谢谢，手指比一个流行的韩式爱心。

从什么时候开始的呢，我下班回到房间的晚上，都会打开那直播App，去看那些我在现实中其实并不认识的少女。

我还特地用了一个假名，贴上怪医黑杰克的头像，这样就没有人会知道我是谁，但其实也没有人会在乎这些。女孩子的名字也都是假的。梦梦、玛儿、安洁莉娜……那些女孩会央求在直播间的观众打赏。她们深谙各种吸引目光的方式，比如穿平口粉色的洋装，只露出锁骨和肩头，而不让身体显得那么廉价；有时也就只是无聊地撒撒娇，请大家多给一些爱心光波。

我在那些直播间里通常不说话，也不送礼，像是深潜在水底的鱼，只望着光影时间如水波流动。我会固定追踪几个看得顺眼、口条不那么令人讨厌的女孩，只要女孩一上线手机就会叮咚作响。我可以清楚看见荧幕上的少女，她们身上或表情的各种细节，但我却总是分心去端详女孩身后的背景。通常都是睡房，床铺上堆着小熊娃娃、还没洗的衣服，墙上或许会贴着明星海报，而柜子上则摆满了我所不能理解的一大堆化妆品和保养品。

有时我会感到一丝疑惑。那曾经像是秘密一样的少女房间，没想过如今却可以那么轻易地进入。像是一个一个相接依偎的玻璃之门，随手点击荧幕就可以打开来。没有人会在意，没有人会阻止任何的注目。

我记得，我那时追踪了一个叫作"夏美"的女孩。在手机荧幕的彼端，少女夏美笑起来就露出两颗明显的虎牙。除了那一绺长发之外，有一瞬间，我以为看见了阿樱表姐。

——是你。

——真的是你吗？

后来我就发现了，和其他直播少女不一样的是，夏美从不央求观众打赏送礼，不哗众取宠，甚至因为她不太说话，所以粉丝人数少得可怜。直播之中的夏美，总是不曾刻意打扮，一身宽松T恤，慵慵懒懒的模样。她似乎不打算和任何人交流，只是径自对着虚空播映她一个人在房间里的日常生活——她躺着玩手机。她泡了一杯热可可慢慢地喝。她皱着鼻头打呵欠。她甚至在镜头前面抬起了膝盖，悉心地剪脚指甲（因为我在荧幕那端听见"嗒嗒嗒"的声音）。

夏美的直播，有点像是我们那时代一部叫作《楚门的世界》的电影，有一种像梦一样的疏离和透明感，仿佛她不曾察觉镜头，以及房间之外的所有存在。

但我一直注视着夏美，从狭小的手机荧幕里看去女孩的一举一动，都已经好几个月了。一开始也只是对这个女孩好奇，后来总是定时等待夏美的开播时间。有时直播到深夜，我一个人在餐桌上吃消夜，也把手机摆在面前，仿佛夏美就坐在我的对面一样。

两人隔着时空，相对而无视，却似乎被我擅自想象成了一种陪伴。

——我们的记忆，是否也有虚拟与真实的叠影？

莉莉卡，你还记得吗？大禁制的前一天，整座城市突然如锅里煮开的水那样沸腾起来。百货公司、便利超商里头一瞬间都挤满了慌张的人。城里的人们拥进商店里抢购米粮、泡面，甚至不明所以地买下大量的卫生纸。他们在收银柜台前排成长长的队伍，手推车里的物品堆叠得高高的。或者把镜头拉远，人缩小成点，仿佛原本埋藏在基因之中的什么，一被触动就不由自主变成蚁群，求患求生那样拥挤地团抱成一个巨大的、球状的共同体。

那天我下班之后开着车，在公路上塞了很久。傍晚的天空竟下起小雨，雨刷在车镜上定时地扫过，每三秒钟就把湿垮的城市又刷新一遍。漫漫无际的红色车尾灯，在雨水之中牵成一道一道很长的虚线，望眼而无尽头。而车子里的电台反复播放着最新新闻，DJ以一种亢奋的语气，报告着卫生局刚刚颁布的一长串防疫措施和新的管制令。我觉得有些厌烦，伸手把车里的收音机关掉了。

回到家的时间比平常晚了许多，我把车子停在公寓楼下，想到便利店里也买一些生活用品。踏进便利店，自动门响起熟悉的电子铃声，却奇怪地没有听见店员喊"欢迎光临"。我往柜台看了看，店员还在，却靠着墙壁，以一种疲惫、空洞的眼神回望着我。我这才发现，店里一如往常灯光明晃耀眼，但此刻货架上的东西却全都被买走了。地上凌乱地散落一些小物品，被踩过了，也没人收拾起来。像是店里才经历一场震灾，那些原本放在架子上琳琅满目的微波意大利面、罐头、御饭团，那些百种品牌的饮料、啤酒，甚至平时都不会用上的蜡烛和五金用具……全部都不见了。货架上只留下了一个一个价格标签，指向虚无。我茫然地置身在一排一排空荡荡的铁架之中,非常怪异,有一种不太现实但又好似曾经见过的荒凉之感。

结果还是来晚了啊。我想。

我只好要了一包烟——不管买什么都好,仿佛必须这样才得以心安。还好,香烟还没被抢光。想了想,我又让店员多拿一包。正在从钱包里掏着零钱的时候,隔着自动玻璃门,抬起头,看见一个戴着棒球帽的女孩子站在便利店的门口避雨。少女穿着T恤和牛仔短裤,肩膀很小,瘦瘦弱弱的。她低头挥扫自己头发和衣服上的水滴。我看了一会,便利店的自动门在前面开开关关了好几次,电子铃声一直叮咚作响。

我想确定自己有没有看错人,玻璃门又再次打开的时候,我对着女孩的背影喊了一声:"阿樱表姐!"

那女孩转过头来了。我看着那张从现实浮现出来的正面脸孔,以及那张脸上仿佛时间凝固而放大的各种细节。然而我此刻却非常疑惑,分不出眼前女孩的叠影,到底是虚拟的夏美,还是真实的阿樱表姐。

女孩站在便利店门外亦怔怔地望着我。我迟疑了一下,想再开口说些什么,那道玻璃门相隔在我们之间,却又缓缓地关上了。

第五个房间

模拟城市的暂停时间

．

　　我看了看手机，没错，今天是二〇一五年六月二十二日，星期一。

　　因为前一日晚睡了，今早醒来仍有一种不甚踏实的虚浮感。我如常在闹钟声中起床，准备上班，刷牙的时候，看着浓稠的泡沫随着流水旋转流失，心底却恍恍浮起什么。星期一不免让人沮丧。手机里的月历并没有标记特别的日子，但我还是想起了多年前的一则预言，经过漫长岁月洗礼，像是潮水退去之后才露出的一枚突起的石块——

　　西历二〇一五年，使徒来袭。

　　啊，是今天啊。

　　我想起了，我和少年好友直树曾经许下的约定，要一起见证使徒把城市毁灭的情景。

　　那是我们曾经亲眼预见的末日。延绵不绝的警报响起，眼前的城市竟若积木一般脆弱，轻易就倾倒了。那些原本高耸的楼宇、高架桥和电线杆，皆还不到机甲巨人膝盖的高度。巨人在市街上奔跑，与使徒打斗而摔倒彼此，一倒地就压烂了一整片房屋和公寓，扬起一阵风沙烟雾。再看清楚，在激光乱射的光照底，那些耸立在这座城市之上的钢骨水泥建筑物，竟然一下全都被摧毁了。

十五岁的我和直树，抱着膝坐在狭小的屋子里，对着荧光幕目瞪口呆。我们睁大双眼，一眨也不眨，却一点都捕捉不住那画片快速串联起来的动作。我们的瞳孔充满着光，以及视觉暂留的影子，像是核爆的强光烙印，以至许多年后我们仍记得在看动画片《新世纪福音战士》的那刻，巨大的机器人把敌人徒手撕裂、捏爆的暴力，毁灭之硝烟以及鲜艳之色彩的奇异组合，让我们深深地着了魔。

那一天，我和直树在看完了动画之后，仍按捺不住心底的躁动，必须走出屋子透一透气。我们用力地踩着脚踏车，骑了很远，在滑速愈来愈快的斜坡上，城镇的街景变成了流动的河。我们张开口毫无意义地乱喊，任风灌进嘴巴里……

庵野秀明监督的动画《新世纪福音战士》，在我的青春里，像天空绽开的红十字，变成了一个巨大的戳记。或许是片中的那些少年，和我们年纪相仿，总让我们以为看见了某部分的自己——怯懦而想逃避现实的碇真嗣，以傲娇掩饰自己脆弱的明日香，对了，当然还有绫波丽。她拥有一双红色的瞳孔，漠然而坚决，却和整个世界那么疏离，让人无法走近。

——而我们要许久之后才知道,她其实是一个人造的女儿。

在充满科幻意象的培育槽里,她如一个婴儿的姿态那样,蜷缩在红色液体之中,载浮载沉着。和同伴碇真嗣以及明日香不一样,绫波丽没有任何可以回溯的童年回忆,从诞生之始,她就是一个少女。

但我和直树一开始并不知道这些,犹自沉迷在声光爆破的情景之中。身穿紧身战斗服的少年们,操纵着装甲巨人,每一集都不断和造型不同的使徒战斗。但我和直树渐渐就察觉了,和以往那些日本机器人卡通不同的是,不管有没有战胜敌人,那些少年总带着一种濒临末日,其实一切毁灭了都无所谓吧,那样的绝望感。

然而为什么,莉莉卡,当我们目睹整座城市毁灭的同时,其实也有一种不可告人的痛快?像是一张一张叠起来的扑克牌金字塔,或者相邻站立的一万个骨牌,花费了这么多时日堆砌起来,原来只是为了推倒它的那一刻,心底浮现的无以名状的快感?

又或者,我想起少年时沉迷一个叫作《模拟城市2000》的电脑游戏,建造与毁灭如两面对照的镜子,相对而无尽地

第五个房间 模拟城市的暂停时间 | 147

折射出我们的影子。

我总是站在这座城市繁华喧闹的光景底,而想起这些。

直树被他暴躁的父亲怒打之前的一刻,我正在他家的客厅里,埋头玩着《模拟城市》。那时已快到了游戏的终末,原本贫瘠空无一物的荒原,经过那么多时日,如今已经是摩天大楼林立,十分未来感的城市之景。我推着滑鼠,以四十五度俯角一览都市的全景,那些高架公路、公寓聚落、霓虹招牌和公园……虽然在低画素的荧幕上那么粗糙,眼前一切皆锯齿分明,但对于那时不曾离开过小镇的我来说,却是对"城市"这个字眼最初的想象。

我曾经耗费了那么漫长的时光,在直树的家里,点击着滑鼠,一砖一瓦地建造一座虚构的城市。一直到直树站在我的身后叫我,对我说:"喂,阿朔,你看我。"

我转过头去,愕然看着直树。

眼前的直树却已经完全变成了另一个人。

一如许多年后,大瘟疫开始在这座城市蔓延时,我一个人待在困锁的公寓里,百无聊赖地看着电视正在播放一个过期的偶像选秀节目。那些素人歌手翻唱着曾经风靡一时的流行歌曲,像是为了召唤一个看似比现在更辉煌、更值得回忆一些的年代。他们站在舞台上,总是因为回顾了自己的成长经历而轻易落泪。而我只能从其中一个唱歌的选手额头那掩饰不了的一道伤痕,而以为荧幕里那个人或许就是我的少年友人。

十五岁那时,我常常放了学之后都跑去直树的家里玩。总是明亮而闷热的下午,我骑着脚踏车跟在直树身后,用力踩着日光下分明的我们的影子。直树把校服从裤头抽出来,衣角任风掀翻乱晃。我们经过老旧的街,两边皆是战前的店屋。铺口瑟缩在竹帘的暗影底。竹帘上的广告早已褪色,有一种沉默而老旧的疲态,仿佛最灿烂的时代已经过去,但那时的我们却太过年轻,而恍恍不知。

直树家是开杂货店的,店门口堆满了饼干铁桶、罐头和麻包米袋。直树的父亲永远都坐在光照不到的暗处,穿着破烂不堪仍不换的背心,戴着一副厚厚的眼镜,敲打着计算机。直树的父亲是一个沉默而严肃的大人。我总不确定他到底是在生气还是表情本来如此。我随便叫了他一声"阿鲁叔叔",就低头跟着直树的脚步走进店里深处。杂货店充满着咸鱼干货混杂着潮湿霉味的气味,而我们必须要矮身穿过那些吊挂着的小报杂志、廉价塑胶玩具和零食,仿佛穿过一座密林,上去二楼的木梯,才能进到直树的家。

直树顺手从店里偷拿了两罐可乐,豪爽地抛了一罐给我。他脱了校服,只穿着白色汗衫。而我就待在他的家里,和他一起看动画片、玩电脑游戏，常常如此虚耗一个下午。

许多年后，莉莉卡，你已经看见，这幢老旧的店屋会随着时间愈缩愈小，变成一个实质意义的茧。而那时直树早已经和他的父亲离开了这里，搬到另一幢陈旧的公寓。直树搬走那时，我们约了在小镇的百货公司见面。却不知这次告别之后，我从此没有再见到他。而至瘟疫暴发，漫长无光的禁制期间，所有人都只能蜗居在自己的屋子里，足不出户。

我们那时并不能预知这些。

但我仍记得当时第一次走进那幢老旧屋子里，看见直树的母亲躺在那里，而时间好像顿然停下，秒针震颤而跳不过去下一秒。

那时直树家刚买了一台新的电脑，而我央求了直树好几次，去他家打游戏。"586耶，那打游戏就不会卡了啊。"但不想直树却拒绝了。他搬出了各种十分牵强的理由，不让我去他家，而我们几乎为了这件事吵了起来。"你不懂啦。"直树负气地把脚边的一个空罐子踢得老远。

直树终于才说，因为他的母亲生病，在家里休养。

一如直树所说，我那时候真的不懂。

一直到我终于跟着直树来到了他的家，直树伸手掀开布帘，我才明白直树一再拒绝我的原因。直树的母亲此刻躺在幽暗的客厅里，靠着墙的床上，像是被凝固在时间之格的一具标本。

我一进门就看见一个瘦削的女人躺在那里，身体接着很多管子。她很瘦，脸颊凹陷下去，而嘴巴似乎无力关起来，口涎牵成一丝，慢慢地滴到身上，在被单上漫成一摊渍印。

我一时错觉了，接引到直树母亲的那些透明的管子，其实是正在缓慢地把那个身体一点一点地吮吸掉。所以她才那么瘦。而且凉被下露出来的双腿，似乎因为太久没有运动，只剩下了枯柴一样的骨头，包覆在苍白接近透明的皮肤底。直树的母亲把头发理得很短，而看起来她的头和瘦削的身体变成了一种不合理的比例。那时我只联想到，画报上看到的，那个躺在床上等待被解剖的灰紫色外星人。她好像被禁锢在某一个时刻里。她闭着眼睛，恍恍不知眼前现实。

那张病床占据了客厅里最显眼的位置，而让人无法回避。直树说，因为房间太狭窄了，在客厅里也可以让妈妈听听电视的声音啊。我才知道，直树每天都必须为他母亲翻身、按摩、换洗床单。"所以你帮你妈洗澡哦？""是啦。"直树耸耸肩说。

那张病床恍如只是客厅里的其中一个家具。但那老屋的客厅其实也是一片凌乱。墙角放了一台老旧的针车，还摆了

第五个房间　模拟城市的暂停时间 | 151

两具光无衣物的假人模特儿。直树说，母亲在生病之前都在家里帮邻里车衣服，赚一点小钱。以前住附近的那些马来女孩都会上门来，让母亲缝制过年的新衣。

如今的老屋其实一片昏暗，厚重窗帘紧紧地拢上了，隔开午后的光和外面的声音。我隐约闻到无处不在的一种消毒水和尿骚混杂出来的气味。

莉莉卡，那或许是我第一次那么靠近一具故障的身体。那情景非常怪异，我和直树在客厅里打电脑游戏，胡扯笑闹，旁若无人。但直树的母亲确然还躺在那里，灯光照不到的那边，每一次呼吸似乎都用尽了力，胸部在被单下明显地起伏。因为插着喉管，呼吸时会发出一种"呸——呸——"的怪声，那像是有人在我们的身后，重复不断地叹息。直树刻意把电脑的声量开得很大，似乎想用游戏的声光，掩盖住屋子里的原本凝滞的一切。

往后，我们日日沉迷在电脑游戏和动画的光影之中。我决心要把《模拟城市2000》破关，而直树似乎更喜欢一款叫作《美少女梦工场》的游戏。那是一种从九〇年代冒现出来的"少女养成"的类型电玩。你可以在那些日系大眼睛的卡通妹子之中选择一个，而你必须将那个十岁的小女孩养育成亭亭玉立的少女。游戏之中你可以为她安排衣装、训练课程或兴趣，把她打扮成你想要的样子——呃，等等，那不是很像那种可以换衣服的纸娃娃吗？只是更变态而已啊。直树说不是的，重点在于——

你其实只是在塑造你自己而已。

我想直树说的并没有错。在游戏和动画的虚构之梦中，仿佛让我和直树真的相信了现实自有一道时间的隙缝，可以让我们暂时超越到现实的前面。但我们盯着荧幕，各种各样的想象之中，却总是隐隐伴随着一阵沉重的挥之不去的叹息声。

那时我几乎天天都到直树的家。借口一起做功课，其实在客厅里玩《模拟城市2000》。老屋里的时间和现实有着巨大的时差。一开始我就选择了一个遥远的年代，从一条公路、一幢公寓开始，旷时费日地把一座巨大城市慢慢建构起来。这个游戏最令人着迷的是，你其实也可以从一种神的角度，从全景的视角慢慢拉近镜头，看见这座城市的细节，看见路人和汽车在你创造的街道里穿梭，仿佛这座城市是真的活的一样。

而后来我才发现，这个游戏的目的，似乎并不只是建造一座虚构的城市，而是在城市发展到最繁盛的时候，作为造物主的你，其实只要按一个键，就可以召唤出大洪水、地震,甚至是怪兽或外星飞碟,看着它们在城市横行,放火燃烧那些高楼,把你建造出来的一切都毁灭掉……

所以许多年后,当我看见这座城市被一场瘟疫突如其来地侵袭,所有人都躲藏在居所里,隔绝掉各种的接触和关系,而街道空无一人的时候,就想起了少年时玩过的《模拟城市2000》,以及那被按键暂停,无限延长的无法继续下去的时间。

这个世界或许早已一遍一遍地毁灭过了,莉莉卡。

你将目睹死亡和诞生,像潮汐来去,像绿色的苔藓,一整片枯萎死去却只靠一枚孢子又可以整个族群复生再重来一遍。然而一定有什么已经失去了。为何我们总如失忆之人,看着荒野上矗立的巨石柱,以及那些陶土上无法辨明的象形文字,而恍恍不知为何留下来的?

比如那些文明的碎屑,那些古老岩洞里,自石器时代留下来的狩猎壁画和手掌印。比如散逸了细节的千年故事,允许我们擅自增添更多的想象。比如《新世纪福音战士》在一开始就揭示的末世场景,不知所为何来的战斗和牺牲。在熊熊燃烧的光焰里,许多看不见的什么,一下子就熄灭了。

但我仍记得我们出生而至成长的那个小镇。那个小镇并没有如我们想象的那样,慢慢蜕变成一座城市。它更像是一个死去的蛹，时间停留在某一刻不再前进。那些才建造一半的大楼，那些犹挂着繁荣愿景巨大海报的购物中心，还没来得及建成，皆荒置在最显眼的地点，慢慢变成废墟。

我和直树以前常常在老街上溜达，似乎骑着脚踏车就可以丈量整座小镇的边界。街上两旁的那些中药铺、手表店和洋货店，以为永远不会改变的，如今皆颓然老去。过了几年，有些店面无人承租，从此空置，一道铁链就锁住了往日光景，再过了时日，竟有倔强的藤蔓从生锈的门扉探出绿色的苗头。相隔了时差，才可以看见推动齿轮的业力。而那已是我们离开小镇多年以后的事了。

我记得那时我和直树追看的动画片，还是从街角那间叫作李贸易的租书店租借回来的。把VCD光碟片塞进电脑，可以听见光碟高速旋转的声音。《新世纪福音战士》一开始便预言了毁灭——二〇一五年六月二十二日，使徒来袭，人类濒临灭亡的边缘。而少年们用尽力量一次又一次顶住了猛烈的攻击。我和直树曾经被那些巨人互相虐杀、城市倾倒的画面所震撼。而直树开始想象，我们终将面对的那样的未来——

"二〇一五年的时候，我们到底几岁？"

在那幽暗的屋子里，荧幕的光流过我们的脸。动画的片尾曲 *Fly Me to the Moon* 悠然唱起的时候，直树突然转过头问了我这个问题。

"三十五岁啊。"我在心底数算了一下。

"干,这么老。"

"对啊,已经变成老人了。"

十五岁的我们那时确然对三十五岁这样一个数字,一点概念都没有。我们可以想象的大人身影,似乎都已经是颓萎老去的人了。三十五岁对我们来说,像是宇宙的边界一样遥远,但直树却和我做了一个约定——

"喂,阿朔,使徒来袭的那天,我们要一起见证这一刻。"

不管那时身在何处,变成了什么样子,我们约好了,一定要一起看一看,整座城市被使徒毁灭的模样。

而今天似乎一如往常,没有什么不一样。我下了班就赶上拥挤的捷运,身上还是上班时穿的衬衫长裤。我站在行驶的捷运上,靠着车窗,想起的也只能是当时彼此年少的样子,然而车窗的玻璃却清楚地映照出一张疲倦的三十五岁的脸孔,重叠了过去和现在的自己。

我和所有人一起挤在封闭的车厢。车厢里的人群如潮水涌进来又慢慢地散了出去。列车在地底穿梭,停停走走,泊靠在城市的中心。到站了,我搭上电梯从地心钻出来,即是人潮熙攘的购物广场。这里是都心最高耸的地标，资本文明的摩天巨厦。从巨大的玻璃窗望出去，可以眺望一整片的城市夜景，仿佛站上了神的位置，像是少年时光玩过的电脑游戏，俯瞰这座城市的灯火微缩成银河星光，在脚下闪动，明明灭灭。我一个人站在那里，看着远方，寻索我亦不知道会不会出现的，使徒的到来。

就是今天啊。直树，都过去了二十年，你还记得我们的约定吗？

会不会只有我一个人记得啊，莉莉卡。

我记得有一次我和直树在他家看《新世纪福音战士》，那应该是第六集，屋岛大作战的时候。我们正看得精彩，却听见楼下直树的父亲在喊他。直树用遥控器把画面暂停，才听清楚是他父亲要他出去买东西。直树对我说，必须要等他回来才可以继续播。我说好啦，等你啦，就按下了暂停键，让荧幕的画面停留在静止的一刻。

我一个人在老屋的客厅里，无聊地翻弄茶几上的报纸。等了很久，直树都没有回来。当电视安静之后，直树母亲呼吸的声音就变得特别明显。在整个空间里，如风箱一样充塞着"咝——咝——"的长音。我走向那摆在墙边的床，看着那个陷入漫长之梦的女人。她看起来并不似直树父亲那么苍老,在额前缭乱的发丝之下,长长的睫毛如羽叶,覆盖着眼睛。而那双眼珠似乎正在一场梦中,在眼皮之下不断地滚动。

我看见她的手不知什么时候从被子里掉了出来。我想把被盖好,提起了被单的一角,却愕然发现在那张薄被底下的身体,原来什么都没有穿。

那是一具裸裎的身体,躺在床上,而且对这个世界毫无知觉。

莉莉卡,我不曾站在那么近的距离,看着一副成年女人的躯体。像是不小心戳破了现实的薄膜,袒露眼前的景象,并不是3D电玩或成人影片那种一望即知的虚假感。我看见一双大而垂扁的乳房,且肋骨因为瘦削而明显地浮现出来,我甚至可以看见皮肤之下蓝色的静脉,以及,在视线最末端,像是海藻一样,贴在肚脐下方的一团体毛。

我久久都没有把手里的被单放下。那被定格的画面,一直到我听见木梯的脚步声咚咚响起,才又开始流转起来。

许多年以后,我似乎仍一直站在那里,在购物广场的服装店门口,看着一个店员,正在为玻璃橱窗里的一个模特儿假人换衣。他就站在那明亮的灯光底下,无视我的注目,以及来来往往的路人，粗鲁且用力地，把那个女人模特儿的衣服一件一件扯下来，任由那肉色的身体裸露在橱窗里……

我仍然在那里等待直树。

少年时不曾明白，以为什么都不会改变，但是所有的诺言原来都会随着时间变得愈来愈薄。不管怎样，时间都会走到铃声响起的那一刻度。就是今天。今天使徒会出现吗？我正站在这座繁华又破败的模拟城市里。我站在人群喧闹的购物广场之中。我站在摇晃行走的捷运上，被其他下班的搭客挤靠到门边的玻璃窗，看着这座城市缓慢地自眼前流逝。列车走在高架的轨道，远方的高楼大厦，那些巨大的办公大楼、公寓和购物中心，那些横跨过地面的高架公路，即是最典型的城市之景，在黄昏日光最后的余晖底下，却都变成一串平面的轮廓剪影。

十五岁的时候，我不曾想象过这样的未来。中学毕业之后就离开了小镇，到远方的城市里念书，之后就在这里定居、生活，变成了捷运窗镜上，晃动而模糊的其中一张脸孔。也许再拉近一点看才会发现，这样的景象原来都只是微缩成厘、锯齿颗粒组成的画素粒子。

少年时迷恋的那些动画片、电影和电脑游戏，一再为我们演示了一个一个不同的未来之景，那么迷幻、颓败而又真实——《2001太空漫游》《异形》《银翼杀手》《阿基拉》《攻壳机动队》……不知不觉,电影的未来时刻,那些标记了二十一世纪的年代,一再变成了现在,又一瞬间变成了过去。像是插在高速公路上的路标,原以为还很遥远,一晃眼就已经落在身后,回头也看不见了。

但那些预言都一一落了空不是吗?其实什么都没有发生。

没有空中飞窜的车子,没有镭射枪和月球基地,没有回到未来的时光机,甚至没有人类踏足火星。那么要如何去相信呢?眼前的城市景象,会一如我们曾经在荧幕上看见的,突然冒现出一个紫色的高瘦的装甲巨人?那个紫色的巨人会以一百米冲刺的姿态狂奔,无视脚底的那些楼宇和高架桥,而将整座城市踩成稀巴烂……

其实我有点懊悔自己记起了和直树的约定。早上虚浮的感觉延续了一整天,一如我在这座城市总是有一种不甚踏实的感觉。

我一个人在拥挤的购物中心里漫无目的地走着,心想这本来就是一个不甚牢靠的约定,像那艘漂浮在无垠星空之中的宇宙飞船,恍恍不知目的何处。眼前各种名牌的专柜和门面,那些玻璃橱窗之中,假人模特儿身上挂着折扣的纸板,灯光那么明晃亮眼——

根本就不会有什么使徒袭来。

我在人群之中漫无目的地走了一会,就想我应该回去了,迎面却走来一群奇特的人。

他们皆是年轻的男男女女,身上穿着动漫角色的衣裳。那些衣服都是精心剪裁、改造过的。超短的蓬蓬裙和白色裤袜,或者日本漫画里的那种校园水手服。还有人穿了一身钢铁人的铠甲,比画出发射激光的姿态,但仔细看那身上的行头其实都是用硬卡纸折叠涂装出来的。

那是一支延绵不绝的队伍,在那购物商场之中格外地叫人瞩目,而且随着队伍前进,闪光灯一路不断地闪着。我不小心闯入了一场变装的嘉年华吗?还是商场主办的什么活动?我不由停下了脚步看着他们,而他们一点都无惧所有人投注的目光,并且还会应摄影师的要求,不断摆出各种可爱的姿势。

他们戴着颜色鲜艳的假发,或者手里扛着造型怪异的刀剑武器。当他们走近,你会发现在长长的假睫毛底下,他们连瞳仁亦可以换成别的颜色。浓妆的双目,闪烁着你无法直视的妖娆的光。

——恍若一群神祇降临。

恍若我小时候在老街庙会里,在那喧嚷而鞭炮乱响的情境之中，看见那些依附在凡人之身上的各路神明游街。而众人抬着锦花木轿，皆以一种恍惚而一路摇摇晃晃的迷醉姿态，走入这个破败的人间。

莉莉卡，那是我的年代里，一种叫作COSPLAY，可以把自己变成另一个人的方法。

从二十一世纪开始，日本动漫流行全世界，萌生了COSPLAYER的族群。少年们自成一种秘而不宣的团体。他们努力把自己打扮成钟爱的动漫角色，而且讲究一切细节。从头发的颜色而至护腕的材质。他们在人群之中，那么自信地袒露自己的身体。但说来惭愧又哀伤，除了七龙珠赛亚人、美少女战士、魔法少女小樱这些老气的角色之外，此刻即使他们站在我的面前，但我其实已经辨认不出那些时下最流行的动漫主角了。

但这不就是我们一直在尝试的，让自己消失的一种方式吗？仿佛只要穿上某个角色的衣服，你就可以抛开原有的身份、名字和个性，换成另一张脸，完完全全地变成了另外一个人。

但是直树，我们却没有赶上这个年代，眼前的皆是错失。

在那突兀而怪异的队伍里，有一个美丽的少女正朝着我走来。她穿着一套蓝白色的校园制服，领口系着红色的小缎带，而水蓝色的短裙下是一双瓷白色的双腿。女孩的短发也是淡蓝色的。她正在和身边的朋友说笑。她走过了我的面前，似乎想起了什么，又回过头来，用一种娇嗲的娃娃音说："先生，不好意思，可不可以帮我们拍一张照片？"

我这时才看见，她拥有一双红色的瞳孔。我想起来了——

绫波丽。是你。

人造人。从玻璃培养槽出生的女儿。

未来世界的少女之神……

当年令我们目眩的想象和字眼，却在这个年代变得如此浮泛，轻易地被一再复制出来。当我手里拿着少女的手机（手机壳还是好可爱的亮晶粉红色），拍下了她撑着下巴比"耶"的照片的那一刻，从那手机的取景框之中，我仿佛看见了多年以前相似的身影，自逝去的时间里又回过了头来。

莉莉卡，这就是我二十年以后再相遇了少女绫波丽的情景。

那天，我没有遇见直树，却看见了原本虚构的少女降生于现实。也或许，是我错过了直树。只是因为直树如那些变装的少男少女一样，变成了我所不识得的样子。一如我们已经褪下了校服，变成了我们曾经无从想象的大人。

我后来一个人搭着捷运回家。这座城市一切如昨，并没有在我的眼前被巨型的使徒摧毁。然而车窗外那些高耸的公寓，却因为几年之后的一场大瘟疫，变成了一座一座空去的废墟。或许就如那些预言，其实有什么已经在这一刻启动了。那无人知晓的时刻，齿轮开始喀啦喀啦运转，而眼前所有的事物皆然倒数计时……

但我知道，只要在一切开始陷落之前按下暂停键，都可以再重来一次。

一如十五岁的我们躲在幽暗的客厅里头，偷看从租书店租回来的日本A片。那还是需要通关密语，才能让老板从店里深处掏出来的进口货。掀开一道黑色的厚厚的布帘，像是进入了店铺的密室，或是时空扭曲的黑洞，一排一排的成人影片VCD，拼凑成了一整墙的粉红色。光碟封套上皆是我和直树看不懂的日文，但只要走近一些，就可以看见那些欲盖弥彰的女体，皆摆出诱惑的姿势。

为了不让楼下的父亲听见，直树把耳机插在电脑上，分了一边给我。我们手持着各自的耳筒,而头靠得很近,像一条线把我们缝在一起。荧光幕晃动着肉色的裸身,间夹其实分不出来是哀号或欢愉的女人叫声。而荧幕上的剧情已经播到后半段,女人被压在男人的身体下,紧皱着眉头呼喊。

我不住一直回头去看身后,此刻正躺在床上的直树的母亲。

但直树却仍对着荧幕而目不转睛。

"我其实不知道我妈是真的醒不来,还是只是不想醒来。"直树说。

"也许她只是自己按下了暂停键而已。"

没错,莉莉卡,一如我们曾经玩过的每一种电脑游戏,都设置了暂停的按键。只要按下PAUSE,时间就可以一直停止下去。所有的事物和动作,都会凝结在这一刻。

一如我曾经乐此不疲的《模拟城市2000》。你可以不限次数地暂停存档,甚至一再回溯到城市毁灭之前的一刻。于是那些原本被洪水掩盖的高楼,那些被幽浮镭射光烧烂的景物,皆像什么也没发生过一样又重新耸立起来,所有居住在这座城市的人们,都以为刚刚只是做了一场梦——

只要再重新读取上次存档的时间,重现暂停的那一刻,就可以阻止这一切发生。

莉莉卡，时光将会重播一次，允许我们重新再做一次选择。然而那不断被我们重复了又重复的时间，会不会像是回播太多次的旧卡带，磁带变得愈来愈薄，最后终于失去了人类存录的声音，而只留下沙沙若梦的雪花噪声？又或者，一如时间一再向我们证明的，即使徒劳地把石头丢入湖中，一圈圈涟漪之后，湖水又会慢慢恢复成一面无瑕的镜子……

就再一次，好吗？

让我们回到那幢老屋子里，客厅仍开着小桌灯，在橙黄的光里，十五岁的我坐在电脑前，正专注地建造一座虚构的城市，凝视着眼前的一切细节而忘却了时间。我听见直树窸窸窣窣在我身后不知搞弄什么，弄了许久，但我没空理他。直树在我身后说："喂，阿朔，你看我。"我连头也没回，只说："什么啦？"

"你看我啦。"

我转过头去，愕然发现直树已经不见了。站在我面前的是一个平面如剪纸的少女。她穿着一件水蓝色的校服套裙，而且一头齐耳的短发皆是水蓝色的，在那幽暗的屋子里似乎发出一种淡淡柔柔的荧光。她似乎想开口说些什么，但我却听不见任何的字眼。我看着她，一双红色的瞳孔，那么陌生又熟悉——

那不是绫波丽吗？

我一点都不明白，为什么绫波丽会出现在那个屋子的客厅里。2D的动画人物如何走进现实？而且那么近的距离，我才发现她的脸非常苍白，似乎从来没有晒过阳光，让她看起来像是一个平面的人。绫波丽此刻就离我一步之遥，她却没有再走近了。但我却只能静默地仰望着她，不知道应该说些什么。而我心底想的却是，如果我此刻伸出手碰触她的话，眼前那么虚幻不真的身影，会不会像泡沫一样，一瞬间就啵一下消失？

非常缓慢地，她伸手将领口的红色细缎带，像是拆礼物上的蝴蝶结那样，轻轻一扯就解开了。然后她把白色短袖衬衫的纽扣，一颗一颗从上往下解开。而我终于看见衣服底下闪现的胸口，其实是白纸一样的肤色……

可以了。

可以了，你不必这么做。

这时一阵用力踩着楼梯的脚步声传来，原本掩上的门帘，被谁掀开了。外面的光一下子就溢满了幽暗的客厅，把一切都照亮了起来。

直树的父亲从楼下走上来，闯进了客厅，在还没有人知道将要发生什么事的那一刻，他随手拿起挂在椅子上的塑胶衣架，就往直树的身上打。屋子遍地通亮，刚才的梦中幻景，似乎此刻才变回真实。我这时才清楚看见，那蹲伏在地上，正在用手臂抵抗着如雨鞭打的，原来并不是少女绫波丽，而是直树。

父亲仍在不断暴打着直树，用颤抖的声音问直树："你到底变成什么样子！"

我不曾看过直树的父亲如此暴怒，他一向是静默而严肃的中年人，此刻却换成了一张扭曲而青筋如蛇的脸，让人惧怕。我听见啪啪不绝的声音，恍如在拍打着一个空无内容的布袋，但直树的额头正在流血，血从他半边的脸汨汨流下来，好像永远都不会停止。眼前的人影似乎都在激烈地晃动，我其实看不清楚直树的表情，但我听见他刚刚变粗的嗓音，呜呜地在哭，像是尖锐的什么摩擦在玻璃上，一种粗粝而刺耳的声音。

那塑胶衣架不堪如此击打，在直树的父亲手中断裂成了几截。而盛怒的父亲似乎仍然不肯罢休，举起了书桌前的椅子，要砸向直树。

停下来！

停下来，求求你。

整个屋子似乎正在倾斜，那屋子里的所有事物都歪到了一边。在那一团混乱之中，我伸手将原本玩到一半的《模拟城市2000》，用滑鼠按下了暂停键。

原本正在川流不歇的画面，一瞬间就停顿了。

整座城市也停顿了下来。街道上的车子、路人，闪烁的交通灯，以及被风吹晃的行道树，皆凝固在暂停的那一刻。有一只猫提起了它的前脚，狐疑着久久不放下来。而在那个屋子里，直树的父亲手里仍扛着一张木椅子，却冻结在那夸张的动作和表情之中。而直树用手护着自己的头。他的身体似乎变成罗丹石刻的雕像，石化的肌理，以及永恒抵御着时间的扭曲的姿势。而原本戴在他头上的那顶浅色假发，跌落在墙角，像受了伤的蜷缩着的一只幼兽。

似乎连声音都停止了。我再也听不见直树的哭喊，以及他的父亲用力的喘气声。就连恒久躺卧在客厅里的直树的母亲，也不再发出沉重的叹息。

我再也听不见任何的声音。

一切都停了下来。时间于此不再前进。那无限延长的暂停时间里，只有我可以自由地走在那框画面里，端详着眼前的一切。那些原本无由修改的细节，如今允许我轻碰、触摸。我在想着如何搬动或挪移眼前的现实。也许我应该拿走直树父亲手里的椅子。也许我应该带着直树走出这个屋子,或者,我应该让时间就这样永恒地停在这一刻,而无须再分辨它是虚构的还是真实的。

第六个房间

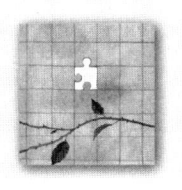

浴缸里的维纳斯

·

"啊!"

惠子突然背后一下刺痛,喊了一声。美术课室里所有细琐的声音,仿佛在惠子喊出那声之后,一瞬间完全退远。其实也不是因为剧痛,而是突如其来吓了一跳,以为是被什么东西咬了。惠子回过头看,坐在后面的那个男生正在偷笑,手里握着一支故意削得很尖的铅笔。刚才就是那男生用铅笔戳她。

惠子这时才察觉,班上所有人都在看着她。原本在前面讲课的小林老师也停了下来,转过头,问她怎么了。惠子低下头,什么也没有说。小林老师推了推眼镜,看了看大家,又继续上课了。铅笔在画纸上拉出线条的声音,窗外吹过一阵风,把树叶吹得沙沙作响。仿佛刚才惠子喊出的一声只是秒针不期的震颤,齿轮只停顿了一下,整个世界又重新运转起来。

"又是你的啦。"

坐在后面的男生，笑着把一张折了又折的纸条丢给惠子。那纸团跌在画纸上，上面歪歪斜斜写着惠子的名字。惠子把那纸条打开，里头什么也没写，只是用铅笔涂成两圈黑色。

已经是第三张了。

三张纸条都一样，被谁涂上了黑黑亮亮的一对圆圈，铅笔的笔触溢出边缘，变成充满锯齿的形状，像是黑洞那样的一双眼睛。

惠子望了望四周，没有人接应她的目光。正是下午的美术课，同学的膝盖顶着画板，埋头画静物素描。三四十个人围着一张小桌子。桌子上有几个几何石膏模型，摆在黑布上，还打了灯光，把白色石膏的亮暗，映照得更立体分明。

天气又热又闷，课室的外面有不知名的鸟类互相鸣叫。老旧的美术课室有明亮的玻璃百叶窗，但风总是吹不进来。古老的电风扇在头顶上咔嗒咔嗒乱响，随着叶片旋转摇头晃动。除此之外，可以清楚地听见铅笔在画纸上摩擦，窸窸窣窣的声音。

到底是谁呢，接二连三地把这样不留字句的纸条传给她。

惠子把纸条揉成一团，塞进裙子的口袋里。她隐隐知道那纸张上黑色圆圈的暗示，以及无人认领的玩笑。惠子坐在静物桌的前面。她今天特地早一点进课室，可以从容地找一个适合构图的角度，不会被其他同学挡住。但她如今有些后悔，她似乎坐得太前面了，也许班上每个人都已经看到了。隔着薄薄的白色校服，其实什么都掩藏不了——

惠子今天穿了一件黑色的内衣。

原本早上还套着体育外套，但是到了中午真的太热了，惠子脱了外套，搁在椅背上。她一开始还没有察觉身上的校服，从背后看真的太透了，浮现出深色的内衣肩带。班上的女生有时会在校服之下再打底一件背心，但必须忍受三层衣物的闷热感，即使这样，仍隐约可以看出内衣的轮廓。那时候，女生的内衣都是白色或肤色的，不会再允许其他的颜色。因此惠子身上的那件黑色内衣，格外地显眼，在整间课室里，犹如一只黑色山羊不小心闯进了绵羊的围栅。

惠子低下头，只盯着自己膝盖上的画纸。她刚用铅笔打了线稿，凌乱的线条擦掉了又画过。圆柱体的光影是渐层的，必须花很多时间，从亮到暗把不同轻重的笔触糅合在一起。还没到下课时间，惠子听见身后的男生们在低声说着什么笑话。他们交头接耳，却故意笑出声来。惠子假装不知道，铅笔快速地来回在纸上涂抹着。她觉得自己其实并没有做错什么，为何要难堪和委屈。

她只是觉得非常孤单。

画画其实也是一件孤单的事。虽然画家死了很久，但我们依然可以从他们的画作里去理解那种孤单。小林老师说。

初三的美术老师从退休的老先生换成了小林老师，惠子才开始喜欢上美术课。小林老师会说很多美术史上那些画家的故事，从此沉闷的美术课似乎也变得有趣了一些。初中仍在画铅笔素描，从石膏几何物体，到苹果和瓶子，要用不同号码的铅笔把它们一一描绘出来，没有颜色，只有光影。

面对那些静物，班上那些不自爱的男生总说："又是静物啊，好闷啊——"但惠子心底偷偷喜欢。她不曾告诉过任何人，她喜欢这样凝视静物桌上的事物，再把它们画进纸上，那从无到有的过程。仿佛如此，终于可以自流逝的时间之中留住了什么。为了写实，画画的人必须捉住眼前静物的所有细节——那些形状幽微的不同，那些玻璃上的点点折光，细看之后皆慢慢浮现出来。

惠子也喜欢小林老师。小林老师刚从美术学院毕业，戴一副细框的眼镜，总是把衬衫塞得很整齐，干干净净的。他有一种其他老师已经没有的热忱和笑容。小林老师会让班上的同学欣赏世界名画的幻灯片。从《蒙娜丽莎》《戴珍珠耳环的少女》，到一脸忧伤的凡·高……有几次画面闪现裸体的女人，那些讨厌的男生就一起发出怪叫声。但惠子却想看清楚一点，那些留着几百年前油彩笔触的裸身，肌肉、乳房到发丝的描绘,在摄影机发明之前,从画家之手拟造的真实感,那种对"重现真实"的执着。此外,似乎还有一种她不太说得出、不很理解的什么,待她要再仔细地看一看,那幻灯片却忽暗一下,咔嚓一声换成了下一张。

放学铃声终于响了,同学们都收拾了画具,背上书包回家去了。惠子今天必须留下来做值日,她不急着离开,伸手把静物桌的灯光捻熄了。

"白天不懂夜的,黑——"那些男生临走出课室之前,还在惠子身后怪声怪调地乱唱,偏偏要把那"黑"字故意拉得很长。

小林老师也看到了吧。惠子心想。

美术课室只有惠子一个人了。她把一张一张木椅子叠在课室的角落,然后拿了扫把,把地上那些橡皮擦碎屑,以及削了铅笔的蝶翼一样的木屑慢慢扫拢成一堆。此刻校园里也没什么人了,远远有铜乐队在练习步操,喊着口令。课室的桌上摆了几个石膏头像,恺撒大帝、维纳斯等。

小林老师曾经说过,这些雕像源自千年前古希腊罗马时期。一千年有多远?那时的人类是什么模样?怎样生活?说什么语言?惠子没有办法想象。时间就这样过去,只有那些静止的雕像,抵住了风雨磨蚀,终究断手断脚地留存了下来。但不知为什么,课室里那些白色雕像都是没有瞳孔的,

第六个房间 浴缸里的维纳斯 | 177

好似它们目睹过远方和时光的消失，时间把它们的记忆都夺走了一样。

惠子一再端详维纳斯。维纳斯有一头卷发，卷发盘在头顶上。那石膏雕像低头看着什么。不知是谁的脏手，在维纳斯脸上留下了几个灰色的指印。惠子想用抹布擦掉，却好像不小心把原本的污渍弄得更深了。

惠子想知道更多关于维纳斯的故事，但今天小林老师没有留在课室里。

惠子轻轻关上了美术课室的门，上了锁。也把几何静物，以及那些石膏雕像，锁在倾斜的光里。

放学回到家里，整个屋子暗暗的，父亲还没有回来。惠子拉开了客厅的窗帘，让傍晚的阳光照进来。对面的公寓很高，遮住了远方的云朵。今天的天空是粉红色的。这样的天色，惠子喜欢站在窗前，看着夕阳慢慢沉落到城市的背面。住在这么高的地方，好似夕阳也可以看得久一点。时间慢慢过去，看去对面的公寓，都已经零零落落打亮了一窗一窗的灯光。

斜斜的阳光刚好照到客厅挂着的一幅画。那是波提切利的《维纳斯的诞生》，女神维纳斯站在一个巨大的贝壳里，一双迷惘的眼睛，仿佛刚刚从一场梦中醒来。她的手刚好遮住了一边乳房,长发遮住自己的私处,而花神和风神都在迎接她的诞生。也许要再靠近一点,才看得出那幅画其实是一幅很大的拼图,由两千枚小小的碎片组成的。也许没有人察觉,那巨大的拼图上不知为什么缺了一枚,看似谁在那幅画里凿出了一方小小的空洞。

窗外的阳光从维纳斯的裸身上缓缓地滑走了。

波提切利的维纳斯,和美术课室的那尊石膏雕像,是两张完全不同的脸。惠子也想过,为什么维纳斯都长得不一样。或许维纳斯还有千百张不一样的容貌,仿佛每个维纳斯都拥有不一样的故事。

惠子到浴室把校服脱下,对着镜子,注视穿着黑色内衣的自己。下午被男生的笔尖刺了一下,似乎还有些刺痛感。惠子又转身,想看背后有没有被刺出伤口。她伸手向背后,黑色内衣肩带的下面,却徒劳地碰不到那处刺点。她想起下午在课室里发生的事又沮丧起来。

但那件内衣其实并不是惠子的尺码,它太大了。罩杯松松的,只能虚掩着惠子的乳房。那是母亲忘记带走的唯一事物。

母亲离开的时候带走了一切,却忘了晾在阳台上的黑色内衣。惠子把那件内衣收了下来,塞在橱柜的最深处。有时她会偷偷地拿出来,伸手抚摸内衣上蕾丝的花纹。有时她会把母亲的内衣凑在鼻子下闻一闻。然而内衣其实早已被清洗、晒干了,只留下了洗衣精那种刻意而人工的香味。惠子已经忘记了母亲身上的气味。有时她连记忆中母亲的样子都有些模糊了,像是雾中镜子,必须要伸手擦拭一下,才能重新清楚地看见那一张脸。

惠子反手把内衣解开,和穿过的校服一起丢进了脏衣桶里。脏衣桶里面还有父亲待洗的上衣和裤子。惠子想了想,又把自己的内衣和校服从桶里掏出来。不知从什么时候开始,她把自己的衣物和父亲的分开来洗。父亲应该并不知道。母亲离开之后,惠子负责清洗家里的所有衣服,当然包括父亲的衣裤。惠子转过身,把校服丢在洗衣机里面,按了开关,洗衣机注了水,轰轰轰地天旋地转起来,像是一个巨大的漩涡,正把一切都吞噬掉。

公寓的浴室其实很窄,转个身都要碰到这里那里。但浴室里还是硬生生地塞了一个浴缸。惠子此刻光着上身,只穿着体育短裤。她蹲在浴缸里,扭开了水喉,低头搓洗着内衣。黑色的内衣上有细巧的镂花,抚摸过去如柔软的浮雕。罩杯之间还有一个小小的蝴蝶结,每一处都无不精致。惠子轻柔而谨慎地,唯恐把内衣洗坏。她双手捧着,冲去内衣上的泡沫,那件内衣在她的手上如黑色的荼蘼花。

温水不断从水喉里流泻出来,慢慢就淹上脚趾,泡沫都盖住了惠子的脚踝。大概浴缸的疏水孔又塞住了吧？惠子关了水喉，任由洗衣的脏水以一种很慢很慢的速度流失殆尽。她拨了拨累积在疏水孔旁边的肥皂泡沫，看见一撮灰白的毛发，堵住了洞孔。惠子知道，那不是自己的头发，那是从父亲身上掉落下来的。

父亲最近总是在掉发，而浴缸也时不时就被塞住。惠子用食指和拇指钳着那堆毛发，毛发吸了水而互相缠绕在一块，垂在惠子的指尖，像是一只已经死去的生物。她把那撮灰色的毛发丢进浴室里的垃圾桶。这么多年了，浴室总有一种潮湿不散的气味。而那个浴缸也早已从原本光洁发亮的纯白色，变成了一种恍若什么日积月累地沉淀下来，永远都洗刷不去的淡黄。

惠子关了水喉。隔着浴室薄薄的门板，整个屋子仍然一片寂静。

父亲还没回家。

惠子站在那泛黄的浴缸里洗澡，洗衣机发出旋转的噪音。她握着花洒冲洗自己的背，刚刚对着镜子也没有看见，这时却从背后感觉到一处微微刺刺的痛。想是皮肤上那个被戳刺的伤口，被水浸湿了。轻轻的痛感，像是有什么小小的虫蚁正在啃咬自己。

温热的水汽渐渐把浴室的一切变得模糊，惠子抬起头，觉得自己像迷失雾中一样。水汽结在浴室的白色墙砖上，变成一颗一颗水滴。然而似乎太久没人清洗，瓷砖之间长出了黑色的污垢。惠子记得小时候，在洗澡时，她会和父亲在那面墙上，在瓷砖纵横的方格里，用沾了肥皂泡沫的手指，玩圈和叉的井字游戏。她和父亲轮流在九宫格里画上圈圈和叉叉，父亲永远都先让她。那是很简单的游戏，却很难获胜。她总是不服气，要父亲再来一局，没完没了。

水声淅沥。惠子有时候仍会想起以前的那段时光。

惠子从来没有告诉过任何人，从没有记忆的小时候开始，到十二岁那年，她都和父亲一起洗澡。

那时候，惠子和父亲一起坐在浴缸里，坐在一池相连着两人的水中。父亲的发，总是湿漉漉的，像退潮之后的海藻那样，搁浅在远远的发线上。浴缸里的父亲，仿佛不像日间的父亲。裸裎的父亲屈着身体坐在热水里，她可以清楚看见父亲胸膛上，那些稀落的痣。父亲脱下了眼镜，眼尾的皱纹看起来更明显了。在那雾气氤氲的浴室里，父亲用一条毛巾用力刷着后颈，然后双手搭在浴缸的边上，长长地呵了一口气。

十二岁的惠子屈着腿坐在浴缸的另一头。父亲转身、举手就掀起水波，涟漪荡到她这边，映照碎光满脸。她的手指早已经泡得发皱，看着指腹都像是一颗颗干瘪的红枣。从有记忆以来，她就这样和父亲一起洗澡。两人在浴室里花去半天时光，充满呵呵笑声。或者更早，她还在牙牙学语，看着父亲在浴缸里欢快地打着肥皂，泡泡很快就浮满了水面，那么多，那么地厚，父亲隐没在层层泡沫之中，让她一度担心父亲终究会像肥皂那样融掉。

小时候觉得大如泳池的浴缸，不知什么时候变得那么狭窄。

但父亲似乎没有察觉，这座房子到底改变了什么。这幢公寓的房子，卫浴设计其实本来是没有浴缸的。但新居装修那时候，母亲一直坚持在家一定要可以泡澡。"一个家怎么可以没有浴缸呢？"母亲不能妥协。于是在原本就不大的浴室里，父亲只好硬生生把洗手台给敲掉，十分勉强地塞进了一个长方形的浴缸。

但如今父亲已经极少提起母亲。

惠子的童年印象，恍如浴室里氤氲的水汽，母亲渐渐退远成一个模模糊糊的雾影。

但她还记得，小时候她曾经和母亲一起在客厅玩拼图。两人坐在倾斜的光里，惠子看着母亲，而母亲低着头，专注

第六个房间　浴缸里的维纳斯　｜　183

在那幅未完成的拼图上。那时他们才刚搬到新的公寓，屋子空空的，说话都会有回音回荡。后来家里慢慢增添了沙发、餐桌、橱柜……原本空白的墙，要挂上父亲和母亲的结婚照。结婚照里头的父亲和母亲，穿着笔挺的西装和礼服，站在照相馆的假树和假草皮的样板布景之中。那时候韩剧《冬季恋歌》流行了好一阵子，父亲竟还围着一条厚厚的围巾。而浓厚妆容之下的母亲，似乎努力撑开笑容。

父亲把几年前拍的那幅结婚照裱了框，母亲却说："天天看着自己，那多没意思。"

隔日，母亲和惠子就一起从百货公司抱回来了一大盒拼图。盒子上是一个裸身的女人站在一个巨大的贝壳上面。母亲对惠子说："你看，维纳斯女神漂不漂亮？"惠子并不认识画里的人物，但那盒拼图对她来说如巨大的玩具。两千片的拼图哗啦啦倒出来，堆成小山一样，惠子高兴地欢呼。

从那天开始，她和母亲每天都坐在地上，埋首在那堆山丘一样的拼图碎片里，像淘洗金砂一样，不断翻找，一再端详每一枚拼图碎片。一枚枚碎片都长得很像——尤其是右上角的树叶，以及花神的花裙——但仔细看，原来都是有些不同的。首先要拼出图画的边缘，再慢慢地从边框四周往内延伸。偶尔找到几个相连的，就先把它们拼好，再连接在那幅巨大的画作之中。

惠子非常喜欢这个游戏。原来每一枚碎片都有着自己的正确位置，不会重复，也不会有错误。只要从那些看似杂乱无章的碎片之中，找到彼此的关联，如彩石补天，原本的一片空无就会慢慢补缀出天空、海浪和人的样子。有时她甚至误会了，那幅画是由自己的手创造出来的——而不是翻印自欧洲文艺复兴时期，五百年前的一个画家之作品。

许多年后，惠子在意大利的佛罗伦萨终于看到波提切利的原作，才知道那幅画原来非常巨大，站在画前而一眼都无法看完。所有的细节，包括油画颜料历经几百年而龟裂的隙缝，皆让惠子觉得自己恍如再往前一步，就可以走进画中。

她记得小时候就曾经伸手触摸过画里那些繁复的细节。年幼的惠子沉溺在那幅拼图之中，她似乎乐此不疲。因为她知道，虽然旷日费时，但所有空缺的空洞都是可以弥补的，只是要花些时间把对的碎片找出来罢了。

当维纳斯女神终于从虚无中浮现出来，都已经快过了三个月。

原本堆积如山的碎片，如今在盒子里零零散散的。那幅一公尺长的拼图，摊在地上，已经完成了十之八九。然而由惠子拼出来的部分愈来愈多，母亲拼的却愈来愈少。大部分时间母亲只是坐在那里。母亲有时候会盘着腿坐在午后的客厅，望着地上那幅未完成的拼图出神。惠子拿着一枚拼图问母亲，不知应该嵌在哪里，叫了母亲几声，母亲才回过头来，抱歉地微笑。母亲摸着惠子的头，顺着头发又摸了好几回。

"惠子喜不喜欢妈妈？"

"喜欢。"

母亲想要抱一抱惠子，但惠子以为母亲要搔她痒，咯咯笑着挣开了母亲的怀抱。

那时候，惠子多么期待把拼图拼好的那一刻。但是那幅《维纳斯的诞生》终于要完成的那一天，惠子才发现最后一块拼图不见了。

不见的那块，就在维纳斯的左下角，缺了一个显眼的空洞。惠子心急，在客厅里找来找去，盒子里没有，沙发底下、隙缝间也没有。惠子翻找了整个客厅，她甚至担心不小心掉进衣裙口袋，连衣柜和浴室、厕所都找过了，就是唯独缺了那一块。公寓的房子并不大，为了寻找那小小的一块拼图，才觉得屋子看不见、够不着的角落实在太多。惠子心底很难过，和母亲花了那么久的时间，如今那幅画却留下了一个洞口，好像永远都没办法填补回去了。

惠子没有找到那最后一枚碎片。

母亲离开了家。

母亲离开家的那天，几乎带走了一切有关自己的事物。那些旅行纪念品、照片和衣服。只有浴缸带不走，被永远地镶嵌在这个屋子里。没有母亲的屋子，日间总是拢着窗帘。父亲如常一早就到公司上班，而惠子自己走到楼下搭校车。放学回来，惠子会从冰箱里找些东西吃。她坐在客厅里，把电视打开，任由卡通片的声浪和晃动的炫光充满屋子。

那幅拼图终于还是框了起来，挂在为它留白的那面墙上。不仔细看，谁也不会发现缺了一小块。惠子把窗帘霍啦一声拉开，看着对面公寓的那些窗子。窗子里有时有人，有时没有。她耐心地等待父亲下班回来。父亲会和她一起洗澡，一如母亲还在的时候那样。

母亲曾经笑他们："感情这么好，是不是前世的情人啊？"

父亲轻轻揉着惠子的头发，推开了浴室的门。

那个浴缸像承载着一日潮汐。父亲每天下班，总会先在浴缸里放满热水，两人洗了澡之后，那一缸混了泡沫的水，又慢慢地从疏水孔流掉了。潮起潮落，一日复又一日。

时间就这样流失掉，惠子慢慢长高了。当惠子发现浴缸愈变愈小的同时，她发觉父亲也变成了一个静默的大人。

然而，像是履行着一种共同的仪式，即使母亲不在了，一直到了小学六年级，她和父亲每天仍一起挤在那浴缸之内洗澡。父亲对着雾雾的镜子说:"惠子,你看。"惠子说:"看什么?"父亲说:"你看,像不像画里的维纳斯?"惠子看着镜中模糊的自己,像融化掉一样,站立在那个浴缸之中。如果她是维纳斯,那浴缸就是浮在海面上的,那个巨大的贝壳。她想象,在雾中浴室,此刻有花神和风神在她的身边,吹拂着她的发梢,把美丽的小花不断扔到水上,就像客厅挂着的那幅画一样。

有时候她也错觉了,那白瓷明亮的浴缸,就像是引渡她和父亲的小船,虽然他们从来不知道这艘小船可以把裸身的两人带到哪里去。

父亲叫她转过身来,为她洗头。惠子背对着父亲,她却可以清楚感觉到父亲的手在她的发间、头皮按抚过的触感。顺着发丝,那双手拂过她的脖子和肩背,她听见父亲轻轻地叫她:"惠。"她回过头问,怎么?父亲要她紧闭眼睛,洗发水的泡沫要跑进眼睛里去了。她低着头,却仍睁眼看着自己像是菇菌冒起的乳首,以及那水面上,随着波浪摇晃的脸的碎影。

她看着自己的裸身,总会想起母亲。
母亲穿着黑色的内衣。母亲的内衣都是黑色的。
她曾经无意间看见,那不断晃动的一抹黑色。那是父亲如常上班的日子,母亲陪她玩拼图玩了一个上午。惠子躺在沙发上迷迷糊糊睡着了,从午睡梦中醒来的时候,母亲不在身边,地上是散落了一地的拼图碎片。母亲在哪里呢?惠子看到母亲的房间门虚掩着。她从那狭窄的门缝间看进去,看见母亲穿着黑色的内衣,被一个裸身的男人压在床上。门缝很小,她看不见母亲的脸,母亲也没有看见她。但母亲的身体不断地颤动着,似乎在忍受着什么痛苦,发出压抑的闷哼的声音。

母亲任由那个陌生的男人碰撞她,把床都摇晃得吱歪作响。男人的手伸进黑色内衣里面,粗鲁地捏揉母亲的身体。惠子站在门外许久,仿佛中魔了而无法把目光移开。那时候,她只知道此刻绝对不能把房门推开。如果推开的话,那扇门就永远不能再关上了。

那是她第一次看见母亲的裸身。那件黑色的内衣,从肩膀滑落的肩带,镂花的蕾丝,晃动而不曾停止。

好像从那一天开始,惠子和父亲一起洗澡的时候,总会想起母亲晃动的身体。

刚刚上中学的时候,惠子仍穿着小学生那种棉质的白色背心。背心遮盖着渐渐发育的少女胸部,像是薄薄的蛋壳,其实阻挡不住将要破壳而出的初生之物。班上的女生有的已经开始穿少女内衣了，半截式的，要从背后上扣的那种。从她们的白色校服看去，可以看见隐隐约约浮现出来的内衣肩带，仿佛也是隐隐约约的一道分界，把女孩子区分成了两个界限，虫和蝶，未成长和成长之间的区别。而惠子还躲在虫蛹之中，一点都不想出来。如果可以，惠子希望自己永远不必长大。但是身体却拥有着自己的意志。所以惠子习惯了驼着背，她想把从身体上凸显的部分都遮掩起来。

父亲并不知道这些。

父亲也不知道，母亲离开之后，惠子偷偷把母亲穿过的那件黑色内衣藏了起来。

如果那一天她没有把门锁上的话……

那一天，惠子把自己锁在浴室里，脱了校服，把身上的小背心也褪下来。惠子看着镜中的自己，微微隆起的乳房、那花苞未绽一样的乳首。她尝试穿上那件黑色内衣。那是她第一次把吊带式的内衣穿在自己身上。她两只手绕到身后，对着镜子，却笨拙得怎样都扣不上衣带的小扣子。好不容易把内衣扣紧，但那件内衣似乎大了一号，挂在自己的身上，还有些松垮垮的。惠子把肩带勒紧一些，她的乳房贴在柔软的罩杯里，像是有人怀抱着她一样。

如同往日，惠子打开了热水注入浴缸，水声从浴室传出来。雾气慢慢地弥漫了整个小小的浴室。惠子站在浴缸里，有一瞬间，她分不出自己或母亲在朦胧镜中的叠影。

如同往日，父亲会推开门走进浴室，在惠子面前，从容地脱掉身上的所有衣服，露出毛茸的胯下，雾气里一团黑黑的阴影。但那天不一样。那一天，惠子把浴室的门锁上了。她在浴室里清楚听见父亲扭动喇叭锁的声音。她没有为父亲开门，父亲也没有敲门。从门底缝间，惠子看见父亲的身影在门外站了一刻。不久，影子离开了门，惠子听见脚步走开的声音，慢慢远去了。

从此，浴室里只有惠子一个人了。

惠子泡在浴缸里，抱着膝，眼泪汩汩地流出来。她不是维纳斯，也许一开始就不是。她只是拼图里缺掉的那块碎片而已。

那幅画里诞生的维纳斯，裸露在微风之中的身体接近一种永恒。时间仿佛被谁快转了，跳过了所有成长的挫伤和细节——维纳斯诞生的时候就是一个少女。她裸身站在贝壳里，如一颗晶莹而无瑕的珍珠，在风神吹拂的海面上，仿佛不曾拥有记忆，不曾知道她将要面对的命运。

但惠子知道，在她把自己的身体遮起来的那一刻，她就不再是父亲的维纳斯了。

惠子觉得非常孤单。

和父亲一起洗澡的日子就这样结束了。

隔着浴室房门,惠子听见一串钥匙摇晃的声响,知道父亲下班回来了。她并不想告诉父亲今天下午发生的事。她穿了那件黑色的内衣去上课,结果惹来班上男生的嘲弄。什么时候开始,她已经不会告诉父亲这些。若有什么委屈,惠子会把自己整个身体沉在浴缸的水里,就什么都听不见了。耳里只有嗡嗡低闷的声音,惠子缓缓地呼一口气,一串泡泡从鼻孔和嘴里蹿出来。

惠子洗好澡,从浴室走出来的时候,父亲却在沙发上睡着了。客厅的电视还开着,报纸上搁着父亲的眼镜。像是日间承受了太多疲累,睡着的父亲呼吸很长,仿佛陷在很深的梦中。她轻轻叫唤父亲,打断了父亲的鼾声。但父亲还是没有醒来,惠子伸手摇了摇那副深陷梦中而沉重不已的身躯。

不知是否错觉,父亲好像愈来愈轻了。

许多年后,莉莉卡,如我们所能预知,这座城市将暴发一场巨大的瘟疫,住在公寓里的人都把自己关在房间里。时间像搁浅的鲸。惠子依然无处可去。她躺在床上,拢上了厚厚的窗帘而未知日夜。她偶尔仍会梦见晚年中风的父亲,那副衰老的裸身，搁浅在浴缸里的样子。

父亲在一缸混浊的水中双手抱着膝，梦中安静地看着她，什么也没说。如果那时候，没有把浴室的门锁上的话，父亲也许现在仍然会为她梳理、吹干湿淋淋的长发，系上孩子气的双马尾，把她打扮成永远的小女孩。父亲会微笑而善良地说："你是我永远的维纳斯。"

她也曾想过，也许就这样，自己真的可以变成一个永远不必长大的人。

其实哪里有永远呢？

几年以后，父亲在某一天的下午颓然倒下，从医院接回家里已经是一副中风之后报废的身体。惠子每天必须为中风的父亲洗澡。她伸手探进浴缸，把塞子从通水孔拔起来，混浊的洗澡水上还漂浮着几朵泡沫，顺着漩涡转啊转就流走了。浴室墙上的瓷砖和镜子蒙上了一层刚洗完热水澡之后的雾气。惠子坐在浴缸边上，看着那一缸正在逐渐流失的水，伸手撩了撩，仿佛还留着父亲的余温。不知什么时候开始，父亲洗过澡的水，污浊如山洪黄泥，奶茶那样的颜色，水面还泛着一层薄薄亮亮的油光。

每天给父亲洗完澡之后，惠子都要把浴缸洗刷一遍，用一把塑胶刷子使劲地将那些沉淀在缸底的黏腻秽物刷走。总是一个人蹲在浴缸里满头大汗洗刷的时候,看见自己的影子被日光灯拉在白色的方格瓷砖上,心里却无比哀伤地知道,父亲其实正在一点一点地融化掉。

父亲瘫在病榻上再也没有力气撑起身体了。刚从医院搬回家的那段日子,惠子还努力地想把父亲劝下床做复健运动,然而父亲似乎陷入了一种自暴自弃的情境里,竟连轮椅也不愿意使用,一整天躺在床上,眼光光盯着天花板,任由时间虚掷而逝。

"你这样,要怎样好起来啦?"惠子有时失了耐性,一边用力为父亲擦脸,一边负气地对父亲说。

父亲似乎早已经在心底决定了什么,以一种巨大的静默和任性,拒绝了所有复健的方法和希望,日复一日任由惠子抱着上下床,重复着喂食、如厕、清洗身体的琐碎步骤。

父亲一声不吭。

每一天早上,惠子盛好了热水,先把裸身的父亲安坐在浴缸里,然后她卷起衣袖,也屈身踏进那缸死水之中。本来就狭小的浴缸硬塞了两个人,显得格外狭窄,几无回身的余地。父亲驼着背,垂萎低头。她用毛巾擦拭父亲那布满老人斑却异常白皙的背脊,沿着肋骨下去是包裹着各种故障脏器的发皱皮囊,再下去,就是横躺在灰色毛丛里的,一只垂死泛白的老屌。

她抚过父亲身体的每处细节，像是在默读时间留在粗糙树皮上的密语。每一次洗澡都花去好久时间，当惠子抱着那具瘦削的躯体走出热气氤氲的浴室，总是自心底泛起一种虚浮的幻念，仿佛她正在怀抱的其实是一尾搁浅在沙滩上，嘴巴一张一合呼吸困难的远古腔棘鱼——那种被时间遗忘在深邃的海底，历经亿万年都不再进化或退化的史前鱼类。

随着时间过去，客厅挂着的那幅拼图，一片一片剥落，却也已经无人在意那些拼图碎片的下落了。

一如父亲也正在慢慢地融化。

每天惠子为父亲洗身，都从父亲身上抹出一缸褐黄黏稠的沉积物。那些从苍老之躯褪下来的秽物，把原本白亮的浴缸都晕染成一层暗哑的泛黄色泽。她有时会恍惚错觉，抱在手里的父亲身体仿佛每天都轻了一些。时日长久，愈觉得沉默的父亲像是愈来愈轻盈了。一直到那天上午，惠子如往常一样半蹲在浴缸里帮父亲擦拭身体，父亲背对着她，一下一下地抖耸着肩膀。惠子以为浴缸的水太冷，伸手把热水喉打开，回过头，才发现父亲像个委屈的孩子那样，坐在浴缸里呜呜地在哭。父亲的脸皱成了一团，眼泪鼻涕从隙缝间漫涌出来。

惠子有些心急，起身想用毛巾替父亲揩掉脸上的泪水，却像不小心弄坏了还没凝固定形的蜡像那样，把父亲的鼻子给抹下来了。

怎么办？父亲正在融掉。

惠子伸手触碰到的裸身皆如熔蜡滴落。她只能无助地站在浴缸外面，看着父亲屈就在浴缸的身体渐渐融解、崩坍，而至消失。也不知过了多久，一整缸浊水慢慢地流失，最后只剩下一堆灰灰白白的毛发，堵塞在浴缸的疏水孔里。

第七个房间

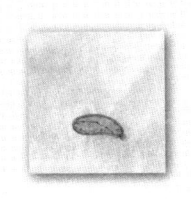

• **夏美的时钟**

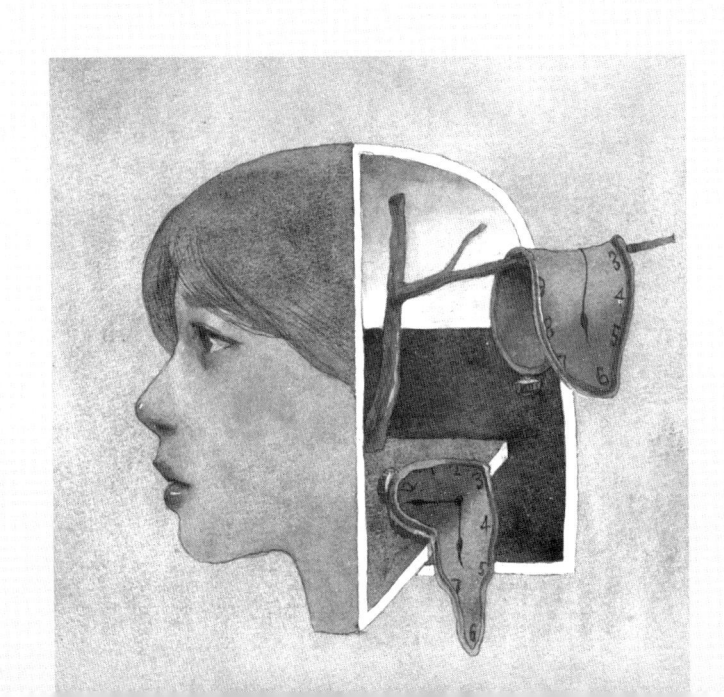

·

有什么正缓缓流失，这让他觉得，时间的转速，在这个房间里是不一样的。

星野躺在夏美的床上，看着床头上一串小LED灯，像是不合时宜的圣诞灯饰，又像是天空的星星那样，不断地在眼前闪烁着。夏美正在浴室里洗澡。隔着一层玻璃门，他仍可以清楚听见花洒的流水串串不歇。

那是一座时钟旅馆，门口挂着号码的其中一个房间。外头仍是下午，阳光普照的热天。然而似乎为了掩饰更多窗外的细节，房间掩上隔光的窗帘，灯光也被刻意调暗了，一切都朦胧起来，仿佛有一种置身在幽暗洞穴中的错觉。星野裸身躺在床上，此刻才觉得有些冷，却找不到冷气机的遥控器放在哪里。他坐起身，看着脚边的床单乱成一团，像是一座废墟。他在凹陷的枕头上发现了一根遗落的长发。他恍恍仍有一种不踏实的感觉。

浴室传来吱扭一声，夏美把水掣关上了。夏美用毛巾包裹身体，从浴室走了出来，肩膀湿湿的，一头长发也沾了水，贴在背后。夏美对着梳妆台的镜子，打开了吹风机吹头发。星野坐在床上，却隐约也可以感受到一丝暖风吹来，夹着洗发水的人造香味。

"我们还有一点时间。"夏美把手机翻过来看，转过头对他说。

星野在吹风机轰轰的吹拂声中其实听不清楚夏美在说什么。"还有时间。"夏美关掉了吹风机，又说了一遍。

对，之前都说好的——

"亲，全程六十分钟激情享受。谢谢。"

星野的手机里仍留着夏美回复的讯息，以及随后附上的两张性感的照片。照片中的少女，穿着一件白色的校服，打扮成学生的样子，却伸手把领子而至胸口的两枚纽扣都解开了。然而现实中的夏美，此刻在镜子里的折影，却和照片上的样子有些不一样。这也难怪，现在手机的拍照App，只要按一个键，就会自动把肤色调亮，去皱纹、去痣，放大眼瞳，缩尖下巴……结果让每个人看起来都差不多，都像是一个假人。

他在手机里一一扫过那些女孩子的照片。她们都把自己装扮成欲望的商品。她们的身世被略化成名字、年龄、三围和不同的国籍。

"我只是想要，呃，一个真人。"在预约的电话里，星野说了自己唯一的要求。

瘟疫初始的时候，这座城市的时钟旅馆和摩铁①一度无人问津，萧条、沉静而至濒临倒闭。人人都害怕和陌生人的任何接触，更何况是肉体和肉体的交接。后来不知什么时候开始，业者以国外进口的硅胶娃娃作为招徕。在网站上写着：卫生、干净、完全杀菌，阻绝任何病毒传染——看起来多像是一则洗手液广告。而原本网页上的那些人类少女的照片，在一夕间都换成了硅胶娃娃的头像。那些一比一仿真的假人，被穿上了人类的衣服，安放在一个一个房间里面，避开了顾忌、道德和法律——

你看，虽然那么逼真，但这些都只是成人的玩具罢了。

星野也曾经在不同的房间里，像打开一个巨大的礼物那样，解开那些硅胶娃娃领口的蝴蝶结，剥下她们身上的衣服，进入那些少女样貌的人造之人。细看那些硅胶娃娃皆恍若真人，但她们精致的脸上恒常带着一种漠然的表情。她们不快乐，她们也不悲伤。她们仿佛脱离了现实，眼睛像是永远看去很远的地方。

他第一次和硅胶娃娃做的时候，想搬弄她们摆出不同姿

---

① 摩铁，即汽车旅馆（motel）。

第七个房间　夏美的时钟　|　201

势，才愕然发现和想象中的不一样，这些娃娃非常之重。他之前没有想过，人类在床上的时候，会自然地用手脚支撑自己的重量，但她们不会。但她们也不会嘲笑你结束得太快，或者埋怨任何粗鲁、不得体的动作。

她们任由你为所欲为。

在短短的时间里，这些硅胶假人就迅速地不断推陈出新。为了让虚假更趋近真实，他们在那些柔软的假人肌肤之上喷上昂贵的香水，且在体内看不见的某处装上了简陋的人工智能。这使得娃娃们在被摆弄的时候，会同时在喉咙深处发出"好棒哦，不要停……"这些简单但不断重复的句子。但即使如何地优化，星野仍分辨得出那带着机械感的人造嗓音。他想起小时候（那已是上个世纪）有一种会说话的玩具人偶，只要拉一下背后的发条就会开口说"我爱你"，那种恍若金属摩擦的声音。

明明知道眼前这一切都是虚假的，他还是一次一次打开门，进入了那些房间，不断重复相同的动作。他一直想知道，所有的虚构最后能不能抵达真实呢？他拥抱着那具无语回应、没有温度的少女躯体久久不放。他甚至开始和身边的那具假人说话，告诉她生活的琐事、烦恼，而至某些深藏心底的秘密。虽然预定的时间还没到，但他躺在床上，却不自觉一再去看那跳闪的电子时钟。他想装作若无其事，但在那段安静而疲倦的倒数时光里,他总会感到一种巨大的空洞,占据了整个房间。

"我们还有时间。"夏美说,"虽然我们已经无处可去了。"

夏美吹干了头发,爬上床,像一只猫那样,曲着背,把自己窝进了星野的怀里。此刻,星野可以从鼻息和手指的触觉,感受到另一个人的呼吸,以及裸裎无遮的体温。这是他久违的感觉了。虽然现在的硅胶娃娃已经进化到在膣内塞进发热器,模拟出人类的温度,但他清楚知道,那是不一样的。也许不在于生物和死物的区别,而是源自同类之间,彼此共同拥有的某些属于触感的、嗅觉的,舌尖残留的什么。

房间里的电视从刚才就一直开着,若有若无的声量,闪动的光影拂过他们的肉身,他们的脸。电视上正在跳闪瘟疫确诊者的数字,主播一脸严肃地面对镜头,而身后是不断流动字幕的新闻画面。荧幕里的一群人穿着厚重的防护服,戴上鸟喙那样的防护面罩,远看而像一群乌鸦。军队已经在路口围上了一圈一圈的铁蒺藜,像是战争电影中看到的那样,代表危险和无法逾越。

然而在那个房间里,星野和夏美彼此因为陌生而短暂无语的时刻里,瘟疫似乎还在遥远的地方。肉眼看不见的病毒,近乎虚构的隐喻,像一只无形之手,拂过每个人的脸庞,深入了脾肺,而无人知晓。

星野任由夏美躺在身边,有一搭没一搭地聊天。他听得出来,夏美的口音和本地人有些不一样,柔柔懒懒的,而不是那么起伏夸张的腔调。夏美告诉他,自己最不能忍受的是喝了拿铁咖啡的客人——为什么?你不知道哦?喝过咖啡和牛奶的嘴里,会很久都残留着一种非常恶心像是呕吐过后的味道。夏美说,我真的没办法耶。最怕客人捧着星巴克的咖啡过来,又不能说什么赶客的话,在床上的时候只好一直别过头去,屏息着希望赶快把事情做完……

他微笑着轻抚夏美的头发,由发而至卵石那样的肩峰。虽然他知道,所有的故事都可能是编造出来的,包括"夏美"这个名字,甚至年龄和身世,在这个房间里都是容许虚构的。但他非常享受此刻这种相拥却毫无责任的关系,以及只为了打发时间而几无意义的对话。

他知道夏美和他一样,都不是真正属于这座城市的人。他们只是在这城市里租借了一个房间,在这个巨大的容器里安放躺下的身体。夏美笑起来的时候,会微耸着肩膀。他们贴靠着彼此,像是两柄叠在一起的汤勺。夏美的耳壳从长发间露了出来,他忍不住伸手顺着耳朵的轮廓摸到耳垂,那温温软软的部分,像是人类的身体独有的,一种永远无法模仿出来的触感。

——这就是真实吧？星野心想。

也许，就是这么一点细节的不同，就是真实和虚假之间的区别。

但他有时也分不出来，时间的过去和未来。一如这间时钟旅馆。夏美的生活就是在这个小小房间里面，接客、吃饭和睡觉，永远都不必走出房门。夏美总是把窗帘拢起来，仿佛这样，这个房间就可以变成一个自转的行星。这里的时间的转速和外面的世界并不一样。时间只是电子跳闪的一分一秒。时间只是一再重复的光影。

"刚才我去便利店买东西，有个大叔竟然叫我表姐耶。"夏美抬起头说，"我看起来有这么老吗？"

"他应该是认错人了啦。"星野说。

夏美坐了起来。星野仍枕着自己的手臂，看着夏美线条柔和的裸裎的背。夏美盘腿坐在床沿，举起双手，把垂在背上的长发熟练地绑成了一束马尾。刚才做爱的时候也没注意，这时星野才清楚地看见了，那原本掩盖在长发底下，一幅精致的文身。

那是一个时钟的图样，钟面刻写着数字。但非常怪异的是，那时钟在夏美的背上失去了原有金属的坚硬感，钟面和指针皆软化成扭曲的形状，失去了时间的指涉。那幅文身手工细致而繁复，镂刻在夏美白皙的皮肤上，浮起在颈椎之处，随着夏美的一举一动，柔软地起伏。

"你喜欢达利哦？"星野伸手抚摸着那时钟的文身，却似乎触摸到文身底下，一些微微浮起的疙瘩。

"不知道耶。"夏美回过头来，说，那是她以前去清迈玩的时候，让一个老师傅文上的文身。当时只是觉得这软糖融掉一样的时钟图案挺特别的。

你知道吗？星野说，有一个奇怪的画家，留着一对如昆虫触须那样的怪异胡子，他的画好像都是在描摹着梦境。比如大象长着瘦瘦长长的腿。比如时钟，都变成软趴趴的。像是未凝固的熔岩，可以扭曲成不同的形状。所以时钟失去了报时的意义，而变成一种软软甜甜的，好像可以一口吃掉的东西。

星野还想再说，他小时候一个人躲在百货公司里，让所有大人都找不到的故事，夏美的手机这时发出了滴滴滴的闹钟声音。

星野明白这是时间到了。像沙漏中的最后一颗沙子跌落彼端，留下巨大的虚无。时间在这个房间里，是一种看不见而精准的存在。时钟旅馆的时间恒常以一种倒数的方式计算。而夏美的手机如时间之神的法器，掌控着每分每秒。短暂又漫长的六十分钟已经过去了，故事和想象都到此结束。他起床，将一件一件衣物穿回身上，回过头，夏美背对着他，反手扣上内衣的小扣子。他想了想，问夏美："下个礼拜，你还会在这里吗？"

夏美笑着，露出两颗虎牙。她拇指靠着耳边，伸出小指，比了一个打电话的手势，然后起身为他打开房门。夏美说，那你下次再告诉我多一点那个达利的故事。星野走出那个房间，突然想到什么，回过头，夏美却已经把房门轻轻关上了。

走出时钟旅馆，星野才愕然发现，原本喧闹的市街此刻只有他自己一个人，不知道所有人都去了哪里。他独自走在街上，像是不小心走进了一个虚构的都市场景。交叉路口也无一辆车子，而交通灯依旧依着固定的秒数由闪动的绿色转成红色。路上空荡荡的，失去了都市应有的声音。但不知为什么，他孤独地站在十字路口，仍执意遵守交通规则，等待绿灯，等待可以通行的时刻到来。

莉莉卡，然而一如你所看见的，疫情来得太快。病毒潜伏在空气中的飞沫和彼此交换的体液之中，以等比级数的疯狂速率在人类之间传染开来。几个星期之后，城市沦陷，街巷各处已经被黄色的封条封印起来。所有的市民都困陷在各自的房间里再也无法出去。没有人再回到那座时钟旅馆。那些贴着门号的房间之中，一个一个仿真硅胶娃娃仍安好地平躺在床上，睁大着双眼，就这样被人类遗忘在旅馆里面。也没有人发现，其中的一个房间，还留下了唯一的人类。

夏美一直待在那个房间。当她终于察觉自己一个人被遗弃在这里的时候，她已经再也无法走出这座旅馆了。国界封闭。车站、机场此刻空无一人。而整个城市拉满了警戒线，分割了疫区和安全地带，分割了真实和虚构。而夏美就这样被划到了被遗忘的那一边。

封城开始的那几天，夏美一点一点地吃着房间小橱柜里的那些薯片、泡面和巧克力（原本标价都贵得要死），每天用电水壶接水煮开。她一直让电视开着，收看报道疫情的新闻，或者电影台不断重播的老旧电影。汤姆·汉克斯主演的那部流落荒岛的影片都已经看了五六回，几乎熟悉了每一句对白。她觉得自己也像是被遗弃在孤岛上的受难者，但她连一颗可以假装同类的排球都没有。

也许有的。夏美曾经在无人知晓的时刻闯入了那些无人的房间，原本只想找些吃的，却发现床上仍躺着一个硅胶少女。她走近了床边，那是她第一次这么靠近去端详那些安静的人偶。但不知道为什么，原本那么精致可爱的少女之脸，此刻却有一种疏离而陌生的表情，让人不安。夏美匆匆退出了那个房间，关上了门。有一瞬间，她意识到自己是这座旅馆里唯一的人类。会不会有一天，当她终于被人发现的时候，自己的躯体已经枯萎、干瘪，而那些假人却抵住了时间，仍在稚气的脸上保留着永恒的笑容……

后来，夏美索性连电视也不开了，晃动的画面似乎让人更加烦躁。她一个人躺在床上，在那间旅馆里安静地生存着，数算一天一天地过去。她知道整座旅馆此刻空无一人，但却不知什么时候开始，她不时会听见隔壁的房间传来拉动椅子或马桶抽水的声音。这是每座旅馆皆有的那么相似的鬼故事吗？她其实并不真的害怕，只是好像已经分不出到底是真实或是自己的幻觉了。

有时候她甚至会觉得，躺在床单上的自己，有一种愈来愈稀薄、渐渐变成透明的错觉。这时候，夏美会用发夹的尖端，用力地刺戳自己一下，仿佛要这样，依靠那刺痛，才能回到现实。

夏美想起文身的时候，当针尖不断刺戳着自己，那时好像真的就没有那么害怕了。

那时夏美和朋友们去泰国清迈玩，朋友起哄着敢不敢一起去文身。她们一起走进了那间文身店，里面躺着文身的客人，一个年老的文身师傅正低头工作。照明灯光底，他的手指捏着一个如钢笔那样的工器，在那副肉身上慢慢地刻画着什么。那机器发出了像是牙科诊所里补牙的可怕声音。夏美觉得好奇，又有些害怕，店里的四面墙都挂满了大大小小的

第七个房间　夏美的时钟　｜　209

瑰丽图腾。恶鬼和神衹，骷髅和天使，皆并列在那间文身店里，仿佛这里容纳了世间的所有善恶。

当夏美脱去外衣伏在那张平床，撩开了长发，露出了颈椎，皮肤上浮现一个一个如月球背面的陨石坑那样的疤痕。和周围的肤色不一样，那些疤痕是暗红色的，坑坑洞洞浮出了表面，摸起来是一种凹凹凸凸的触感。那是夏美小时候的事。但她仍记得，喝酒的父亲总是为了一些小事而震怒。愤怒的父亲会剥掉她的上衣，用火红的烟头在她的肩背上烫出一枚一枚烙印……

"你不要怕。"老师傅这样对她说，"我会把这些伤痕掩盖起来，不会再让人看见。"

在那间异国的文身小店里，夏美伏在那灯光耀眼的床台上，而渐渐习惯了，针尖不断在皮肤上戳刺的延绵不绝的痛。针尖戳刺在她背后的烙疤上，仿佛只有痛楚可以掩盖痛楚，只有伤痕可以掩盖伤痕。

如今夏美躺在一个人的时钟旅馆里，却想起了这些过去的事。她拿起手机，翻看过去的那些文字讯息，都是和不同客人约定时间的对话，那么枯燥乏味。原本精确无比的倒数时间，于此似乎变得如雾涣散，失去了度量的必要，一如手机里那些刻意摆出性感姿势的自己的照片，变得苍白而无意义。

像是把瓶中信投进了大海，或者引擎失效的太空船拍出求救信号一样，夏美用手机向通讯录里的所有人传去了相同的讯息——

"救我。"

"救我。"

"救我。"

当星野的手机响起了讯息铃声，他知道夏美还滞留在那里。那座时钟旅馆。那个他曾经待过六十分钟的房间。

但此刻他不能回去了。他躺在一张白色的病床上，罩着呼吸器，无法开口说话。他的体内被辐射光照出各处暗影，皆是因病毒蚕食而纤维化的部分。病毒此刻正在慢慢以他的身躯为食。而他和所有病患一样，都被置身在那个由体育馆匆匆改建成的病院里。一张一张病床排列成巨大的矩阵，而四周皆拉起了隔绝空气流动的透明塑料布。

那座时钟旅馆后来被发现是瘟疫的起始，核爆的原爆点，或者被打开了一道隙缝的潘多拉盒子。逾期逗留的异乡之人，从远方带来了第一枚病毒，于此繁殖、分裂，充塞在空气之中，终于满溢出来，像是汇集的雨点最后都流向了城市的各处。没有人再愿意回去那里，任由那座旅馆空置，慢慢毁坏。

没有人知道，只有夏美还在那里，成了最后一个留守在时钟旅馆的人。

当星野回到时钟旅馆，时间像是被快转过，眼前的一切已然变成了一座巨大的废墟。

这里原本是私钟小姐们聚集的所在。陌生的男子会叩开特定号码的房门，然后他们会在各自的房间里，一起淋浴，做爱，再淋浴，而后低头离开。一切都有步骤可循，省却了情感进退攻守的部分。

许多年过去，时钟旅馆早已失去了原来的样子，破败而孤立在城市的暗影之中。已经多久了呢？当星野再一次走进那座旅馆，自己的身体亦残破如眼前的废墟。旅馆的电梯早已坏去，他沿着破落的阶梯艰难地走上楼，廉价的朱红地毯吸去了他的脚步声。整座旅馆潮湿而闷热。他目睹所有事物都正在腐朽。不知名的植物盘踞了门窗，长出长长的须根。有一只巨大的老鼠从墙缝钻出来，又逃进了黑暗的角落。

星野吃力地攀爬了一层又一层楼，终于来到挂着门号的其中一扇房门之前。他伸手想要推开房门，但那门框浸过雨水而发胀，丝毫不动。他在尘埃之中咳嗽不止，用尽了力气把门顶开，眼前的房间破败不堪，如一尾搁浅的鲸的骨骸。原本完好的桌椅、梳妆台皆然腐朽，摇摇欲坠；天花板洇出巨大的水渍，长出了黑色的霉菌。

夏美不在这里。

她的床铺凹陷成一个身体的轮廓，上面却平躺着一个裸身的硅胶娃娃。那个硅胶少女有着一张柔美的脸，却不带着任何表情。星野走近看，想要仔细寻找原属于夏美身上的那些细节。那臂头上的痣，以及白瓷那样的耳朵。他轻声呼唤："夏美。"但那个人造之少女仍微张着嘴，睁大着双眼，一眨也不眨。

星野抬起了那具沉重的硅胶人偶，撩起人偶的长发，露出白皙的背。没错，那硅胶人偶的背后，此刻仍然印着一幅扭曲时钟的文身。

有一瞬间，星野错觉了夏美身上的时钟开始转动。由缓慢而至飞快，时间变成洪流，从夏美的身体每一处流泻出来，一下子就灌满了房间。那些原本盘踞房间的植物，一瞬枯荣。黑色的霉菌蔓延、吞蚀了地板和墙壁。夏美的床铺也塌陷下来，她失重跌在星野的怀里。她的一绺如瀑的长发间夹了许多灰白的发丝。原本少女那样发光的肉身，此刻亦变得粗糙，长出细细的皱纹和斑点……

对了，莉莉卡，你还记得吗？原本躺在毗邻房间之中的那些人造之人，最后都去了哪里呢？

第七个房间　夏美的时钟　｜　213

那些被装上了人工智能的硅胶娃娃，承载着人类的情欲之梦，受过人类任意施予的蹂躏和暴力。她们那么善于扮演各种角色，在单薄的记忆体里面存放了人类的丑恶和想象。会不会在那漫长的时光里，在无人打开的房间之中，她们悄悄地不断进化。也许到最后，她们拥有了做梦的能力。人造人会不会梦见电子羊？一如那些科幻小说所预言的那样，在无人知晓的时刻，记忆体之中某个位元绽开了星火。她们睁开眼睛，目睹着一切发生，会不会渐渐模糊了真实和虚构的分界，而终于解开了自由的封印？

那座旅馆变成了永恒的废墟，没有人把它推倒、重建，也没有人再为它赋予任何的意义。那些水泥之柱一点一点朽坏，露出偷工减料的填充物。据说，许多年以后，若有人走进那座荒芜的时钟旅馆，走在房间毗邻的破烂长廊上，仍不时会听见一些细微窸窣的声音。

也许只是因为老鼠横行，跨过了那些硅胶娃娃的裸身，触动了什么。也许只是单纯的热胀冷缩的物理变化，那些人造的硅胶娃娃，在无人的安静时刻里，会自己发出"好棒哦""好舒服""不要停……"那些模拟人类的声音。

她们仿佛傀儡挣脱了扯线，在荒芜的时间里，人类遗弃的梦中，仍在无尽地交欢和繁衍。

第八个房间

地下突击队

·

莉莉卡，你是否还记得，那种双脚无法着地的感觉？

那无光深处，任你如何在虚空中甩踢，伸长了手臂，都碰触不着边际，仿佛置身在凝胶之中，分不清左右上下的无重力感。像是电影里，太空人被甩离了母船，拖着一条长长的牵引带，如断线纸鸢，一个人绝望地飘浮在无垠星空。而整座银河的星星，清楚地倒映在反光的头盔镜面上。因为心底认清了接下来的命运，隔着厚重的玻璃，那个人的脸上却浮现一种静谧且安详的表情。

是那样的感觉吗？或者只是每个人都残留在潜意识之深处的记忆——那幽深而温暖的所在，胎儿漂浮在子宫的羊水之中，尚未学会以肺呼吸，而仅依靠一条脐带牵连着整个世界。是以当我们终于长大成为孤独的个体之后，低头看着一洼无从见底的池水，仍感到无以名状的引力，却又搓揉了一种深切的对孤单与幽禁的恐惧。

或许因为这样，我一生都没有学会游泳。

我还记得初三的时候，学期结束之后班上用剩余的班费搞了一次出游，全班同学搭了巴士到山腰的游泳池去玩。在波光映照中，我看着他们欢快地跳入浅蓝色池水，翻腾、拍打出闪耀着日光的水花，而我犹豫许久才决定下水，忍受着寒意，一身鸡皮疙瘩慢慢踩入池中。那时的我很瘦，脱去上衣之后，裸露的胸口可以清楚看见肋骨。我靠在瓷砖铺陈的岸边，脚踩不着地，浮沉在氯水味很重的泳池里，领受着他们不断激荡而来的浪潮。

只有我不会游泳。我那时心想，在学会游泳之前，或许我应该先学会憋气。我扶着池边的梯子，深深地吸了一口气，把头埋进水中。水一下子就灌进了耳鼻。我眯着眼窥看池底，瓷砖纵横的线条像活的一样在眼前扭曲交错，以及不断晃过的他们的腿。

我记得，在那充满了各种杂音和气泡的水中，像收讯不良的荧幕画面，我看见直树被几个男同学压在水面之下。他们按住直树的头，故意不让他浮起来，伸手拉扯他的泳裤。他们开怀地笑着，仿佛他们此刻只是在玩弄一具瘪掉的充气人偶，任意地摆布他、戳刺他。似乎只有我在那水池里，目睹直树被那几个强壮的男生恶意地欺负。一串串的泡泡从直树的嘴巴和鼻孔不断冒现出来。直树无望而持续地呐喊着，声音却淹没在沸腾的池水中。

他们终于把直树的泳裤扯了下来,远远地抛去池的另一边。那红色泳裤像一件垃圾一样漂浮在水面上,随着浪花愈漂愈远。而整个泳池里大家依旧玩闹着,似乎没有人发现直树此刻赤裸而困窘地置身在池水中。那些男生已经游走了,只留下直树双手遮掩着自己的下身,仿佛只能永远地困在那里。

直树把自己的身体深深地藏在水中,只露出了一颗发湿的头。他突然转过头看我。

而我却逃开了他的注目,沉下水面,假装什么都没有看见。

对了,莉莉卡,我好像忘了告诉你,许多年后,我收到一串旧时高中同学的群组讯息,他们不知聊起了什么,有人说直树已经死了。

直树真的死了吗?怎么死的?没有人想要去证实这消息到底是不是真的,或许也无从证实。我中学毕业之后未再见过直树。如今手机叮咚作响,同学们在群里纷纷回讯:RIP。RIP。RIP。RIP。RIP……像是不断跳针的回音。但我认得之中几个名字,以前明明那么肆无忌惮地霸凌那些他们看不顺眼的同学,如今好像没有人会提起这些。

第八个房间 地下突击队 | 219

我要如何想象，和我同龄的直树，原本一起同步的时钟如今时差已经愈来愈远？我又如何想象死亡之前的刹那时光？能不能将时间无穷无尽地分割成最小数，而让死亡的那刻成为永不可能达到的物理学悖论？莉莉卡，我只能忧伤地告诉你，在我曾经身处的年代，一个人死去常常就只是一封转发又转发的手机简讯那样毫无真实感。

但那天，大禁制期还没结束的那个晚上，我明明还在电视里看见了直树的身影。

我记得我一个人在客厅里看电视，那其实只是一个沉闷的综艺节目，以偶像选秀之名，任由主持人恶意地把那些穿着清凉短裙的少女练习生，轮流关在一个矗立的透明气管之中。那巨大的管子底处有一个风口，喷出强力的风，而足以把整个人托在半空。我们在荧幕之外，可以看见女孩因为强风之力而飘浮起来，像是高空跳伞，在降落伞张开之前必须四肢张开的那样怪异的姿势。

虽然系了安全索，但那女孩却因为突然脚不着地，在透明的管子里失重翻滚而吓得大叫起来。那镜头不断切换到安装在女孩子头盔上的主观摄影机，以让电视观众体会那种极像是整个人被塞进洗衣机里头，头下脚上不断翻腾的惊恐。女孩已经哭花了妆容，而主持人和其他贫嘴的评审来宾都站在那透明的管子的外面，犹自欢乐而讪笑着说："哎哟喂，走光啰，走光啰。"然而电视机外的我们，看到的其实也只是一颗草莓LOGO，遮住了原本是小裤裤露出来的部分。

我因为激烈摇晃的镜头而感到有些晕眩的不适。当拿起遥控器想把电视关掉的时候，那个被吹乱了一整个头发的女孩，已踉跄走出了气管，拿着麦克风，强笑着向镜头问好。我才突然发现，虽然化了妆，但那女孩却没完全遮掩住眼角的一道疤痕。那依稀见过的脸的轮廓，浓妆底下的眼眉，以及尴尬时搔着左边太阳穴的样子，让我看了许久，心想那个女孩会不会就是我的中学同学直树。

我以为此刻的直树，穿着少女的服装，变成了那选秀节目里头的其中一个练习生。

那个少女化了妆，留了及肩的中长卷发，且胸口上还贴了名卡"Naoko"。她挤身在那群日韩系美少女之间，虽然比她们高了半个头，但若不仔细看，似乎也分不出脸和脸之间的微小区别——据说那些少女的精致五官不免都经过人工塑形。她们在舞台上唱着节奏重复的快歌，毫不掩饰地劈开大腿，挥舞的百褶裙摆短到露出屁股蛋。而歌曲结束之后，她们定格在一个设计好的队形，在近摄特写的镜头里，少女们因为刚刚激烈唱跳，犹微耸着肩而喘息着。

那原来只是一个过期多年的重播节目，却不明白为何原本的歌唱选秀会切入一整段的整人环节。每一周，节目都会让观众投选支持的少女练习生。而经过每一集的无情的淘汰赛，留下的最后一个女孩，将坐上舞台最顶端的水晶宝座，恍若化身只能让人仰视的少女之神。

那即是我的那个年代，神祇的诞生。

那个电视选秀节目火红了一阵，后来却被爆出排位名单造假的丑闻。原来电视里那些少女时而雀跃，时而委屈流泪的煽情画面，都是按照电视脚本的安排搬演，但那都是之后的事了。

那一刻，我想告诉惠子，你看，那个叫 Naoko 的练习生明明是我的中学同学咧。但整个屋子里却静悄悄的，只有综艺节目的浮夸音效，以及罐头笑声和掌声。然而不知为什么，此刻却仿佛隔了一层厚厚的墙，又如我仍沉在水底，耳中皆是一种闷住的回音。

但我想说的另一个故事，却是惠子曾经告诉我的。

莉莉卡，若你疑惑惠子的模样，我会说，过去的她和现在的你长得一模一样。你拥有一张复制的脸，如镜中倒影。

而你出生那时，已是妻不在场的时光。或许你已经忘了这些。你已经遗忘了那种双脚无法着地的感觉，一如人类永远无法捉住初生的那段时间。一如我曾经见过你浮沉在封闭的培养槽之中,像是一个婴儿那样蜷缩着自己的身体。你那时候听得见外面的声音吗?当他们经过你的裸身,竟有人如观赏热带鱼那样,轻叩着玻璃,以为你会因此睁开眼睛。

但如果你此刻睁开眼睛,时间将会回转到很远的过去。你会先听见一阵急促、慌乱的脚步声,在无限曲折延长的救生梯不断地回荡。然后你会看见,一个渺小的身影,像木棉花从木枝脱落,下一瞬间就从那一层一层高楼之间坠下……

惠子总是在这一刻就惊醒过来。

十五岁的惠子看着周遭,恍惚才确定了眼前仍是自己的房间。那阵子,她经常做梦。梦见自己自由落体那样从高处坠下。总是重复相同的梦境。以为不再想起,原来仍然无法忘记那次经历。那时候她灌了一肚子水,身体慢慢往下沉,那无重力、看不见且听不见一切的处境,其实很像太空飘浮,而不察觉自己惊恐害怕。

今天从学校回来一身疲累,惠子从床上坐起来,天色都暗沉了。掀开窗帘,似乎刚刚下过了雨,窗子玻璃上仍结着一颗一颗的水珠。这阵子总是下雨。她在睡梦中没有听见下雨的声音,大概离开地面太远,公寓里的雨声也是不一样的。

屋子里仍静悄悄的。父亲似乎还没有下班回来。惠子担心公寓楼下那些没人豢养的猫淋雨挨饿,从床底摸出了一包猫饼干。猫饼干只剩下半包,开口用一条橡皮筋绑住,怕漏风受潮。惠子身上仍是上学的白色校服,但裙子一回家就脱下来,只穿着短短的体育裤。她在短裤口袋里塞了家里的钥匙,就趿了拖鞋,吧嗒吧嗒走下楼去。

公寓的地面湿漉漉的,雨水尚未干去,在石灰地上留下了一摊一摊如巨人脚印的水渍。惠子的拖鞋很滑,好几次差点滑倒。她小心跨过那些水洼,对着杂草丛生的小径轻声呼唤:"喵,喵。"

惠子蹲下打开了猫粮,把一撮小饼干倒在报纸上。她听见身后似乎有人,回过头去,看见是隔壁邻居的孩子星仔。星仔躲在柱子后面,探头探脑,问她在做什么。惠子说,喂猫啊。小孩又问惠子,哪里有猫?惠子说,要等一下,而且也可能是猫看到了你,就不出来。

夕阳把他们蹲着的身影都拉长。公寓后面的窄巷紧邻着另一座还没建好就废置的建筑物。深蓝色的工地围篱,长长地隔着幽暗的另一边,但抬头仍然可以看见那些裸露出来的砖墙、钢筋和水泥阶梯,都是灰色的。像是一座楼的骨架,尚未填充外壳和颜色。这座废楼怎么就一直搁置在这里呢?一边是光亮的楼层,一边像是月亮背面的影子。再远一点,即是住宅区的尽头，这座城市的边缘，一片绿色苍苍的丛林。

惠子的房间窗户正对着空置的废楼，看出去总觉得阴阴森森的。傍晚在小公园里散步的老人们，信誓旦旦，说听见过对面的废楼有军人操练、答数的声音，一如那些情节都大同小异的鬼故事，毫无新意。但有一次，惠子在窗边好似真的看见对面毫无遮掩的窗格上，有个人影站着。她不敢再多看，就把窗帘紧紧拉上了。

公寓楼下有好多猫，这是惠子在母亲离开之后，唯一觉得开心的事。

那些猫日间就躲在柱子后面睡觉，或者伏身在儿童游乐场的草丛之中。夜里有时会听见猫打架，尖锐的叫声把睡着的人都吵醒。这里的住户大都不喜欢猫。如果看见猫，他们会跺脚挥手把猫赶走。他们说猫会偷偷钻进屋子，偷吃厨房的食物。但平时那些猫住在哪里呢？惠子也想过，也许为了避开人类的滋扰，入夜就栖息在那工地围篱之后，那幽暗无光的另一边。

惠子想养猫，说了好几次，但父亲不给。虽然如此，惠子会偷偷瞒住父亲，到楼下喂猫。常常放学之后，惠子就蹲在楼下许久，看猫吃东西，和猫说话。那些猫咪会避开粗鲁、暴躁的人类，却任由惠子轻轻抚摸它们的颈背，从体内深处发出一种咕噜噜的低音。惠子为那些无人认养的野猫咪取名，黑白猫名叫Oreo，大黄猫叫奶茶，仿佛这里所有的猫都是她拥有的一样。

"喵，喵。出来吃饭啊。"

惠子把猫饼干一撮一撮备好，等待猫咪出现。远远看去，她和星仔两个蹲着的身影，就夹在两座高楼的隙缝之中。他们踩着自己的影子，模仿着猫的叫声。天色欲暗未暗，阳光在天空的尽头渲染出粉红色。星仔是隔壁邻居，念小学四年级，还带了一支星战光剑造型的手电筒，大刺刺插在腰间。惠子觉得十分幼稚，但又觉得星仔总是一个人，没有玩伴，就由着星仔这样跟着她。

猫咪好似真的认得惠子。从看不见的虚无处，一只跟着一只踮着脚步走出来。星仔高兴地说："好可爱啊。"惠子责怪他说话太大声，吓了猫。一开始那些猫还防备着星仔，狐疑看他许久，后来有一只稚龄的小花猫主动去蹭星仔的手。星仔说，原来猫咪是软软的。猫们低头专心吃着地上的小饼干，发出小小的咀嚼的声音。惠子数算脚跟下的猫，向星仔一一介绍，数着数着，却说，怎么不见了软糖和茶粿？

不想隔了几天，又少了几只猫。

惠子开始有些担忧，不知是传染病，还是发生了什么事。她也曾经听大人说过，以前对面的空地开始建楼时，工人寮里头那些印尼人和孟加拉人，会把路上无主的狗和猫捉来吃。怎么吃？剥了皮剁块煮咖喱啊。惠子原不相信，认为那是大人故意吓她，此刻想起，心底却有些惶惶的。

星仔说："不如我们去找找不见的猫咪。如果生病的话，就要带它们去看医生。"

但天色已经慢慢暗下来，趁着还有一些光，惠子和星仔沿着高耸的工地围篱，呼喊猫的名字。那绵延的高墙，弹出一声一声回音。墙下长满了及膝的野草，也无人整理。尖尖的草叶，和那些会黏人的刺籽，划过惠子的小腿，有一种微微刺刺的感觉。但星仔似乎处在高昂的情绪之中，他抢在惠子的前面，仿佛想象自己正在探险一样，即使还有天光，仍打开他的光剑手电筒四处乱照。

不曾想过那围墙竟然这么长，惠子走着走着，也不知道最后会不会有一个尽头。再走下去，或许就是公寓后面，那一片不曾踏足过的丛林。惠子想，也许应该折返回家，却看见星仔站在远远的那端，用力挥手，向她说："快来看，这里有一个洞！"

惠子走上前去,看星仔用手电筒的光指着铁皮围墙底,一处生锈破损的地方,变成一个三角形的洞口。惠子想,或许那些猫咪就是从这个通道,穿过了墙,来来回回在楼层之间。只是那洞口的另一边被茅草遮住,惠子弯下腰,却什么也看不见。惠子伸手接过星仔的手电筒,往洞口照,似乎晃过一双明亮星火,如猫在夜里碧绿的眼睛。

"猫在那边啊。"

惠子矮身钻进了那狭窄的洞口,星仔也紧跟着。如此就穿过了一层膜,到了影子的那一边。

眼前一片荒芜,那些裸露出来的柱子,那些空置的窗格,时间像是停顿在某一刻,什么都未完成就已被匆匆遗弃;又像科幻电影中的末日场景,核爆之后一切都已蒸发,徒留一个巨大的骨架。走进那废楼里,几束细细的日光穿过柱梁的间隙照下来,光里都是飘浮的尘埃。

突然听见一声猫叫,惠子看去,一只虎斑色的猫,并着脚蹲坐在阶梯上,也在看她,然后又转身从容地走下楼梯。逃生梯一直伸向地表之下,再看不见下面有什么,只看见一段耸起蜷曲的猫尾巴,在他们前面缓缓而优雅地摇晃着,像是一个问号,又像是一个钩子的形状。

虎斑猫踩着水泥的阶梯,一纵一跳地,消失在地下的楼层了。

要不要跟下去？惠子有些犹豫，倒是星仔跃跃欲试。他们依偎彼此，一步一步走下那座废楼的阶梯。地表以下渐渐几无日光晒进来，竟有一些寒意，只有惠子手中一支小小的玩具手电筒，在幽暗中如一根刺探的银针。整个地下的黑暗，此刻在微弱灯光下，变成一种深厚的灰色，像是在浓浓雾中，只能缓慢地前行。

长长的阶梯，处处是水洼，似乎可以一直往下延伸到看不见的深处。走下几阶，脚底拖鞋总是打滑，再看刚才那只虎斑猫已经不见了。惠子开始隐约闻到一种生果熟烂的气味，或者因为空气凝滞太久，那种老房子混杂着霉味和湿气的怪味道。

他们扶着墙走下去，灯光晃到墙上，才看见不知是谁用深色的漆写上了很多大字。惠子想，或许是附近那些马来仔的涂鸦。他们都趁深夜无人的时候，用喷漆在荒芜的墙上写字乱画。但再看又不是，因为墙上都是中文字，大大地写着"马列主义万岁""革命救国""解放人民""打倒万恶殖民帝国"……惠子认得这些字，却不明白字的意义。黑色的漆从那些粗拙的笔画满溢出来，流成一条一条笔直的黑泪。那些怪异而重复的字，密密麻麻地充塞在墙的各处空白。仿佛是有人用了很长很长的时间，在这里写字。

楼层的地下到底有多深？惠子用电筒往下照看，竟愕然发现波光粼粼，摇晃的水，把灯光反射在惠子和星仔脸上。没有人发现过，这座废楼底处原来是一摊深水。大概是连日雨水都灌注到这里，日积月累排放不出去，早已淹没了底层的停车场——变成了一个巨大幽深的池。

星仔随手从脚边捡了一枚碎石，往水里丢，许久才听到扑通一声，激起一圈圈涟漪，也看不出到底有多深。

惠子往下望去，摇摇欲坠。眼底下墨色的水纹，轻柔而细密，如一个巨大的漩涡，似乎有一种魔力，要把惠子拉下去。惠子不敢再往水底看去。她想算了，先和星仔一起回到有光的地面再说。正想伸手拉星仔往回走，在黑暗之中，却突然有人喊了一句——

"第六突击队，立正，看——齐！"

那粗糙而洪亮的人声，如钝而浑厚的刀，划破一整片寂静。惠子吓了一大跳，差点弄掉了手上的电筒。

不曾想过这时候会有人在这地底之下。惠子把电筒照去那声音的方向，在厚重的黑色帷幕之前，浮出了一个瘦削且长的男人身影。那个男人手举在眉上，直挺挺固定着一个军人敬礼的动作。他穿着一衣草绿色。衣服松垮、破旧，皱皱烂烂的。头上还戴了一顶和衣服同色的布帽，帽上缀着一颗红星。

但在手电筒的灯光里,男子的眼神空洞失焦,仿佛看着惠子和星仔,又像是穿透了他们,看去他们身后更远的某处。微弱的光把他的身影拉长到墙上,仿佛看起来更高瘦了。

而更让惠子惊异的是,此刻那个男人的身后,恍如魔术地,浮现出无数的光点,一颗一颗点亮了起来,像夜空繁星——竟然都是猫的眼睛。

"鬼啊!"

星仔先喊,惠子马上拉着他的手就往上跑。刚才下来的时候不觉得,如今曲折的梯阶似乎怎么踩也踩不完。他们不敢往身后看,深怕那个鬼会追上来。星仔几乎要哭出来了,他紧握着惠子的手一直跑。惠子转头看他,没注意到下一个梯阶,拖鞋踩进一摊水洼,脚就滑了一下,整个身体往后倾倒。

那废楼的逃生梯还没安上栏杆,惠子滑了跤,就从楼梯掉落下去。凝固在惠子眼帘最后的画面,是跌坐在地上的星仔,正低头一脸惊恐地看着她。她伸手,而什么也抓不住。星仔的脸愈来愈远了。梦中坠跌的情景,似乎又再经历一次——掠过眼前的所有事物，因为速度太快的缘故，皆变成了笔直的线条，如身处虫洞的入口，不由自主地只能一直往下掉落……

惠子不知道自己腾空在那无垠的灰暗里，到底经过了多少时间。当她听见一声巨响，激起一朵巨大的浪花，已经掉进了地底下的那池死水之中。她在水中用力地划动四肢，掀起一串串的气泡，却止不住身体下沉。

她奋力睁开眼睛，从水底深处泛起的微光中，看见了钢骨水泥的巨柱的轮廓。那是这座废楼的地下停车场吧，此刻却像是电视中挖掘沉船或海底古迹的那些纪录片，那些石柱被许多藤壶、珊瑚和海藻层层覆盖，而失去了原有的棱角，看起来一切都软软绵绵的。

且奇怪的是，惠子此刻觉得自己并不因为憋气而难受，仿佛她本来就可以在水底呼吸一样。

但她仍一直地往下沉，渐渐看不见那些人造的建筑物，然而水中并不似想象中的荒芜一片，反而漂浮、滋长着各种生物。惠子甚至看见一整群如梭的鱼，密密麻麻地从她的身边游过。也有几只体形较大的鱼，缓慢而优雅地摆动着身躯，恍若无视她的存在。那非常像是，她置身在水族馆的玻璃箱，而那么清楚地看着那些鱼类的鳞片上闪动折光。然而下一刻，那些鱼都突然向四处飞快窜逃，她回头愕然看见，拥有巨鳍的长颈兽,挪动着巨大的身躯,正在捕食那些鱼。她看见各种她所无法叫出名字、身形奇异、颜色艳丽的水中物种,而心底恍恍泛起一个念头——

原来这就是死后的世界啊。

惠子心想,也许只是因为自己其实已经死了,而不自觉走进了那幻梦的死荫幽谷。

水底的世界竟然辽阔而无有尽头。随着惠子陷落愈来愈深处,已渐渐不若刚才物种繁盛的喧腾,而鹦鹉螺、鲎、三叶虫那些古老的甲壳类,从化石的拓印之中抽身而出。它们在水中孵化、交尾、死亡,仿佛生生灭灭都是转眼瞬间的事。

而混浊的水中慢慢浮现出各种半透明、发出荧光的微小生物,恍无目的地蠕动着无定状的触手,互相包覆、吞噬着彼此……

惠子一个人漂浮在那里,缓缓地闭上了眼睛。

所以,那其实只是以一种时光倒退的方向,倒转了亿万年间不断诞生和消亡的整个地球生物史?

莉莉卡,或许你是对的。我们终将回到这里,从倒立的金字塔,回溯至锥角的原点。但请别担心,十五岁的惠子终究会被救起来。我们可以看见星仔喘着气,满脸是泪,跑出了那幢荒弃的大楼，大声地叫唤大人。当人们冲进废楼，皆惊讶地底竟有一方深渊。有人自告奋勇跃入水中，匆忙把惠子捞起。救护车的红色警示灯闪照着整幢公寓，许多住户都撩起窗帘，不知楼下到底发生了什么事。

回过头看，天色已经完全暗了下来，刚刚停歇的雨水好像又要落下来。

这件事过了一年，惠子隔着窗，天天要忍受工地施工敲打、钻墙的声音，目睹对面荒弃的废楼被重新改建成一幢光鲜明亮的新式公寓。

像是原本停滞多年的时间，嘎啦嘎啦地，复杂的齿轮又被转动起来。她看着长长的机械吊臂，来来回回地为那座公寓添砖加瓦。那些戴着黄色工地帽的建筑工人忙忙碌碌了好一阵子。后来公寓盖好了，也慢慢住进了人。蓝色的铁皮围篱终于也被拆掉了，从此再也没有光亮和幽冥、过去和未来的分界。

惠子仍住在那幢公寓。有时候，她会躲在窗帘后面，偷看对面的公寓，那一格一格明亮的窗口，以及在之中生活的人们，却总有一种不太真实的错觉。只有她知道，她曾经走进那光的背面。只有她知道，那里面曾经那么荒凉而幽暗，地下停车场原是一洼深邃巨大的池水。

想起那时候，他们为了救人而闯进了废弃公寓的底层，才愕然发现了地底下不知从什么时候开始，住着一个马共突击队员。社区里的大人们议论纷纷了好一阵子，说起来都觉得十分匪夷所思。

要到那时，惠子和星仔才确定自己没有撞鬼，那天看见的真的是一个人。

那些拥入公寓的记者，举着相机不断拍摄废楼的照片，却对惠子差点溺水的事似乎一点兴趣都没有。他们访问楼下的那些无聊老人。原本都把鬼故事说得绘声绘影的老人们，看见记者的镜头对着自己却都结巴起来。后来报纸标题是这样写的：《被遗忘的最后一个马共突击队》。"最后一个"四字还刻意用立体特效强调出来。

一九八九年，马来亚共产党和马国政府签下《合艾协议》，结束了长达四十年的武装游击抗争。那些被称为"山老鼠"的马共成员，那些长期困顿且渐渐颓萎、老去的突击队员，零零散散地从隐身的丛林之中走出来，交出了手上的卡宾枪和手榴弹。那原本是惠子错身而过的历史，如今时间却似乎突然错置，把一个落单的队员遗留在一座荒弃的楼层底，那幽深无光的地下。

时间在那幽暗的地底下，慢慢钙化，慢慢凝固成水泥块那样的固体。

第八个房间　地下突击队 | 235

那个高瘦、挺直的男人身影还刻印在惠子的脑海中,像夜中烛光,吹熄之后仍会在眼皮底留下一星残影。他什么时候开始蜗居在这座城市的地底之下?他到底在地底生活了多久?他一个人如何掩藏那些生锈的军火弹药,等待革命抗争的时刻再一次到来?

没有人问出答案。因为孤独太久,那个突击队员从地下走出来之后,一接触到日光,就迅速地从一个年轻人的模样,变成了一个颓萎的老人。

新闻照片中的那个男子,低着头,看起来已经六七十岁了,但一双眼睛依旧空空的。他无法明白眼前的现实,数算不了日期(他仍习惯用尖刀在墙上刻出日子的更迭),恍恍不知时间流逝的方式。但若无人在旁的时候,他会突然立正敬礼,用苍老的嗓子,引吭高唱:"我们坚定乐观英勇顽强,刀山敢上火海敢闯。团结战斗奋勇向前,夺取新的胜利……"

那个突击队员已经不正常了,所有人都这样想。

只有惠子猜想,他可能只是执意留在那个理想化和戏剧化的年代里面,如一个人漂浮在地表之下,永远都无法着地。惠子想起那些密密麻麻写在墙壁上的字句,激情的笔画,却恍如一种喃喃自语。

而雨水仍不断地落下。

玻璃上一枚一枚站不住脚的水滴，把灰色的雨景变成融化一样。惠子总是望着窗外，看见几个小孩子跑在雨中，在小公园里欢快地嬉闹。他们赤裸着身体在雨中玩耍，张开双臂，互相追逐，任由雨水把头发淋塌。他们仰着头，张大着口接雨。孩子们都好高兴，一直到被父母斥喝回家，四周才安静下来。

那群孩子之中却已经不见星仔的身影。或许是因为几个月前在百货公司里，星仔失踪了几天的那件事，后来也没人知道为什么，星仔跟着家人都搬走了。临行前，惠子特地送给他一个卢克·天行者的乐高小人偶。小人手中还握着一柄荧光蓝的光剑。星仔把小人收进了口袋，挥挥手就是道别了。

惠子仍撑着头，望着这座被雨水困住的城市。星仔离开之后，她似乎更孤独了。她已经许久未曾在公寓楼下看见猫咪。她不免担心，如果大雨一直下不停的话，那些无人认养的猫该怎么办呢？

惠子想起那时，她和星仔在地底之下，看见过无数的猫眼，闪烁如天上繁星。

当那个藏匿在地底的突击队员被带走之后，没有人知道为什么，那些原本在公寓深处栖居、繁衍，无所不在的猫族，一夜之间，竟然全部都随之消失了。

仿佛为了再一次躲避什么，所有的猫都踮着脚尖，踩着虚空，无声无息地，迁徙到了这座城市的背光处，那无人可以伸手触及的，更深更远的地方。

诸神黄昏

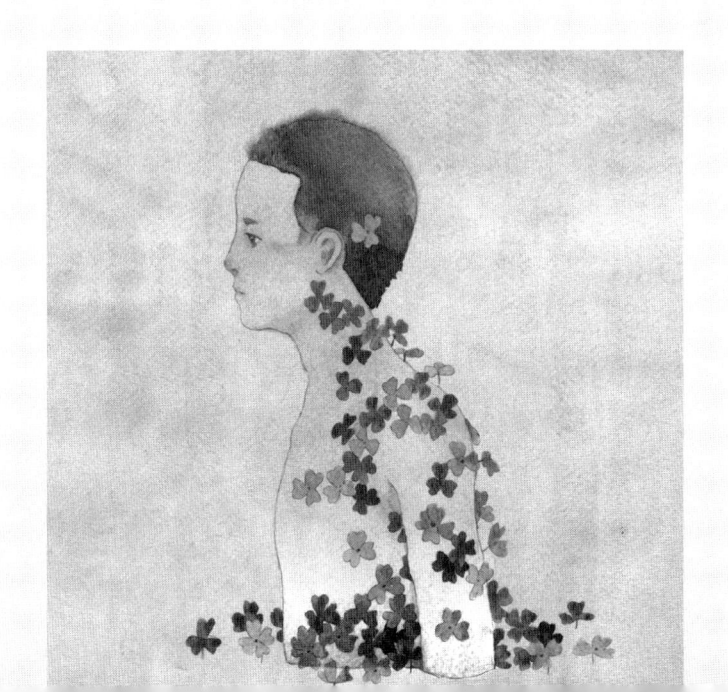

第九个房间

·

为什么要那么费力地，剔骨割肉，把自己变成另一个人呢？

阿鲁老人想不通。

老花眼镜流转着光，阿鲁老人推了推镜框，仍盯着手机。已经是黄昏了，斜照的夕阳穿过玻璃窗，平铺在地板上。老人没有起身把窗帘拉上。他觉得让屋子晒一晒也没有什么不好，而且再过一阵，阳光就会一下子被对面的公寓遮住了。阿鲁老人坐在一张老旧的懒人椅上，独自沉浸在一日余晖之中。阳光沉落了，但天色未真正暗去，而是灰烬余温一样的色调。手机荧幕兀自发出蒙蒙白光，像是那屋子里唯一的出口。

阿鲁老人在手机荧幕上划了划，切换成一个房间的画面。那是隐藏摄像镜头记录的此刻，以看不见的电波连接着阿鲁老人的手机，刻记着一分一秒。

一幕静滞的房间里面，时间仿佛不曾流动，但仔细看，屏幕右上角嵌着一串计时的电子数字，一秒连接一秒地跳

第九个房间　诸神黄昏　| 241

过。镜头以四十五度俯视着房间里的一切——像是神明自云端俯瞰人间众生的角度。咳嗯，他清了清喉中浓痰，咂着嘴，看见儿子直树还在房间里面。那个房间笼罩在一片不自然的晃亮之中，所有细节因为像素不足而显得模糊。

直树背对着镜头，埋头在一堆布料之中，不知在缝补什么。

自从搬到这座老公寓，直树就蜗居在房间里而足不出户，到底在干什么呢？阿鲁老人始终不明白，把刚才的录影画面又再回转了一次。恍惚一日将尽，但他的手机如时间的权杖，可以任意将眼前的一切重播、快转，甚至可以召唤现实中逝去的昨日。

阿鲁老人身上恒常一件鹰塔标的泛黄背心，宽松的条纹睡裤垂在脚跟上。他摘了眼镜，任手机熄了。入夜之后的老旧公寓依旧有一些闷热。白天日光晒进来，到了晚上仍余热不散。一如往日，他打开神台抽屉，数算了一束香枝，为神台上那些神情各异的神明上香，然后是列祖列宗，又蹲下身，把香插在五方五土的陶炉里。

神台上摆满了各路神像，观世音、大伯公、关帝爷、弥勒佛、三太子、泰国四面佛……大大小小的神仙的塑像，挤满了客厅的神台。太子爷的神像还多出了两尊，皆脚踩风火轮、手执乾坤圈,而那张少年的脸被长久的香烟熏成墨色。这些神像都是以前父亲不知从哪里捡回来的,有些还缺手缺脚,破损的地方,露出内里空心。

有一段时间,年迈的父亲常常从外面捡回那些被人遗弃的神像,说是不忍心见无主神明受风吹雨淋。阿鲁老人曾经见过父亲在清晨从外面回来,在晨雾中浮现身影,双手捧着一尊破败的三太子瓷像。父亲的目光涣散而遥远。父亲仍在找寻失踪的哥哥。仿佛从那时开始,父亲已经分不出现实和想象的边界。

那些来历不明的神像愈积愈多,原本都摆在老街的杂货店里,许多年后,阿鲁老人继承了那间杂货店,也一并继承了那些神像。两年前从旧家搬来这座公寓,那些神像塞了两个大的纸皮箱,他和直树抱着纸箱,汗流浃背,走上五楼漫长无际的阶梯,一步一晃荡,神像们在箱子里哐啷哐啷作响。

父亲如今瑟缩在小小的神主牌里头。那写了家族姓氏的薄板,将来也会是阿鲁老人的归宿。轻烟缭绕之中,狭小的屋子充满了一股香火气味。阿鲁老人走到餐桌边,斟了半杯茶水,站着喝完,把搪瓷杯子倒扣在托盘上。清早煮滚的茶过了半天早就凉透了,他把壶底剩茶倒去水槽,又把下午打包的饭菜在镬里蒸热了。他勺了一半，留下一半。蒸过的菜餚绵烂而无味，他埋头胡乱吃了。

客厅里只有老人孤单的身影，儿子直树把自己藏在房间里，要待深夜老人入睡，才会悄悄走出来，把老人特地留下的那些饭菜吃掉。两人已经许久不曾对话。妻子过世之后，阿鲁老人决定把生意惨淡的杂货店收了，把住了几十年的老店屋盘出去，换成了拖欠的医药费。他和儿子直树一起搬来租赁的老公寓，但直树却几乎一整天都躲在房间里。他终于想了一个办法，偷偷在房门的通风孔塞了一枚看不见的针孔摄像头。从此他可以穿过房间的墙，从手机的荧幕上看见儿子的一举一动。

阿鲁老人坐在懒人椅上，看过八点华语新闻，却看不下接着播映的连续剧，又打开了手机。从什么时候开始的呢？每天晚上，阿鲁老人就一个人坐在客厅里，看着针孔摄像头记录的画面而忘却时间正自身后恍恍流失。那张懒人椅也是从老家搬过来的，曾经摆在店铺里多年，早已老旧不堪。屁股底下原本绷紧的塑胶绳日久都疲乏了，渐渐撑不住他的重量，一坐下去就深陷其中，爬不起来。他不由得要弓着背，隔着厚重的老花眼镜，窥看儿子如一只被豢养在玻璃箱里的虫蛹，安静匍匐在枯叶堆中。或者，那其实更像是他和儿子直树之间，一道跨越不过的时差。

阿鲁老人习惯了在夜里重播直树白天的作息，窥看他日间在房间里的一举一动。如今他几乎闭上眼都可以辨认儿子房间里的所有事物，像一面抚摸过无数次的浮雕，清楚各处幽微的折纹和光影。直树房间总是凌乱无章，杂志和漫画书散落在地上。墙上贴满了日本动漫的海报，床铺总是皱褶如浪，被单揉成一团也没铺好。

房间一角还摆放着一台老式的针车，镂花的铁架、踏板。那是妻子遗留下来的，似乎是阿鲁老人熟悉的唯一的事物。

阿鲁老人和直树永远相隔着一道房间的墙，那样无可触及彼此的距离。

屋子里的隔音并不好，阿鲁老人在客厅里不时可以听见直树在房间里开着音乐，或者拖拉椅子的时候，椅脚刮到地板的声音。那么靠近，却是他无法进入的结界。

这里无法进入，莉莉卡。我们伸手却无法扭动那长满铜绿的喇叭锁。有些房间，我们永远都没有办法进入。任你用全身的力量去撞击房门，或者像神偷电影那样用发夹掏弄钥匙孔，皆然徒劳无功。但如果等待周遭安静下来，你贴着墙壁，仍可以听见窸窸窣窣的，如电波杂质的声音，从房间里面传出来。

一如阿鲁老人此刻想起，许多年以前，他也曾经如此侧耳倾听着隔壁房间的动静。

那时父亲为了阻止哥哥加入马共游击队，而强行把哥哥锁在隔壁的房间。那已是几十年前的事了。但阿鲁老人仍记得每天晚上，房间里的哥哥，如一只困兽一样，大力捶打墙壁，发出让人惧怕的嘶吼声。阿鲁老人那时只是少年，在夜里用枕头掩着自己的耳朵，仍无法遮蔽从隔壁房间渗入的声音。哥哥就这样在那老屋里被关住了一整年。也许父亲当初也没想过，那个充满了破绽、裂缝处处的房间，其实什么也关不住。

那段日子，年老的父亲常常陷入一段恍惚，要呼喊几次才能把父亲从茫茫虚空之中叫唤回来。也是那时候开始，父亲一个人在清晨出外散步，从外面捡回来人家不要的神像。

阿鲁老人至今仍不知道，哥哥后来去了哪里。

许多年后，一场瘟疫蔓延到国境之南，阿鲁老人从电视新闻上看见那些在对岸的岛国工作的人，因为国境封闭而再也无法回家。他们隔着一道狭窄的海峡，遥望对岸的家人。为了能让亲人看见自己，他们穿上颜色鲜艳的衣服，站在海岸边大力地挥手、呼喊。但那幕画面里，所谓的至亲，因为距离的关系，其实也只是几枚豆大的身影，遥远得看不见彼此的脸孔和表情。

而直树却早在瘟疫之前，就选择把自己困锁在那狭小的房间里。

阿鲁老人总摸不透这个儿子心底在想些什么，一对父子终像是陌路人。有时他隔着墙，忍不住开声责骂直树。直树就把房里的音乐开到最大声量，鼓声的节奏像是要把所有声音都吞噬掉。

那个房间总是反锁，且直树以各种奇怪、繁复而匪夷所思的方法，阻挡着任何人的闯入。比如说，直树会在内侧的门和门框之间贴一张透明胶纸，假如胶纸被撕开的话，就代表有人进过他的房间。或者，用碎布堵住门底隙缝，不让任何光影从房里透露出来。那都是阿鲁老人在直树的房间里装上了隐藏式摄像机之后才知道的事。阿鲁老人有些不忿，直树防的是谁，屋子里不就只有他们两个人？

一开始却是因为公寓里进了贼，隔壁邻居的门锁整个被剪坏，阿鲁老人才想到也许应该装个防盗铃什么的。那个推销员来了好几次，挨家挨户派广告单。和直树相仿的年纪，看起来十分干练的年轻人，向他推销各种防盗器材，罗列各式各样的警铃样品、红外线感应器和电子锁。那推销员一脸白净，嘴巴又甜，一见到他，就"Uncle、Uncle"叫得好亲密。

阿鲁老人原有些敷衍地翻弄那沓商品型目，后来那年轻人向他介绍闭路电视系统的时候，他就不由自主被迷惑了。那人从纸箱里掏出各式各样的电眼镜头样品，摆满了一桌子。那些摄影头恍如是一颗一颗妖异的眼睛，向他眨巴眨巴着。阿鲁老人心底想起了什么，欲言又止，好一会才开口问："那么，呃，这个装在房间里面是不是也可以？"

阿鲁老人压低了声量像是和年轻人述说什么心底秘密，但那年轻人瞄了他一眼，心照不宣似的贼笑。"有有有——"说着从公事包里掏出了另一张广告纸，Uncle 你看看，最新研发的针孔镜头，红外线夜视功能，一点二超大光圈。晚上关灯之后也拍得亮晶晶。绝对没问题啦，看上看下都没问题的啦。阿鲁老人心底知道推销员误会了，也许把他想象成好色的房东，变态偷窥狂。唉，都这年纪了，但他知道自己其实也没有什么好辩驳的。

阿鲁老人本来以为他可以借由一只隐藏的眼睛，任意进出直树锁上的房间，却不想，直树最终还是在他眼前消失。

针孔摄像机忠实记录了直树的一日起居。阿鲁老人看着直树起床了，伸长懒腰，一脚把被单踢在地上。直树盘腿坐在床上一边吃泡面一边看漫画。有时候，他会看见直树在房间里用妻子的缝纫机在缝补着什么，还不时回望那紧闭的房门。他看着那框荧幕之中的直树，那双眼睛、鼻子的轮廓，依稀留着妻子的一些影子。

他目不转睛。

阿鲁老人坐起身，想再看清楚一点，直树那一刻却突然转头望向了摄影机的镜头，吓了他一跳，心虚放下手机。原以为终究还是被发现了，等了好一阵子，侧耳倾听隔墙的动静，周遭仍然一片寂静。也不知过了多久，他重新再打开荧幕，直树仍坐在针车前，低头劳作。

阿鲁老人总是好奇而不解，却不曾问过直树什么。在深夜里他会听见隔壁房间开门的声音，知道直树从房间里走出来。他侧耳听着趿着拖鞋的脚步声，像是一道虚线，从房间牵连到厨房。他听见直树掀开锅盖，拿出饭菜，碗盘轻碰的声音。一面折叠式的圆桌，摆在窄仄的厨房里，他想象直树此刻坐在那里，筷子敲着瓷碗叮叮作响，日日如此，他才安心闭眼睡了。

即使睡着了也没关系，那针孔摄像头会为阿鲁老人记录他在梦中而错失的一切。

他不曾打开那扇门，却像是自己拥有一柄可以开启秘密的钥匙那样。每天睡前，他会将那些白天经过的画面再重播一次。许多重复、毫无变化的日常情节，都被他快转而过。

荧幕里的身影，皆因他伸手调快了数倍的转速，而恍如旧时默片那样，有一种滑稽又陌生的喜感，迅速流逝而过。

阿鲁老人凝视着那小小的荧光幕，也不知过了多久，屏幕上突然闪过一枚光点，他看了好一会，才明白有一只误闯进房间的飞蛾在镜头之前萦绕不去，把那框格里凝固的空气，微微搅动了起来。

他看得入了神。

久远的记忆中，炎热无雨的季节，也总是有夜蛾飞进那被遗弃的老店屋。

据说蛾原本依着星光寻找方向，复眼可以辨认细微闪烁的光点，但人类的灯光却让它们迷惑，而总是选择了错误的方向。那些蛾本能地循着光线，从不同的隙缝间飞进屋子里。那战前的老店屋，木板缝间总是留下了太多破绽，无从阻挡它们钻身而入。而屋子外的野猫会欢快地扑向那些飞蛾，玩弄它们，弄得一地都是从薄翅脱落的鳞粉。翅膀受伤的蛾在地上盲目且无望地蠕动、窜逃，而猫会像嗑瓜子一样把它们一只一只吃掉……

有些幸存的飞蛾会从隙缝钻去隔壁的房间，藏身在看不见的地方。它们卑微地蛰居、交尾，然后死去。它们困在房间里，此生再也无法回到潮湿的树林，只能在临死前都不断拍振翅膀，眨动着翅膀上的一双纹眼。蛾的翅膀拍打出一种细微而绝望的声音。那声音吸引了少年的阿鲁，他贴着墙板倾听，却听见房间里哥哥在唱一首奇怪的歌："我们坚定乐观英勇顽强，刀山敢上火海敢闯。团结战斗奋勇向前，夺取新的胜利……"

这都是过去的事了。

阿鲁老人搔了搔头皮，再看去手机荧幕，原本还在镜头前飞舞的光点，现在已经看不见了，也不知那小虫子飞到哪里去了。

那时，他并不知道那房间里的时间，正以一种渐渐背离现实的速度运转着，像是一颗报废的人造卫星，失去了引力，偏离原有的轨道愈来愈远。

阿鲁老人窥看直树在房间里，老是用那台老针车专注地缝制什么。直树脚踩着针车踏板，低着头，双手将布料往针口推。有时暂停下来，一手扶着缝纫机的转轮，一手把刚缝好的线口，凑着灯光仔细检查。直树什么时候学会了用针车？那房间里堆了好几包的衣线、碎布，却是妻子以前给人车衣服的时候留下来的东西。直树把那些线头、剩料，东凑西凑，长长纠结的布团，看不出到底缝缀成了什么。阿鲁老人每天在客厅,隔着一面墙,总听见老针车重新操作的声音,一下一下,恒守着一种坚定又快速的节奏,仿佛妻子当年忙碌的余音。

阿鲁老人和妻子半辈子都在老街场度过。说是老街场,其实也就是一条笔直无华的街道,只留下了残破的店屋和老人,小镇里的年轻人都离乡背井到大城市打拼去了。街上的店屋一律都是战前的建筑,楼上房间,楼下营生。穿过五脚基一道一道的圆拱,白灰圆柱上仍镂刻着那些褪色驳落的名字。华记冰室、欣荣、裕成……大部分都关门歇业了,徒留一扇铁锈闸门,日久渐渐被贴上了大耳窿[①]、养宝男丹、水电抓漏的广告贴纸,层层叠叠,怎么样也撕不掉了。

阿鲁老人在这里度过他的童年,而至成长的时光。那时父亲仍把持着这间摇摇欲坠的老店铺,而他和哥哥天天在骑楼底玩。一株喇叭花攀上了楼下的电线杆,开满了紫色的花。他记得哥哥会从繁茂的树叶间,找出一种叫作"豹虎"的蜘蛛。哥哥教他,蜘蛛会用丝把两片叶子粘在一起,藏身在里头。他看着哥哥把手掌拢在一起,只留下一条缝,让他从隙缝中窥看,一只刚刚抓到的银蓝的蜘蛛。

[①] 大耳窿,粤语,指放高利贷。

他记得有一日，哥哥站在牵牛花树下，挥手叫他来看。哥哥掀开树叶，指着一根蜷曲的枝蔓。他看见一枚褐色的事物，像是蜷着的枯叶，却有着怪异的斑纹，倒着悬挂在枝上。他问哥哥："这是什么？"

哥哥说："这是蛹。"

他记得生物课本上的图画，毛虫变成蝴蝶之前，会把自己用丝缠绕，变成一个蛹。他看过毛虫，也看过蝴蝶。但奇怪的是，他却从来没有看过蛹。哥哥伸出手，把那个蛹从树枝上摘了下来。他看着哥哥手心，小心翼翼地用指尖碰了碰，那蛹仍一动也不动，也不知是死的还是活的。

他们把蛹带进了屋子，两人躲在楼上的房间里。哥哥把那个蛹平放在一张报纸上，凑着桌灯的光，用一支铅笔不断戳刺它，哥哥回过头，说："你想不想看里面有什么？"他说好。哥哥拿出了美工刀，在光底下，轻轻地在蛹上划破一条线。他伸过头去看，这才看见蛹里面真的是有东西的。

那蛹之中，尚未转生成蝶的一团怪物，被哥哥从蛹里面挖了出来。它似乎从漫长黑暗的蛰伏时光中突然被惊醒，却愕然发现自己并没有发育成原本应该有的样子。

那蛹里的小虫，未成形的翅膀蜷缩成一团。它的足还停留在毛虫时期那样肉质的样子，不由自主地颤动着。那体内运转的时间，或者命运，骤然被人类按停。那介于虫与蝶之间的怪物，瘫软无力地躺在报纸上，仍不断蠕动、爬行。它拖着一坨从体内掉出来的内脏，在纸上拖出一道绿色的湿漉漉的线条……

阿鲁和哥哥都知道，它已经不能活了。

阿鲁转头看着哥哥。哥哥的脸上，在灯光下，浮现一种迷惑、懊悔和喜悦糅杂出来的怪异神情。

这时他们听见父亲在叫唤他们，阿鲁赶忙伸手把灯关了。

阿鲁老人伸手把客厅的灯关了，对面公寓的灯光，却从窗外斜斜地照进屋子。他藏身在窗帘的后面，看去对面一扇一扇明亮的窗。窗是一帖一帖的人类的生活。他知道在这拥挤的寓所，此刻的自己其实也正在被观看着。

阿鲁老人总是想起老家和哥哥。父亲的杂货店，如今已经不是记忆中的样子了。有一次，他开车到老家去看，那排店屋还在，但所有的门窗皆被木板封死，只留下几个小口，做成了燕屋。那是小镇后来兴起的行业，把破旧的老屋改建成燕子的居所。他们用喇叭播放燕子鸣叫的声音，吸引燕子飞来造窝。原本人类的居所，此刻都挤满了黑压压的燕子。而他们会把燕子的窝摘下来，洗去羽毛、污渍，变成高贵的食材。老店屋如今只徒留一个过去的外貌，日积月累的鸟粪，把内里属于人类的形状、记忆和气味，都一点一点地掩盖了。

有时候，当阿鲁老人看着对面公寓，那平面生活之窗景，会在一瞬间觉得眼前这一切皆不会长久，终要颓然退逝在时间的浪潮里。

父亲大概也没有想过，老家会变成这样吧。父亲的杂货店间夹在一间大马彩和理发店之间，其实在最后的日子已萧条惨淡。每逢开彩日之前才会有一些买万字的人来光顾生意，拿瓶矿泉水、报纸或香烟什么的。杂货店门口顶上招牌"益顺"铜黄色的两字，已经被岁月熏得暗哑乌黑，却是他从父亲手中接过的沉重的事物。

阿鲁老人回想自己懂事以来就已经在铺子里头帮忙，后来渐渐也学懂了记账、进货出货这些活儿了。年轻的他熟练地拨弹着沉木算盘，一上一，二上二，嘀嗒价响，也不曾想过几十年就在弹指间过去了。父亲死了，小镇上很多人都死了。他好像也顺理成章地变成了一个杂货店老板，变成了另一个父亲。

那段日子像晒在阳光之下的白毛巾，原本还软软湿湿地滴着水，日久就干成一坨僵硬的、摸上去粗粗粝粝的团块。那时妻子怀着直树，仍天天伏坐在针车边帮人车衣。而他在楼下的杂货店里忙碌，生活纵然平淡，也有着生机勃勃的笑声和吵闹。

妻子的肚子日渐隆起。他看见妻子低头抚摸着自己的腹部，问她是不是不舒服。妻子说没有啦。妻子告诉他，肚子尖生儿子，肚子圆就生女儿。她摸来摸去，都觉得会是一个女儿。妻子笑起来，脸上一边的梨涡就会浮现出来。但阿鲁没有告诉妻子，自从妻子怀孕之后，他每天在上香的时候，都悄悄向诸神许愿，求诸神保庇，让这个家里多一个儿子。

阿鲁老人为神台上的众神烧了大半辈子的香火，把神像的脸熏成炭黑。许多年后，他不住会想，也许当初不应该许下这个愿望。

生下直树之后，妻子的身体却开始虚弱，日渐消瘦。襁褓中的儿子日夜没来由地号哭至干咳、吐奶。妻子抱着直树，犹带怜爱地说："这孩子，一定是天上的星宿毋甘愿降到人世啊。"几年过去，妻子面黄憔悴，去街尾看了中医，说是气滞血瘀，喝了药却也没见好转，又拖了许多年，才说服妻子去市区看西医，早过了医效的时间，后来竟是连什么庙里的符水香灰也服了。有个跳乩的讨了全家人的八字来看，拿着写了直树生辰的黄纸，闭着眼摇头晃脑说，阮看这明明系查某囡仔的生辰啊⋯⋯

"神明保庇。"即使离开了老屋，搬了家，每天入夜阿鲁老人仍不忘给神龛上香，祈福求安。也许他只是觉得，妻子此刻仍会听见他说的话——

"走啦，去看戏啦。"他说。

他记得那时候，妻子牵着年幼的直树，一心期待去看盂兰普渡的歌仔戏。

每年农历七月，城镇会请戏班来唱戏，那是小镇最热闹的时光。他们在草场上架起一个高台，台上摆满了三牲、水果、罐头、香米那些琐细的杂货，插着龙旗和香枝，皆是祭品。那生猪一整只趴躺着，口里被塞了一颗橘子。小时候的直树对眼前一切皆好奇，妻还把一支龙旗摘下来让他玩。小孩挥舞着纸旗，却疑惑地张望着那些巨大的纸扎牛马、金山银山，以及摆在高台最尾，那尊有两层楼高大，伸展着獠牙的大士爷。

那时候，那些卖零食的小摊贩皆不知从哪里冒现出来，把草场围成一圈，恍如喧嚷不眠的夜市。草地中央即是戏台。阿鲁老人记得，那时他捧着两片木薯大饼在看戏的观众之中找寻着妻，找了许久，才看见妻子在远处挥手叫他。他走了过去。妻说，怎么叫你都没有听见。他说，没听见啦，做戏太吵了。

但他记得那出戏，哪吒闹龙宫。正演到哪吒和虾兵蟹将们打斗。跑龙套的、扛大旗的，在台上晃动着不同的色彩，整个草场锣钹齐喧。年幼的儿子啃着一大片木薯饼，甜酱辣酱沾得一脸都是。那是他所记取的，人生中少许的温暖时光。妻坐在他的身边，怕他看不懂戏不耐烦，叨叨絮絮地告诉他谁是忠角谁是奸角。

妻指着戏台说，你看，哪吒最可怜哦。爸爸不相信自己的儿子。只是一个小孩子，他的爸爸追着他来打。最后还要剔骨割肉，把自己的肉身还给了父亲母亲，变成了仙，脚踩着风火轮，飞天去当太子爷了。

他看着戏台上那个身形最瘦小的哪吒，化着红白厚重的浓妆，梳着两个童子髻，挥舞着乾坤圈。正听着妻子说着台上搬演的故事，那个哪吒在接连翻着筋斗的时候，突然踩了空，在台上跌了个趔趄，引来观众的一阵惊呼。他看那脸上涂抹厚重脂粉的哪吒，又爬起身来，露出了不属于角色的一个傻笑。

妻说，她看得出那个扮三太子的，其实是一个查某囝仔。

不知是否一整夜焚烧不尽的香烛呛人，还是太入戏了，他转过头，看见妻子眼中含着光，又好像是要哭了一样。

一阵风吹来，在黄昏的光里，那一堆纸扎的金山银山烧得更旺了，橙红色的星火被卷到半空，像流星一样一现而逝。灰烬轻轻飘落下来，落在他的头上、肩膀，他也浑然不觉。

妻子过世那年，直树才十五岁。葬礼上，阿鲁老人坐在灵堂边，看着儿子在漫长烦琐的仪式里披麻戴孝，又跪又起。几天挨夜下来，儿子都支撑不住了。送殡前一晚，他们在一团晃亮晃亮的火堆里烧银纸，烧纸扎的金童玉女、房子和汽车那些，火光拉扯着两个人的身影，忽长又忽短。纸灰带起的点点星火飞蹿得老高，直树被那迸起的火苗烫得跳脚，熊熊的浓烟呛到眼泪鼻涕直淌，咽咽呜呜地揉着眼睛，泪流个不停。阿鲁老人也不知道自己为何对儿子的软弱暴怒起来，仿佛再压制不住日日累积的暴躁和不安，连连好几个巴掌掴在被焰火熏得通红的少年的脸上。

没有人看见，有一只双掌张开那么大的巨蛾，在香火烟雾之中不断高低翻飞，徘徊在那殡仪馆里，最后停留在一根柱子上，就定了下来，一动也不动，仿佛正俯看着木柱底下的人们。

仿佛妻子不在了，阿鲁老人和直树之间，就有一道永远跨越不过的界线。

几年之后，直树终究也长大了，喉音沉了，唇上冒起青须，却变得沉默而陌生。直树的成绩总在班上垫底，理化科目全都不及格，日日在房间里玩电脑。阿鲁老人知道妻子宠溺儿子，当年昂贵的电脑也是因为妻子答应了直树，就分期买了，结果直树成日用来打游戏、看动画。妻子过世之后，阿鲁老人心底其实对直树有一种无以名状的歉疚，任由直树，忍着不骂他。偶尔发现直树从柜台偷走了杂货店里的钱，他也不愿当面责问。

早在妻子去世前，阿鲁老人就发现直树迷上游戏动漫里那些虚构的角色。直树把卡通海报贴满了房间，那些卡通少女皆晶莹大眼，裙摆极短，张扬地袒露出底裤，以及不合人体比例的胸脯和长腿。他从摄像机窥看那些女孩的面孔，日本动画里的人物却一个也不认识。

有一次，阿鲁老人甚至偷看见直树穿上一套华丽而夸张的女生小洋装，像是歌仔戏子那样，直树已然完完全全变成了他所不认得的样子。

阿鲁老人要到许久以后才学会用手机看YouTube上的短片，才知道其实很多人和直树一样。那些少年少女会极其用心地裁剪亮丽鲜艳的服饰，巨细靡遗地考究各种道具的细节，把自己扮成动画人物的样子。仿佛只要套上变装的行头，就一瞬间拥有了想象世界里的忍术和魔力。那些装扮的人，穿着不属于现实世界的装束，不知怎么的，阿鲁老人心底觉得，他们像极了一群下凡的神祇，发着光而让他不敢直视。

那原来是一种把自己变身成另一个人的方式。

阿鲁老人看着直树,那么陌生而又遥远。虽然阿鲁老人还是不明白,为什么直树执意要把原本的自己消去,幻变成一个现实中不存在的角色。

如果妻子还在的话,也许直树就不会变成这样。

阿鲁老人独自在想,任由手机溢出的流光,在暗夜之中如一层薄膜那样敷在他疲倦的脸上。

后来直树也没问过他,就擅自把那台尘封已久的针车从客厅拖到自己的房间里。阿鲁老人日日听见针车运转的声音。他在手机荧幕里看着直树费时旷日在房间里埋头缝制什么,专注且废寝忘食,像是虫类一样开始吐出白丝,一层一层缠绕自身成厚厚的茧。他一直默默注视着直树,仿佛所有的动作都像在显微镜底下被放大了,一切清晰无比,却又无法伸手触摸。在漫长如一摊死水的时间之中,他总是怀疑自己是不是又不小心错失了什么,而让那荧幕中的影像看起来愈来愈遥远。

直树最后还是自他的凝视中,恍恍地消失。

直树消失的那一天,阿鲁老人在梦中回到了破败的老街店屋，一切都那么让人熟悉欲泣。

　　光芒晃眼的梦里，他仿佛又回到过去的时光，他推开了房间的门，看见哥哥正在桌灯底下，握着美工刀，聚精会神地切割什么。不可以啊！不可以！他想冲进房里，却发现自己在梦中只是原地踏步而已。哥哥似乎一点都没有听见他的喊声。他看见哥哥用美工刀切开了自己。那绽开的裂缝间，并没有一滴血液流出来，却钻出了一只蛾，如破茧而出，接着是第二只、第三只，而后蛾群从哥哥身体的伤口涌现出来。它们在房间里找寻不到出口那样，围绕着灯光，纷乱地飞舞。它们拍振着褐色翅膀上的纹眼，像是无数的眼睛不断地眨动着……

　　但不对啊，那时候哥哥明明从隔壁的房间逃走之后，就再也没有回来了。

　　阿鲁老人就在这一刻惊醒过来，睁眼已是早晨。望去阳台有两三只乌鸦站在栏杆上，知道刚才都只是梦。隔着窗，他起身嘘赶它们，那群黑色的鸟类就拍着翅膀飞走了。洗刷过后，阿鲁老人趿着拖鞋穿过未亮的客厅，经过直树的房间，侧头看了一眼，就拉开阳台的布帘。清晨的太阳仍未完全升起。阿鲁老人如常点了香，插在香炉里。紫红色的香脚，不知什么时候已经快满出来了。老人抬起头，诸神的面貌仍沉没在暗色里。

清晨的公寓零零落落挂着几盏灯。有人晨跑,以及隐隐约约从公园传来的健身操音乐。阿鲁老人走到厨房,往水槽咳一口痰,回身拿了水壶接水,打算泡茶。不知道直树会睡到几点。阿鲁老人划开了手机荧幕,却愕然发现,直树没有在房间里。只看见那单人床上,摆着一个巨大的什么。那椭圆形的东西,驳杂的颜色,像是用许多毛线和碎布织成的巨蛹。

那是什么?阿鲁老人的脸贴靠着手机,想看仔细一点,但怎么近看也都只是荧幕上粗糙的画素粒子罢了。直树去了哪里呢?对了,只要阿鲁老人按一按键,就可以无限地回转时间,把时间回转到直树还在的那一刻。

荧幕里的画面开始倒流,一切都正以倒叙的方式后退。那倒走的速度太快了,以至画面里的一切都如蜡滴一般融化。荧幕沙沙的雪花之中,整个房间似乎正以一种快转的方式急速地腐朽,月落星沉,枯荣往复。

直到阿鲁老人按下播放键,直树的房间才回到昨夜的时刻。老人看见直树把一条很长很长的布条缠绕在自己的身上。那布条是用不同的布料,长长短短地接在一起的。不同的棉布、蕾丝、人造纺……似乎都是一些剩下来的裁料。在那幕画面之中,直树站立着,张开双臂,像是陀螺一样,不断地旋转。那布条就如同纠结的线慢慢卷回线轴,一点一点地把他缠绕起来。

阿鲁老人盯着荧幕许久,看着直树好像把自己变成了一具埃及木乃伊。而直树仍未停止原地转动,渐渐地,缠绕在他身上的布条愈来愈多、愈来愈厚重,似乎再也看不出人的身形,而变成了一个椭圆的形体。

阿鲁老人看着那光景,心底却浮出奇异的想象,直树此刻像是一只蛾努力地把自己塞回蛹中那样。恍惚之间,直树的全身已经没入了那团纠缠的织布之中——

不见了。

怎么会这样消失呢?阿鲁老人久久才回过神来,为了确定是自己看错,还是摄像头坏了,他重复回转刚才的画面,拇指急促地按着手机,不断地回转、重播,回转、重播。荧幕的画面抖动跳闪,他独自在那些失速掠过的画面里翻找,如俯身淘洗河床沙砾,却怎样都找不到那抹自房间里消失无踪的影子。

阿鲁老人走到直树的房间门口,伸手扭动房门的喇叭锁。门一下就应声而开。原本以为终日深锁的门,怎么那么轻易就打开了呢?仿佛不曾锁上一样。老人踏进房间里,伸手把灯打开,日光灯管闪了闪才亮起,打亮了一整个房间的凌乱。

那个巨大的蛹占据了整张单人床。老人走近它,似乎比在荧幕中看还要巨大。它非常像是织布鸟用各种枝条编织拼凑出来的鸟巢，却密密实实的，没有一个入口。老人伸手抚摸巨蛹的表面，如百衲被一样，不同的碎布缝补成布条，结实地缠在一块，也找不到线头在哪里。

直树躲在里面吗？阿鲁老人静默地一再巡望整个房间。一切的细节他都无比熟悉，那一刻的光度和所有事物停放的位置。没错啊，这是他每天从手机荧幕里窥视的房间。眼前一切仿佛没有任何不一样，只是原本总是无法进入的房间，此刻却因为身处之中，不似平日摄像头的角度，而在他心底泛起一种像是焦距太过靠近的失焦感。

阿鲁老人心底知道，一定是错漏掉什么了。仿佛因为时间不堪被他一再一再地回转，而终于愈来愈模糊、掉帧，有什么已经再无法召唤回来。

阿鲁老人一再伸手抚过那个巨大的蛹，坚硬之中又有一种细致柔软的触感，仿佛还留着直树的体温。

他坐在那个房间里，愕然才想起自己此刻也已经走进了摄像头之中。

他想起过往直树在荧幕里生活的样子，也想起了哥哥和父亲。似乎所有眼前的一切都会消失，只有自己一个人，如太空人那样失重飘浮在无垠的虚空里。他仿佛明白了什么，一种自现实脱离的寂寞。抬起头，他看见半空中嵌着一枚毫不显眼的小圆点，发出红色的微光，像是一整片辽阔的夜空，唯一的一颗星星。

他知道那是一枚摄像机的镜头，那闪烁的眼睛，照看众生，仿佛还在记录着眼前这已然或正在流逝的一切。

第十个房间

暗房的光

●

一切似乎都正在流逝不止。

惠子听见身后的门被关上，来不及转身，就已深陷在无垠的黑暗之中。

她睁大眼睛而一无所见，走了几步，脚尖就踢倒了不知什么，咕噜噜滚到墙角。她伸手如盲人，只能慢慢摸索走到门边，想扭开门把，却发现门已经锁上了。她向门外喊："开门。里面有人啊。"隔着门板，却听见一串嬉笑和细碎的脚步声渐渐远去了。她知道他们故意把她锁在里面。一如他们在日间把包装纸或喝完的饮料盒那些无用的垃圾偷偷放进她的抽屉和书包里，以及在上课的时候，他们用橡皮筋弹射她的后背。她转过头看去，而课室里的每个人都若无其事。

她像一种无壳的软体动物，承受着各种戳刺，而无力反抗这一切。也不是不曾试过，但结果所有的反抗皆徒劳而可笑，变本加厉回到自己身上。如她被锁在那狭小的暗房里，呼喊而无人回应。她敲着门，发出砰砰响声，在此刻无人的

第十个房间　暗房的光　｜　269

校园，却如石子丢入水中，仅有圈圈涟漪那样趋于无的回音。都已过了放学时分，所有人大概都回家了吧。况且这里是走廊的最尾，谁也不会特地走过来。而她也只是因为值日，刚刚把美术课室打扫干净，想把扫帚放回去摄影社的暗房，却被反锁在黑暗之中。眼前一切都不见了。惠子摸到灯掣，开关了几次也点不着灯光。小小的房间里，黑色却如一头巨大的鲸，一口就把光都吞噬了。

是的，什么也看不见。房间里一线光都没有，连门底隙缝都被软垫封堵了。这里不允许任何光线侵入，哪怕一点点的光，都被阻绝在门外。这个小隔间原是从美术课室再隔出来的暗房，窄窄的只有七八尺长，原本是给摄影社练习冲洗照片的地方，却不知为什么，慢慢被无关的杂物堆积，却仿佛谁也不曾在意过。

惠子独自蹲在黑暗中，此刻她连自己都看不见，仿佛幽魂一样，困锁在无垠的虚幻中。但她可以听见自己呼吸的声音，就试着深深地呼吸几次。或许只有声音和触觉可以抵抗那什么都看不见的黑暗。她双手环抱着自己才能确定自己的存在，却无法按捺从身体深处浮起的不安。原本也没注意，只是一点点的焦躁、心跳变快，不压着它，就慢慢扩散开来，从心底而浮现至生理的表面。手臂上细毛一一耸立起来。她抱着瘦削的臂膀而感到皮肤都是粗粗糙糙的鸡皮疙瘩。像一个充满裂缝的瓷器，她感到自己正在慢慢地碎掉。

又来了。她觉得想吐。

她觉得有什么快要从身体里面蹿出来。她双手捂着嘴，满头是汗，抵抗着那种想要呕吐的感觉。

昨天上美术课的时候也是这样。

那天画人像素描，几个同学轮流当模特儿。小林老师点了她的名字，让她面对着全班同学，坐在众人围着的圆心之中。所有人都看着她。但惠子其实并不习惯这样子被注目。她双手垂着又放上膝盖，不知应该摆出怎样的姿势。"你坐着就好了。"小林老师的微笑让她稍稍安心。但却有个男生举手故意问："老师，画模特儿不是要脱衣的咩？"而全班都哄然笑了起来。惠子低下头，耳根热烫，双手捏得更紧了。

老师阻止了玩笑，认真地向同学解说着脸部五官的比例位置。"你们好好观察眉毛到鼻尖，鼻尖到下巴这两个部分……"老师比画着，看起来格外巨大的手，一再从惠子的面前晃过，掠动她额前发丝，那么靠近，有几次指尖似乎都要碰到惠子的脸。但惠子一动也不动。她想象自己此刻只是一个静物，一个只有线条和光影的石膏像，任谁都可以凝视她，任意地把她拆解成一堆凌乱的线条。她只是眨了眨眼睛。

那天下午，她坐在那老旧的美术课室，听见铅笔划过纸张的声音，沙沙如雨声，以及头顶电风扇嘎啦作响，却觉得胸口有些闷闷的。惠子不知道自己在别人的画纸上，终究会变成什么样子。多半是丑的，歪七扭八而乖离真实的自己愈来愈远。她坐在面对所有人的位子上，不能乱动，但仍转着眼珠，跟随着小林老师在课室里走动的身影。老师有时会停下来，动手帮同学修改画错的线条，有时抬起头看她，惠子连忙把目光移开了。

但那一整天惠子都觉得虚虚浮浮的。下课时间她吃过自己从家里带来的午餐，只是两片草草而就的吐司夹罐头鲔鱼，其实一点胃口也没有。吃了一半，嚼着干硬的面包，她就有点不想吃了。此刻她坐在美术课室里，不知为什么觉得晕眩，眼前的一切事物像是滴入水中的一滴浓墨，妖娆搅混成一团。她突然觉得胃里的鲔鱼腥味从食道冲出来，接着是一股酸酸的烧灼感，呛着喉咙。她还没有意识到什么事，就吐了满地。

课室似乎一瞬就安静下来，连一点细微的声音都听不见了。所有人都定格在一秒钟，之后又变成一阵骚动。原本坐得靠近她的同学，逃避什么不洁之物那样，都躲得远远的。

她被围观的人围在圆圈里,坐在目光的圆心,用手背擦了擦嘴角,看着地上从自己口中吐出来的那摊呕吐物。未被嚼烂的面包块和糜烂的鲔鱼碎片,混杂在混浊的胃液之中。而顷刻整个美术课室都弥漫着一种酸臭腐坏的气味。

惠子急忙从口袋掏出面纸,抽出一张又一张纸巾,想把呕吐出来的东西吸干,但那摊秽物像是一个黑洞,把所有纸巾一下都融化掉了。她只好把挂在椅背上的体育外套拿下来,当成抹布,把地上的呕吐物掩盖起来。

惠子低着头,不愿意去看周围任何人的脸。她不敢看小林老师。她知道,此刻所有人都掩着口鼻看她,而无人说话。

一如她蹲在那无光的房间里,眼前只有一片漆黑。

她不知道时间,不知道自己已经被关在那暗房里多久了。因为她开始有一种错觉,仿佛极地的永夜,这个世界会一直这样,一直黯淡无光下去。

莉莉卡,你是否也经历过那种黑暗?整个世界,毫无预警地,在一瞬之间陷入漆黑的情景。

呃,不是的,不是那场延绵太久的大瘟疫,而是更早之前,我在另一座城市里,和我的大学朋友小艾一起目睹了一

第十个房间 暗房的光 | 273

场灾难。那些巨大的建筑物在一夜之间倾倒,而人类被崩塌的水泥石块压在暗无天日的地底之下。

那些铲泥机和怪手开上了瓦砾堆积的废墟,一日一日,拯救员和救难犬依着微薄的声响和气味去挖掘幸存的人。然而随着时间过去,腐臭的味道愈来愈浓,像一张看不见的网,却笼罩了整座城市。原本以为关上门窗就可以阻绝那种味道,但腐坏的气息却从冷气机的隙孔和自来水喉蹿入了家家户户的角落,让每个人的身上都像是依附了幽魂或是罪愆那样挥抹不去的味道……

——莉莉卡,当我们谈论灾难的时候,其实我们在谈论什么?

我总会一再回想起多年以前的那个深夜,小艾在我身边沉沉睡着,而我仍清醒,坐在小艾的床上不断按动电视遥控器,任由荧光幕一再跳闪而留不下任何可供记忆的剧情。那时的深夜时光,有线电视台会放映白日不播的香港三级片,即使按了静音,从电视机流泻的肉欲的光仍填满了整个房间。忘了哪一台却正在重播陈果的《香港制造》,让我暂停了下来,没头没尾地看着李灿森在城市里不断地奔跑,手持摄影机一路摇晃。有一瞬间,我以为是电影摇动了现实,而下一刻，万物轰然晃动不止。整座城市在一瞬间全暗了下来。

小艾在激烈的晃动之中醒来，以为仍在梦中。房间此刻一点光都没有，但可以听见书橱倾倒的巨响，壁钟从墙上摔落下来。而那幢老旧的公寓，像被巨大的手拧着，自墙内发出一种闷闷的、金属被扭曲那样的怪声。"是地震啊。"我们这时才知道惊恐，跳下了床，打开大门，逃出了屋子。我紧跟在小艾的身后，四层楼的梯阶像是永远都踩不完。我低头才发现慌忙中穿了两只颜色完全不同的拖鞋。

没有人知道我和小艾此刻在一起。

没有人知道我在小艾的房间里过夜。我和小艾逃出了公寓，站在空无一人的马路上而不知何去何从。深夜里骑楼的店铺皆拉上了铁卷门，在一波一波的余震里，整条街的铁门皆哐啷哐啷地乱响。那是九月的夏末，我们身处的城市似乎已经断电，眼前的街道陷入了一种黯淡朦胧的雾色中。那些巨大的建筑物徒留模糊的影子，所有色彩变成灰色。而原本光害的夜空，如今却格外清晰起来，抬头看见厚厚的积层云充满了让人迷惑的细节。

站在夜暗之中的小艾，只穿着一件大号男装T恤，遮住了下身，却露出她一双瘦削而白的腿。她抱着自己的肩膀，望着远处，而闪烁避开了我的目光。我知道她在想什么。不久之前，我们裸身躺在床上，我粗鲁地压着小艾，而小艾皱着眉头说，怎么办，我们这样会不会受到惩罚？而我喘息含糊地回她，不会的，不会的，不会的……而无法停止用力冲撞她的身体。

莉莉卡，如何告诉你，那些灾难的故事。

那些天降大火或大洪水之后而幸存的人类，看着世界一片荒芜，抖着身体瑟缩在暗影之中，仍无可遏止地，一再重复那些贪欢、背叛和败德。啊，是，如何告诉你，我那时背着小艾的男友，偷偷摸摸和小艾在一起，如背着光，身陷在一个永恒的暗室之中。

那时候，我总是到了深夜才骑着机车过来，而又必须在天亮之前匆匆离开。我总是把机车停得老远，踮着脚步走去小艾的公寓，心虚地在楼下按响公寓的门铃。铁门打开的声音，像是会把整个世界的人都惊醒。然而我总是不能自制地，一再走进了那原本就不属于我的房间。我躺在小艾的床上，而无法不去想象我此刻只是影子那样重叠了另一个人的体位，那样扁平而稀薄。

即使这么多年过去，我仍会一再想起，若因地震而坍陷的砂石在那一刻将我和小艾掩埋，经过多日，那些救难员把我们从厚重的水泥钢筋之中，一点一点地挖掘出来的时候，他们会不会愕然发现，我们在那漫长而凝滞的绝望时光里，身躯已经腐败、溃散，却像是在绝境之中而演化错误的生物，不自觉地从身体长出了怪异的犄角和毛茸茸的羊蹄？

他会不会从我们若庞贝城那些被岩浆覆盖之尸骸，那永恒凝固的相拥的姿势，而发现我们的不可告人的秘密？

往后，我向其他人说起那场震灾，总有一些情节像被脱落的砂石那样永远地掩盖过去了。我说干，现在我只要看陈果的电影就会想起那次地震。我吹嘘逃亡的经历，只为了掩藏更多的事实。因为大停电，那城市变成了巨大的暗室。那些老旧的公寓，像达利的超现实画作那样软软地倒下了。但我从来不曾告诉过他们，灾难发生的前一刻，我和小艾在偷来的时间里仍贪欢无度地需索彼此，而不曾想过巨大的灾祸随之而至。

我只是告诉他们，我穿着一双错误的拖鞋，一只蓝色，一只红色，站在那寂静的街上。而非常奇怪的是，整条街只有街角的便利店还亮着，在陷入一片黑暗的街上格外地显眼，像是整个黑暗之中唯一的方舟，承载着整个世界唯一的光。

如趋光的飞蛾那样，我不由自主地走向街尾，走进了那间明亮的便利店，而自动门打开的那刻竟然仍响起让人熟悉欲泣的铃声。但整个便利店的内里，却像经历了核爆。那些货架如坍倒的骨牌那样东歪西倒地叠成怪异的形状，而原本整齐摆放在架上的东西此刻都摔落到地板。所有的玻璃瓶皆破碎一地，不同的饮料在地上混成一股褐色的浊流，沿着瓷砖曲折漫延到我的脚边。而那个值夜班的年轻店员，站在柜台后面，扶着墙，一脸茫然地回望着我。

——但我看见了那个女孩。

在便利店的角落，我看见了一个女孩蹲在那堆凌乱的货品之中。她在凌晨时光仍穿着中学生的白色校服，在那框凌乱不堪的场景里头显得格外突兀。然而似乎周遭皆无人知晓，只有我看见她。我看着她正在伸手将散落地上的巧克力、棒棒糖、护唇膏、养乐多那些小东西，不断塞进自己的裙子兜里。那校裙的两个口袋都被她塞得鼓鼓的。

只有我看见，那个女孩子在偷东西。

她似乎也在这一刻察觉了我的目光，抬起头望着我而无所畏惧。

但是，莉莉卡，好像有什么被错置了，而让这一切看起来皆不真实。

若我们此刻把时间按停，将时钟的指针扳回，黑夜会一瞬变成白昼，落日从参差的地平线重新升起。这座城市会回返到厄运来临之前的时光。也许我们仍会看见那个叫作惠子的女孩，穿着一身校服，站在这间便利店里面。像什么事也没发生过一样，所有掉落一地的东西，都已经回归到架子上。便利店恢复了它原本整齐、明亮的模样。有人走了进来，自动门叮咚而响，店员心不在焉地喊了一声欢迎光临，一切都和往日没什么不一样。

惠子站在那里已经很久了，并没有人特别去注意她。这个时间，总会有放学的中学生来到便利店里买零食或饮料什么的。惠子在一排一排货架之间走着，不知已经重复走了几遍。她走过那排摆着安全套的架子，放慢脚步，斜眼看去各种方形的小盒子，红红蓝蓝的，仿佛什么甜食的包装一样。她不明白安全套为什么会有这么多的种类，也不知到底如何区别这个和那个的不同。她想起隔壁班的好友美月，曾经偷偷给她看那盒子里头的事物，竟是一片片的扁扁的铝箔包。

"你怎么会有这个啦？"惠子问。

"从便利店拿的啊。"

惠子知道美月所谓"拿"的意思。她们在无人的课室里，研究着那盒安全套。美月从盒子掏出其中一个小包，撕开它，挤出了一团什么。一开始如橡皮筋一样，美月捏着一端，却愈拉愈长。两人好奇又觉得好笑。美月说，哎呀，弄得手指都油油的，什么鬼东西。惠子看着美月拎着那条半透明的事物，像是爬虫身上蜕下的一层皮。她凑近一点想看清楚，美月却突然伸手把油滑的手指揩在惠子的衣袖上，惠子大叫着躲开了。

"你很脏啦。你走开。"惠子一面笑着一面用书包挡着自己。

"你才脏咧。"美月说。

如今惠子亦有好友无从知晓的秘密。那心底秘密，像白裙上被化学剂烙下的一点污渍，只能一整天一直遮遮掩掩着。惠子一个人待在便利店里不知多久了。她抬头看见一面圆形的镜子。那圆镜可以一览整个店里的情景。眼前的世界缩小成一个圈，而惠子站在那个圆形世界的中央。她从镜中看见那个店员正俯身在收银机下收拾什么。惠子左右看了看，确认没有人在看她，迅速地从眼前的那个架子上，取下了一盒什么，趁无人知晓，把它塞进了校裙口袋里面。

没有人看见这些。没有人看见惠子偷走了一盒安全套。

惠子走到收银台，随便拿了一包喉糖放在柜台上。她从钱包掏出一张纸钞，领受了发票和零钱。把零钱放进口袋的时候，指尖碰触到了裙子底下那小方盒的存在。

惠子转身要走出门口，那一瞬间，整个便利店却突然陷入了黑暗。惠子那刻只想到停电了。但奇怪的是，原本外面应该白天晃亮的街道，隔着透明的玻璃门却也是漆黑一片。明明未到晚上，天色却一瞬黑了。怎么会这样呢？惠子正疑惑着，便利店的备用电源似乎就开始运转了起来。她听见电流吱吱流窜的声音，而头顶的日光灯管闪动了几下，世界又回复明亮。所有的事物皆还在它们原有的位置。一辆车子开过门外的街道，远处的交通灯交换着颜色——仿佛刚才只是因为晕眩而眼前发黑了一秒钟，其实什么都没有发生过。

或许，或许最后还是被发现了吧——

只有惠子知道，只是因为她偷走了一个小盒子，却像从一座巨大的机器里面抽走了最重要的一枚零件，随即整个运转的马达就哐啷哐啷乱响，机器不住抖动、摇晃，蒸汽喷发出尖锐的啸声，渐渐地，那些小螺丝松脱，沉重的齿轮一个一个掉出来，所有组件崩解、散落，才一下子，整个世界就随之坍塌了。

"对不起，我没有想到会变成这样。"

小林老师这样说的时候，惠子在暗房里看着自己的身体浸泡在那盆显影液之中，从虚无中慢慢地浮现出来。

那是惠子第一次和小林老师一起待在那暗房里。房间之外的光被阻隔在门外，那狭小的空间，只开着一盏赤红的安全灯，把眼前的一切都映照出一种异色而模糊的轮廓。这里只允许红色和黑色的存在。连惠子身上的白色校服也变成了一片血红。惠子转过头看小林老师，老师正专注地调校放大机的焦距，眼镜流过一抹折光，而看不清楚镜片后面的双眼。惠子站在那里。在那个房间里，因为太过狭窄，她只能和小林老师并肩站在一起。然而不知为什么，惠子却因为外面的一切都被隔绝了，而有了一丝安心的感觉。

——不能让光进来。

只要一点点的光线照射，就会让底片瞬间曝光。原本留在底片上的影子，会变成白茫茫的一片，什么都不见了，仿佛它不曾留住过什么一样。老师是这样告诉她的。

小林老师此刻正低着头，把一张相纸浸入水槽之中，在红色的灯光下，惠子可以看见原本空白的相纸，像施了魔术，慢慢地浮出暗影。稀薄的影子渐渐聚拢成实在的轮廓。那些让光影现形的化学液体皆透明如水，而急制剂有一种非常刺鼻的酸味。她第一次看见冲洗照片的过程，仍不明白之中真正的原理，但老师却像炼金术士那样，熟练地操作着那些繁复的步骤，仿佛一切都了然于心。

主要还是时间，惠子，你记得一定要看好时间。

老师交给了她一个计时器，让她帮忙倒数时间。她把计时器捧在手中，心底有点紧张。因为时间以秒数倒数，只是多几秒钟，或者少几秒钟，照片暗影的浓淡就完全不一样了。

她看着那张浸在水中的照片，是自己的模样，从虚无而至定形，而脸上的纤毛细节如真。像是真的有一瞬的时间，或者某一部分的片状的自己，已经如蝴蝶标本那样被框在里面了。

一如她那天看见小林老师在校园里举着相机在拍照。她循着镜头的方向看去，风铃木的树枝微微摇晃，却还未到开花的季节，或再远一点，是学校依偎的半山，云朵的影子很慢地掠过山坡。她不知道老师在拍什么。她悄悄走到老师身后，老师也没有察觉。她伸手想碰一下老师，又顿了顿，拍了老师的背包一下。老师才回过头来，看是她，微笑着说，怎么放学了还没回家？

惠子问，老师你在拍什么？小林老师把原本挂在脖子上的照相机取了下来，交给惠子，说，你看一看。那架相机捧在手中，惠子才感觉到沉重的重量。她把相机转过来，看去那镜头，像是俯看一口井，那镜片深处流转着各种颜色的光。

小林老师让她把相机举起来，眼睛凑近那小小的观景

第十个房间　暗房的光

窗。从狭小的取景框看出去的世界，似乎就有了边界和定义。老师教她如何拉近焦距、对焦，她才看见了刚才小林老师看见的事物。那是隐蔽在树叶枝丫间的一只蝴蝶，若再把镜头拉近一点，就可以看见那只蝴蝶缓缓开合着一双黄黑相间的翅膀，在阳光从叶隙间的照射下，像发出一种金黄色的流动的光。那只蝴蝶在镜头之中，那么张扬地袒露它的斑纹，却毫不知晓树下的惠子在窥看着它。

惠子把那架沉重的照相机还给老师。她想，许多肉眼看不见的，也许只有透过照相机才看得见吧。小林老师这时把镜头对着她。惠子望了望身后，以为老师又发现了什么，却听见快门清脆的声音，才知道老师是在拍她。

惠子慌忙把自己的脸掩盖在双手里。

从那缝间看出去的世界，其实只是一片模糊、徒具涣散的轮廓而已。

莉莉卡，经过这么久，也许你已经发现了，任何把时光留住的方法都是虚妄的。一如我们打开了门，走进一个一个的房间，却一再一再地错失。早已经没有人留在房间里。那些房间里也已经不是原本的样子了。然而原本它又是什么样子的呢？

莉莉卡，你知道吗？人类史上的第一张照片却因此而诞生。一八二六年，法国人尼埃普斯（Joseph Nicéphore Niépce）用了一个暗箱，让光从小孔进入箱里，静置了八个小时，而终于让光影永远停留在一块涂满沥青的蜡板上。

那张照片其实只是一幕窗景，一些屋顶的棱线，以及屋檐底下的影子。如今看来，那平凡而至粗拙的构图之中，只留下模模糊糊的光雾而已。但从这张照片起始，人类就迷失在把时间留住的幻术。摄影术在两百年来并没有脱离把光显影的原理。模仿人类眼球构造的玻璃镜头，只是让人误会了摄影即是真实。在照相机里，时间可以切片成千分之一秒，或者更细微一点，而终将让我们相信，我们可以如挥舞捕蝶的网那样，将流动的时间抓住，抓住人类原本无从理解的，嗯，瞬间。

一如后来的大瘟疫年代，他们走进末日迫近的动物园里，面容哀伤地逐一为那些即将死去的动物照相。

他们穿过了牢笼的栅栏，举起照相机，拍摄饲育在动物园里的大象、长颈鹿、老虎、猴子、孔雀、马来貘……而那些经过亿万年进化的歧路而变得样貌各异的动物，皆以一种疑惑不已的目光望着对准它们的镜头。是的，这是最后的记录了。这些动物的照片，将会被一一编号，附上它们各自的学名，而埋藏在地底的最深处。或许在很多年以后，地球历经荒芜而复又生机繁盛的某一天,未来的人会不小心揭开那密封的时光胶囊,而像当年我们挖掘出恐龙化石那样,看着那些陈旧的照片,讶然发现原来在千万年以前,一群怪异的生物曾经活在这个已经面目全非的地球上……

只是我们都来晚了。

莉莉卡,对不起,我也终将会消失在这时间之河道,像浮沫上的一点光,闪过而逝。但或许你可以。你可以是唯一的,看见永恒的人。虽然我也曾经误解了时间,而以为眼前的一切皆不会消失。至少这些留下的照片、文字和记忆都可以是证据。但往后我们才知道,进入了照相机那精细构造的光线,终究也只是经过了折射而颠倒的影子而已。

或者,我们应该再回到厄运来临之前的时光。

我曾经于无人在场的时刻,牵着小艾,偷偷走进了那幽暗的地下室。

那其实是大学美术系的素描课室,却怪异地建筑在这座城市的扰攘市街之地底。那时我是美术系的大二生,几乎每天都要待在暗无天光的课室里,继续未完成的素描功课,常常弄得满手满脸的污黑碳粉。从地底走出外面的时候,恍惚都已日落。而学校附近的夜市才开始热闹起来，空气中充满了油炸烧烤的气味，以及日韩系装扮的少女们站在服饰小店的门口，嗲声说进来看看哦，随便看看哦……

我常常站在那里而恍恍不知身在何处。仿佛因为置身在那间与尘世隔绝的素描课室里太久，而失去了对时间的感知。你可以想象吗？那个地下的课室里，摆放着许多巨大的白色雕像。那些石雕巨像，皆是艺术史的巨作，从千年以前，希腊罗马古典时期以来的石刻原作一比一翻模复制的——维纳斯、摩西、大卫，以及展开着双翼，却永远遗失了头部而无人知晓面貌的胜利女神……它们皆祖露着裸身，凝固在一个永恒的姿态之中。它们皆曾是受膜拜的众神，如今却困陷在这地底的教室里。

我其实只是想要向小艾炫耀而已。"你一定要来看一看。"我对小艾说。而小艾一如我所预想的那样，在我打开了那间教室的灯光，看见那群大大小小白色巨人一样的雕像，自黑暗中浮现出来而惊讶不已。

我们站在众神雕像的脚下，而只能一直仰着头，看着那光影分明的巨大裸身。小艾忍不住伸手抚摸那雕像的幽微起伏，仿佛为了证实什么。经过那么漫长的时间，那些伟大的雕刻家皆已不复存在，但他们留下了这些刻作，留下了人类工艺文明的证据。即使有些雕像已经缺失了手脚，甚至头部，但那些从坚硬的大理石凿刻出来的巨像，却惊人地表现出人类肌肉以及衣裳褶纹的柔软。他们更像是挣脱了时间的枷锁，而实现了永恒。

我和小艾如仰望无垠的星空而觉得自己此刻显得多么卑微、渺小。我们无法抑制身体涌出的躁动，而忍不住就在那些残缺但恒久站立的众神雕像之下，绝望而激昂地，互相亲吻、抚摸，吮吸着彼此身体的温度。

我们如同在众神的脚下，夸张地跳起一支双人的生殖之舞，亵渎着时间的不朽。

而那些巨像一贯静止，低首垂目，用空白的瞳孔看着我们。小艾掩着自己的嘴，深怕发出的声音惊动了谁。但我们的头顶是嘈杂的夜市，其实无人会听见那地底课室的任何动静。眼前看见的一切，皆随着我们蠕动的身体而不断晃动，仿佛整个世界也随之摇晃。

莉莉卡，如你后来看见的，因为一场突如其来的地震，这座城市在一夜之间变成废墟。而那些曾经躲过战火和时间的巨大雕像，最终在激烈的摇晃之中倾倒。众神互相碰撞而破裂、断开，彼此的手脚交叠纠缠在一起，而更多精工雕琢的细节粉碎了一地，再分辨不出原处。

许多年后，当他们凿开了那间素描教室的入口，在目睹那些雕像残骸的当下，会不会误会了这个掩藏在地底的房间，或许原来是一座祭满了巨大神祇的古老庙宇？

他们会不会拿着一截手臂、一截小腿，或者端视着脱离出来的一边乳房，而疑惑到底要如何才能拼凑出一个完整的身体？

如同惠子在暗房里看见自己一截一截的身体，慢慢地，在白纸上显影出来。

那只有一盏红色小灯的暗房，挂着一张张刚刚从水槽捞出来的照片。那些黑白照片被夹在绳索上，仍一滴一滴垂落着水滴。从幽暗的灯光里，可以隐约地看出，那被框在相片之中的，是身体各处的局部特写——那是肩膀的曲线、腿与腿之间的隙缝、锁骨至颈根的幽微暗影，以及如同银河星系中央的一颗眼睛……

惠子知道，这些都是属于自己的一部分。

她看着小林老师把一张一张照片张挂起来，等待晾干。而此刻她却有一种奇异的错觉——仿佛她的手脚，她的身体，像那些变态惊悚的B级电影，被照相机如电锯那样切割成一块一块的。所见的局部，从身体脱离出来的这些，或许也因为变成了黑白色调，而有着非常熟悉又陌生的感觉。

其中一张照片，是一双手。或者再看清楚一点，是惠子把自己的脸掩盖在双手里的模样。

惠子想起那天下午。同学们都已经收拾画具离开了，她仍然坐在那间美术课室里。

此刻课室里空荡荡的，但惠子却仍坐在课室的中间，像她在课堂上当人像模特儿一样，拘谨的姿态。小林老师把课室的门窗全都关上了，所以没有人可以看见惠子，以及木凳子和画架参差不齐地叠放在课室角落里，只有那老旧的电风扇仍如常摇晃作响。

惠子坐在椅子上，低着头，伸手把校服的纽扣解开。第一颗纽扣、第二颗……像是松开一颗颗的螺丝，缓慢地把自己一点一点拆解掉一样。敞开的校服底下，是一片不曾被照晒而白皙若纸的肤色。她看了一眼摆在面前的照相机。那相机已经架在三脚架上面，那巨大的镜头像是一颗明晃的眼睛，对准着她，闪动着妖异的光芒。

而小林老师正站在照相机的后面。她没有看见老师的脸，但知道老师正从镜头里看着自己。而她像一只被捕的蝶，被框在观景窗之中，无法挣脱。她默默把脱下来的白色校服折叠好，放在大腿上。此刻她身上只有一件黑色的内衣。她今天特地穿了这件内衣。内衣的蕾丝花边如花萼托着她一双孱弱的乳房。坐在电风扇底下，她觉得有一些凉意，皮肤泛起一阵颗粒。她反手到背后，抠弄了几下，才拆开了内衣的扣子。

惠子抱着自己，用手臂遮掩着一副苍白、瘦小的身体。

她望了望课室的百叶玻璃窗，薄薄的粉绿色的布帘。窗外有树的影子如手影戏那样映在上面，随着吹拂的风微微晃动。会不会有人在这时候恰好经过这里呢？其实当小林老师把照相机架在脚架上，低头测光和调校焦距的时候，她独自坐在椅子上，就已经有点后悔了。

三、二、一。看这边。

她看着老师站在彼端，举起了手。

只要把自己想象成一个静物就可以了，惠子想。只要把自己变成一尊石膏雕像，光照底下，所有颜色皆尽褪去，仅留下白色。

这样就可以了。

一如她曾经在美术课室里积尘的画册上，看过那些石刻的众神之像，张扬无惧地袒露着乳房，就连瞳孔都变成白色的。

小林老师曾向她说过书中故事，漫长的艺术史总如潮汐的起伏。然而惠子始终不懂，为何受膜拜的众神会一夕间被人类遗弃。那些裸身的石像被随随便便地丢在爱琴海的沙滩上，任海水侵蚀，折手断脚。

一如波提切利的那幅少女神维纳斯，或者十五世纪那些厚重而绽出龟裂纹理的油画，文艺复兴画家以晕染法堆叠几十层的颜色，执意描绘出人体肌理幽微的明暗而至若隐若现的静脉的透明感——他们皆相信，这即是趋近真实，或趋近神的唯一方法，然而却在照相机发明出来之后，一切都显得那么徒劳而虚妄。

当惠子听见照相机的快门闪动的声音，仍会感到羞赧，不自觉地把脸掩盖在自己的手心里，像是伸手努力阻挡着水坝上的一道裂缝，然而隔着一道厚实之墙，时间仍如水银一样从她的指缝间汩汩流出来……

三、二、一。时间到了。

当惠子再一次睁开眼睛，仍身处在幽暗的小暗房之中，仿佛她始终都没有走出过那个充满化学药剂酸味的房间。惠子拿着一个计时器，读秒数算着时间的流逝。在那狭小的房间里，小林老师教她冲洗照片的方法，示范了让影像从无而显影的过程。而倒满了显影液的水槽里，浮现的都是她的一截一截的身体。

她在黑暗中说："老师，时间到了。"

时间到了。惠子谨记着老师说过，必须在精密计算的时刻之内，把照片从显影液之中打捞出来，再浸入急制剂里面，让原本流动的光暗和细节从此定型。

但小林老师却似乎没有听见惠子的提醒。惠子在那红光黯淡的房间里，感觉到自己的手被拉住了。惠子以为老师因为光线太暗而捉错什么，却发现老师并没有放手，而仍紧紧箍着她的手腕。

没有人伸手将时间按停。

没有人伸手把那张浸在水中的照片捞起来，任由那张照片在水槽之中一直浸泡着。时间过了很久，或者在那个暗房里，其实也不过是一分钟，相纸上的银盐却吸收了太多的显影液，浮现在纸上的色调愈来愈深，愈来愈浓重。蔓延的暗影掩盖了原本清晰的细节，吞没了形状和轮廓。最后白色的纸竟然变成了一整片的黑色。一切都消失了。那躺在水槽之中的照片，此刻像是一个方形的无底的洞口，把所有的光吸走了，把惠子想要呼喊的声音吸走了，把时间如流沙一样都咻咻咻地吸走了……

惠子在黑暗中，无法遏止地呕吐。

像是从黑洞吸入的所有物质，包括光和时间，都会从脐带相连的白洞再吐出来。

她一直吐，似乎快被自己吐出来的东西淹没。包括了光，从她的口中，以及身体的所有隙孔之中流泄出来，把一切正在显影的影像都一瞬间曝光成白茫茫的一片，恍如雪盲，什么都看不见了。

第十一个房间

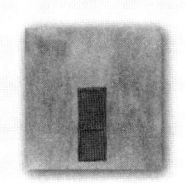

宝可梦老人

当我们再一次睁开眼睛，莉莉卡，你看，那就是我们身处的星球。

那是宇宙探险队在告别地球之前拍下的一张照片。透过太空梭的舷窗看去，地球只是一个半圆。像一颗圣诞玻璃球，里头盛装着蓝色的海洋，以及白色漩涡的云层。圆球的下半部淹没在无垠黑色的湖中，载浮载沉着。那一抹蓝，好像就是宇宙之中唯一的颜色了。但我们终究无从看见更微小的细节，因为那艘太空梭已经离开地球愈来愈远。他们正航向看不见的天际。

那是一道没有回程的航线。依照预定的计划，太空梭会登陆几百光年以外的另一颗小行星。他们会在那里，一片一片如拼图那样，组装出一面巨大而无缝的防护罩，把整颗小行星包裹起来，隔绝炽烈的辐射线和小陨石。他们可以在这个透明的玻璃球里，用仪器调节气温、雨水和阳光。然后他们会撒下种子，让植物在贫瘠的土壤生长，以及开始繁殖各种动物。是的，一如古老传说的方舟，那艘太空梭装载着各种生物的基因码。地球万物，此刻被压缩、刻写在小小的晶片之上。原本亿万年的进化缩短成朝夕，包括人类，都将从培养皿的单细胞，慢慢长成一个已设定好的形体，等待来临的一刻，睁眼而苏醒。

当新生的人造之人从睡梦中挣扎而起，他们只会匍匐爬行，而尚未知晓以足奔跑的姿势。他们舔舐地表上的青苔和露水，以藻为食。他们赤裸着身体，站在记忆的断崖上，而无人把原本的故事接续下去。因为时间已经过去太久了。在生物繁衍遍地之前，第一批登陆星球的探险队队员已全数寿尽，安详而逝。他们并排躺在玻璃之棺内，双手环抱胸前，而永不知晓自己将在许多年后，被后来殖民地的人们尊为创造之神。

莉莉卡，只有你还留在瘟疫过境之后的地球上，向虚空的天际拍打着绵延不绝的电波，如潮汐投递的玻璃瓶，而无人回应。

他们要如何穿过光年的距离，迎着太阳耀眼的光，而回返这座蓝色的地球？

你看见那个叫作默的少年，一个人坐在破败公寓的天台上。日光仍刺眼，他伸手遮着眉头，眯眼望去远处的风景。

少年其实并不知道这段日子新闻不断播报的那艘太空梭，以及踏上单程航道的宇宙探险队，在漫长无光的星空之中航行，最后将会抵达何处。对他来说，这些都太遥远了。即使眼前景物，于他都遥不可及。在弥漫的沙尘中，海峡对面那些红白相间的工业烟囱和高耸的楼层，像是龟背之上，插满了参差不齐的利器。还有一座巨大的摩天轮，但因为太远了，而看不清楚到底有没有在旋转。

已经到不了对岸了。

这就是南方以南，半岛的尽头。连接着半岛和岛之间的这座桥，说长不长，横跨过一公里的海峡，如今却像是受伤的兽尾，被炸塌了一个硕大的缺口，只剩下半截桥梁，瘫躺在平静的海水之上。

为了阻挡瘟疫的病毒，以及数以万计的难民沿路南下，彼方的岛，决绝地腰斩了这座从英殖民时代就连接着两处陆地的石桥。虽然这已经不是第一遭，这座桥遭逢被切断的命运。据说第二次世界大战的时候，节节败退的英国人，最后终于退守到岛上。而日军一路南下的脚踏车部队，穿过丛林，进入了城市。战火迫在眉睫，英国人在桥墩放置了炸药，把唯一的通道拦腰折断，却徒劳地无能阻挡如蚁群拥而渡河的敌人，终究已弃无可弃。

但这些对少年默来说都太远了。自他懂事以来，这座曾经承载着故事和繁华的南方边城，已经变成了废墟。少年默不曾经历过战争，虽然他也听过族里的老三古绘声绘影地说过雨林之中的马共游击队，以及那只从动物园逃脱之后杳无音讯的马来虎，皆是如影如魅的传说。但他真正从老三古身上学会的，却是古老的狩猎的方法，如老三古所说，另一种把流动的时间按停的方式。

少年默站在公寓的天台上，注意着楼层下的一切风吹草动。他提起了那支沉重的长枪，侧过头，闭着一只眼睛。穿过枪的准星，看去眼前的世界，只是一片苍苍茫茫。

——宝可梦老人今天还没有出现。

从准星看出去的视野，其实是非常狭小的。像是整个世界骤然缩窄，只剩下了你一个人。你必须屏住气息，以防止肩膀到手腕的任何微颤。你要心底数算三秒，在两秒和三秒之间的那一瞬间，扣动扳机。

少年默手中握着长枪，想起了老三古告诉他的话。

老三古的话总是带着一股香烟的焦味，以及一种如大雨将至的沉重感。那年阿默才九岁，老三古第一次允许他拿枪。当老三古把枪交到他的手里，他还可以感受到枪柄和木托的部分，留着老三古身上的余温。他学着老三古的姿势，手托着枪柄，枪管伸向远方。但枪很重，枪管一直在自己的手上摇晃不已。而猎枪准星的中心，是一头幼小的野猪，正在低头嚼食着什么。它棕色的短毛光洁，花斑在叶隙下闪动着光，偶尔抬起头来，恍恍不知生命的终结轻易如吹灭一枚星火。

当游击队弃械投降，纷纷从森林走出来的时候，老三古却偷偷地藏起了他傍身的长枪。那柄枪比少年默还老。如今他背着老三古留下来的枪，日日走进无人的市街里。安静的街道上，被弃置的汽车压在干瘪的轮子上，已无处可去。大迁徙之后的边城，徒留一幢一幢空置的公寓，远远看去，如排列整齐的骨牌，仿佛安静地等待巨人轻轻一推，就会接二连三砰然倾倒。

他留心听着一切琐细的动静，但此刻整个街区静悄悄的，毫无人类的声音。偶尔有不知名的雀鸟发出尖锐的叫声，此起彼落，像是交换着他所听不懂的密语。即使他早已放轻脚步，但那些躲在暗处的动物老远知道，背着枪的少年恍如死神。

每个礼拜，少年默都要来到这里，清除那些废墟里的兽类——大部分是猫和狗，以及不知从哪里闯进了城市的野生走兽。这是市政厅派发下来的工作。队长说，为了杜绝传闻中的瘟疫，防堵死灰复燃，必须清扫这些无人看管的动物。

但他不能使用毒药和陷阱，以免腐坏的尸体滋长病菌。队上给每人发下了一个口罩和一双塑胶手套。但不管口罩还是手套都妨碍猎人的工作，少年仍是赤手握着长枪，有时握久了，手汗把枪柄都浸湿。

眼前这些荒废的公寓已经变成了钢骨的丛林。这幅景色，常常让少年默有一种身处于热带雨林的错觉。曾经他的族群在雨林里繁衍、狩猎和迁徙。即使死后，他们的幽魂也会盘旋在树的枝叶间。族灵却不曾预警，这一大片一大片的森林在短短几年之内都被开垦成油棕园，而后整个族群因为大瘟疫而迅速凋零。身为族中最出色的猎人，老三古在临终的病榻上，常常突然开口说起族里失传的语言："Cep bah hep。"

——到森林里去。

族语里，"hep"这个发音就是森林的意思。阿默却觉得，森林其实一直都在，不曾真正消失过。一如眼前的城市已经被各种绿色的植物反噬。一开始是那些攀缘植物，落地生根，以光为食，迅速地爬满了整个墙面，将蜷曲的绿色触须伸入建筑物的墙缝之间，把隙缝慢慢撑开。细密叶子互相交叠、覆盖在原本的水泥钢筋之上。在人类离开之后，它们仿佛挣脱了圈养和限制而不断疯长。叶子变得壮阔，而行道树长成巨木。一整片的绿色，终于如一张网，轻柔地覆盖住楼宇，把整座城市变得湿热而柔软——

变成孕育万物的子宫。

此后动物们就在蔓藤之间勃勃生长、繁殖。比如说那些猴子、果子狸和四脚蛇，它们原本被城市推挤到存亡边缘，只能藏身在城市的暗影底，在渠道和垃圾堆里卑微生存，却常常在高速公路上被超速的汽车撞成一摊烂泥而无人收拾。如今它们张扬地在市街上发出求偶的叫声，像是经过了好几世代的委屈和压抑，终于又回到了基因记忆之深处，那座繁茂苍翠的森林。

阿默走在这座望眼无人的市街里，偶尔会被突如其来的巨大吼声吓一跳。是大象吗？还是那只无人看见过的马来虎？他举着枪防备四周，却看不见任何巨兽的身影。他其实并不知道，这座已经变成了一片丛林的破败之城，经过漫长岁月，到底在看不见的深处孕育出了什么怪物。

老三古告诉他，在大瘟疫暴发前夕，动物园里面的那些野兽，仿佛预知了灾难，一整个月里都毛毛躁躁的。有一只成年的马来虎，就在某个晚上，趁着夜色攀爬过高耸的栏杆，从围牢逃走了。它的脚步无声，而身躯斑斓，就这样消失在这座城市里。

那时老三古也在派遣的捕猎队之中，依靠着自己多年的狩猎经验，他可以从浅显的足印辨别各种走兽的行踪。但那队提着枪的猎手们在这座城市里却一筹莫展。城市里太多光害、噪音和混乱的气味了。那只逃走的虎以一身斑纹隐入城市驳杂的光影之中，再也不曾被人类找到。

而那座动物园，在大迁徙的时候也随之被遗弃。人们离开了城市，市政厅的捕猎队负责清理善后，为了避免再有猛兽因无人看管而逃走，他们举枪打死了许多园里的珍禽异兽。夜里此起彼落的枪声，撕开了整座城的宁静。而那些一生困锁在笼子里的巨兽，在死亡之前，仍疑惑不解。它们以透亮清澈的眼眸看着栅栏之外的人类。而那些人类皆因为彻夜屠杀太多生灵而眼眶深陷，如酒醉一样手指颤抖，眼神无神而恍惚……

如今阿默仍握着那把不知缠绕多少幽魂的长枪。

他用枪杀狗。

在这座荒弃的边城里，狗一再生殖成群，在无人的空房子里产下一窝窝的狗崽子。那些被人类遗弃于此的狗，不论品种，互相结集而成了一支末日的旺族。它们学会了以群体围捕、欺负其他落单的动物，似乎回返到了狼之祖先的狩猎方式。它们恍如这市街之上的恶党，但这里的每一只狗，都认得少年默的脚步声。只要他背着猎枪远远走来，它们就会闪身躲进公寓的影子底，不再现身。

但一开始的时候并不是这样的。一开始，那些弃狗听见人类的脚步声，都以为主人回来，会从各自的藏身之处欢快地飞奔出来。它们被人类抛弃于此，竟还留着被豢养的依恋。但一声枪响之后，它们就会慌张而茫然地四处逃窜。少年默举起猎枪，瞄准它们奔逃的身影。而其他弃狗躲藏在看不见的某处，一起发出长长不歇的号声。

整座城市都是狗，它们在暗处不断繁衍。它们的哭声像是鬼的长号，在那些空去的破落高楼之间，激荡着绵延不绝的回音。

老三古如果知道他用长枪杀狗，一定会非常生气吧。

老三古十分爱狗。除了那柄古老的枪，还留下了一只狗。那只土狗谁都不能接近，除了老三古。然而老三古不在之后，阿默担心老狗乱跑，就把狗拴在屋子门口。那个屋子还保留着老三古离去之前的模样，仿佛时间一点都未走动，墙上的月历已经过去好几年，还有一张陈旧的百事可乐广告海报，不知为什么，海报却是阿波罗十一号拍下的地球照片。那是人类第一次站在月球地表，看着孤独的蓝色星球。

屋子如今只剩下少年默和老狗。每次回家，还没走到家门,那只老狗就大力扯着铁链,对着他狂吠。铁链声和狗吠吵闹整条街。阿默心底觉得,老狗其实知道他在外头所做的一切,屠杀它的同类。往后阿默回家之前,都要特地绕个远路,先到公共厕所去,打开水喉,用力搓手洗脸,像是要把身上所有死亡的气息都洗掉一样。

但狩猎的标准动作不都是一样的吗?举枪、屏息、瞄准,数算三秒,扣动扳机。他只是复制了老三古的一切。当他举起长枪,他就明白生命是如此易逝。死神掠取的其实是时间。每一声枪响,都像在时间的墙上打了一个钉。

但此刻午后的时间才过去那么一点。

少年默躲在楼层的影子之中。一个称职的猎人,会把自己的身影、气味和声音都抹去。当他看见草丛叶尖微微晃动,举起了枪,对准那远处。那座废弃城市的背景底,传来一阵哐啷哐啷的响声,从远而近,草叶晃影之中缓缓走出了一辆脚踏车。

那辆脚踏车恍如行走于荒野的废铁,蹒跚前行,发出金属互相摩擦的不绝的刺耳声音。有一个身躯佝偻的老人,正用力地踩着那辆烂车。老人几乎正用着全身的力量蹬着踏板,整个人都离开了坐垫。远远看去,随着老人的双脚交互晃动，那身影轻飘飘的，仿佛幽灵那样让人有一种恍恍惚惚、歪歪斜斜的错觉。

少年默收起了他的猎枪，看了看腕表。

宝可梦老人总是在这个时间出现。

那是他为老人暗取的绰号。那个老人每天会在固定的时间，骑着那辆破烂的脚踏车，从废弃的住宅区现身，一路沿着海岸停停走走，最后总会骑到那座断桥的尽头，再折返回头，守时如钟重复着相同的路程。

宝可梦老人永远都握着一台型号过时的手机，对着虚空而晃来晃去。他改装了脚踏车的龙头，多装了一个支架，上面挂了十多架亮着荧幕的手机，像孔雀开屏那样，闪烁着妖异的光，让那破烂的脚踏车看起来反而充满了一种科幻感。

但那些手机都十分老旧了，有些连玻璃荧幕都龟裂，大概都是老人在这段日子里，从到处空置的屋子里捡拾回来的吧。

少年默从影子中走了出来，噘着嘴唇，发出一声尖锐的哨声。那个老人听见了，抬起头，眯着布满皱纹的双眼，向他挥了挥手。

第一次见到老人的时候，少年默以为他只是一个拾荒者。总是会有人不理那些警戒线的封条，偷偷走进这座封禁之城，走进那些被匆匆留下的屋子里面，捡拾原本的住户来不及带走的东西。有时确然也可以幸运地找到过期的罐头，以及剩余的红酒，但大部分的房间，其实都已经被植物完全侵占而再也走不进去了。

后来他才知道，老人每天风雨不改，独自走来这里，都是为了捕捉宝可梦。

那是一个已经过时许久的手机游戏。据说在遥远的过去，曾经在这座城市掀起一阵宝可梦狂潮。不分年龄、男女的宝可梦玩家，纷纷从房间里走了出来，走到游戏里指定的户外地点去。在那些定点，你可以用手机去捕猎那些其实在现实中看不见的怪兽。透过一种叫作AR（Augmented Reality）的虚拟技术，你可以从手机荧幕里，穿透眼前现实的镜像，而得以看见那些统称为"宝可梦"的可爱怪兽现身眼前。

那些怪兽都拥有着自己的名字：皮卡丘、杰尼龟、妙蛙花、小拉达……而至罕见的烈咬陆鲨和超级班基拉斯。你可以收集它们，累积宝石而让它们进化。你也可以驯服那些形状怪异的生物，如豢养宠物一样，带着它们到处溜达，带着它们去对打其他的怪兽。

那游戏其实是让虚拟宠物走进人类现实生活的其中一次

尝试。从最早发明出来的电子鸡开始，往后多年，科技不断更新再更新，更多拟真的游戏，一下子就汰换了前代的宝可梦。而那些一开始如雨后春笋冒现的捉怪玩家，又骤然退潮，转身忙着追逐更新颖且更真实的人造虚影。

没想到，竟然现在还有人在捕捉宝可梦。

少年默觉得十分不解。

"对啊，明明连游戏公司都倒闭了，但你看，那些宝可梦却全都还在这里。"老人说。

看去老人手中的手机荧幕，是这座城市的阡陌纵横的3D地图。虽然建筑物皆尽朽坏，但仍可以在地图中辨认出身处的位置。而眼前真实的景物皆被摄入了手机之中，此刻，手机振动了一下，从荧幕里还真的跳出了一只可爱的卡通小怪。少年默看着老人熟练地用手指划过荧幕，就丢出了一个红白色的球。流光一闪，球震颤了几下，那只小怪就被关在球里了。

少年默不曾见识过宝可梦最辉煌的年代，但他看着老人聚精会神，恍如对周遭现实视若无睹的样子，似乎有点明白了，这是一个没有尽头和结局的游戏。阿默心想，老人手机里面那些被定格、收服的幻兽，和动物园里那些被禁闭的野兽，其实并没有多大的不同。都是源自人类自古以来的搜集癖，把一切占为己有的妄念。

这时候，他就会觉得宝可梦老人和老三古的身影仿佛重叠了起来。他们其实都是在捕猎肉眼看不见的东西，必须透过手机的荧幕，或者猎枪的准星，它们才会显现出来——

其实你仔细看，这些宝可梦都是死去的动物们变的。老人幽幽地说。

当你按下扳机，捻熄生命之烛光，那些生灵在你面前倒下，流淌满地的血，抽搐而死去。但在同一时刻，它们的幽魂亦开始游荡在这座荒弃的城市里。你看不见它们。你放下了枪，睁大眼睛，却什么也不会看见。那些狗和猫，那些从墙角探出头来而不小心被你发现的小动物，你以为它们就这样死了，但其实你却可以从手机的荧幕里，发现刚刚死去的动物们，变成了3D图形的模样，化身成卡蒂狗、布鲁托或向尾喵，在这市街上漫无目的地游荡、晃走……

少年默觉得老人也许孤独太久，而开始说这些他听不懂的话。

宝可梦老人却说，你将来终会明白的。老人抹了抹额头上的汗珠，蹬了一下踏板，攀上了脚踏车，继续他未完的旅程。他高举着手机，如古老神话里收妖葫芦那样把那些犹在城市之中游荡的宝可梦一只一只收在自己的口袋之中。然而今天收完的宝可梦，明天又会浮现出来，也许永远都没有结束的一天。少年默望着老人的背影，慢慢地远去，消失在尘雾中，却隐约还回荡着废铁脚踏车叽叽歪歪的声音。

怎么可能呢？那些宝可梦难道都是动物的幽魂吗？

但少年默却记起了老三古曾经告诉他的，本族人相信，所有生灵在死后仍会恍恍地留在原地，不曾消散。有一次他和老三古在林中过夜，在虫鸣不绝的晚上，他们坐在煤油灯的光圈之中，身后的影子拉得很长很长。老三古抽烟驱蚊，在焦臭的气味里，老三古说了一个关于马共地道的故事。

所谓地道，就是马共在树林深处挖掘的地底隧道。那些隧道通常非常简陋而狭小，仅容单人侧身进入。地道连接不同大小的地坑，入口用枝叶隐蔽，内里却像是蛛网那样，从整座雨林的地底蔓延到山下。某一年早来的雨季，有个年轻的游击队员抱着一个初生的婴孩，匍匐钻入那地道，偷偷下山。那个时期，那些被困陷在森林里的游击队，活在饥饿和恐惧之中仍禁不住地在野地交媾，生下孩子。然而婴孩的哭声会把敌人引来，所以那些出生于雨林的小孩，尚未开眼看见世界，就都会被悄悄地遗弃到山下农家或原住民的屋子门口。婴孩如幼猫幼犬那样哀哀哭号，而祈望有人把他们领养。

但那天的雨下得太大了,年轻的游击队员在暗无日光的地道之中,抱着那个脸皱成一团的孩子,摸黑前行。雨水渐渐渗入地底,走了许久,他才发现自己忘了把入口掩上防雨的油布,只好先把婴孩安顿在地坑里,再折返回头。原本只是打算马上就回来,不料暴雨不停,发生了土石流,泥浆和断树阻断了地道的入口。当游击队员再回到地坑,都已经是两天之后了。

暴风雨摧残过后,原本就脆弱不堪的隧道几乎都是泥泞。那个游击队员好不容易用铲子挖开了地道入口,掀开了入口的铁盖,庆幸里头没有被雨水淹没。他用手电筒探照幽暗的地坑,没有看见小婴孩,也没有听见泣声,却讶异地发现,一整个潮湿的地坑里都密密地挤满了一群躲避风雨的野猪崽子。暗影之中,一对一对晶亮的眼睛对着他闪闪发着矿石那样的幽光。

在无人知晓的魔幻时刻,婴孩化成野猪,时间化为蝶。莉莉卡,它们就这样取代了原有的故事,并且就像藤蔓一样,以一种缓慢而坚毅的方式,在字与字之间,在笔画与笔画之间,挤出交错的细缝,慢慢长成了一座比原本房子构造更加繁复、更加无以破译的废墟。

莉莉卡，我们终于走到这里。这座城市的边境，延伸入海的断桥上。

"这里就是尽头了吗？"你问。

桥像一段未完的句子，断在未及意义的地方。但莉莉卡，我们已经无可前行，而只能倒回头去，逆着时针，再看一次倒退的风景。

你总是跟在我的身后，踩过留在草丛里隐约凹陷的足迹。然而亲爱的莉莉卡，我们为何一再走进废墟之中？我们相继闯入那些空置无人的房间、废弃的麻风病院，或者，荒草蔓生的游乐园。你注视着那些人类曾经留下的细节。那静止的旋转木马身上的漆色仍然鲜艳，却已经一大片一大片被时间剥落。

在我身处的那个年代，电玩游戏虚拟实境的末日场景，皆是丧尸或辐射变异人盘踞的流刑地。但吸引着我的其实并不是一瞬发生抑或经年如石磨的毁灭之力，而是各种各样在时间压碾之后幸存下来的事物。

那些鬼影幢幢的废墟之中，为什么永远都怪异地还留着陌生但年代久远的老照片、过时的月历海报、咖啡印渍的杯子，甚至一桌散乱的麻将牌……是什么原因让人匆匆离弃此地？而那些过时的事物上，积厚的尘埃如火山灰，让它们失去了原本的颜色，像是剥离于现实，但又那么地形影分明。

我们走在这座城市，如走进史前文明的场景。就像庞贝之城从熔岩底被挖掘出来的时候，人们如此讶异于那些静止、凝固的一切。莉莉卡，我总以为我们一再走进大迁徙之后的废墟，其实更像走进生机勃然的陌生地——

遍地是疯长的野生植物、鸠占鹊巢的小动物们，以及萦绕不去的幽魂。

偶尔你会愕然发现，竟然还有人留守在那些公寓的房间里，过着一天一天却恍恍不知时日——那些逃亡一生而已经不想再逃的老人、双眼空洞的白粉仔，以及隔世而茕居于此的无依少年……他们皆被弃置于此，在无光的房间里，一如在遥远而孤独的小行星上，那些人类慢慢地进化抑或退化成一种畏光而苍白的物种。他们的瞳孔变成灰白色，看着你却如看穿你身后的物景。有一次，我们打开一扇朽坏的房门，看见房里有一对斑斓的蛇，彼此缠绕在一起，仿佛依着繁衍的本能，幻化成一对不断蠕动、纠缠的双螺旋。

我们每一次闯进那些房间都恍若梦中。

当少年默仍隐身在废墟的影子底，拭擦着枪柄上的手汗，倾听着丛林动静的时候，宝可梦老人已经钻进了这座城市的深处。他停步在一幢破败不堪的公寓之前，从脚踏车上跨下来，拨开盘踞门口的蔓藤，走进了那幢公寓。

对老人来说，眼前的景物似乎仍保留了熟悉的轮廓。但他还是找了一下才找到楼梯口。口袋中的手机不时振动起来，老人喃喃自语——最近出现的宝可梦好像愈来愈多了。他弓着身子，踩在石灰的阶梯，发出沉重的脚步音。梯子扶手长满了铁锈和不知名的植物。一只小石龙子从叶片之间探出头来，又扭动着身体快速地躲起来了。大迁徙之后到现在，老人其实已经忘了，到底多久没有回来了。

那是他和儿子直树曾经住过的老公寓。透过手机荧幕，老人可以看见整座公寓盘踞了各种的宝可梦，恍如一个巨大的宝可梦之巢穴。像是迷路人跟随着路上撒下的面包屑，他一路抓怪而来到这里，但眼前的一切，都只剩下残垣败瓦了。老人摸索到自己住过的门号，房门已经不知被谁打开，或者只是因为门轴腐朽而塌倒了。整个屋子内里恍若经历核爆，他已经无法辨认那些曾经被他遗弃于此的事物。他艰难地踩过地上厚厚的枯叶，如身陷泥泞。他推开了一扇歪歪斜斜的门，而让他讶异的是，儿子的房间似乎仍一切完好而毫无损坏。

那个房间似乎停留在多年之前的模样。像是无形结界之内，所有的陈设、桌椅皆无人碰触过，地上乱丢着过期的漫画杂志——它仍像是一个少年茧居许久的房间，但如一个被遗弃的蛹，里面已经没有人了。

老人走进了那个无垢而明亮的房间,这时口袋里的每一台手机都开始振响起来。像是同时侦测到了什么,手机一直振动而无法按停。老人拿出了一台手机来看,宝可梦游戏画面里一个个光圈如同心圆的涟漪,不断回荡、闪烁。

老人走到窗口,举起了手机,从荧幕里才看见了一个非常巨大的身影。

或者,那更像是一个硕大无朋的少女之躯体。巨大的少女穿着可爱的水蓝色校服和白色的长裤袜,校服领口还打了一个红色的蝴蝶结。那个少女站在窗外的废墟之上,比楼层更高,而达云端。她只是站着,一双腿就从这里跨到了海的那边。且那腿际之上的裙摆好短,让人不敢直视。

老人伸头往窗外看了看,现实依然荒芜一片,并没有手机之中显现的影像。窗外空无一物,什么也没有。那个巨大的少女似乎就和所有的宝可梦一样,只存在于游戏画面里,只能透过手机荧幕才看得到。但她长得太高了,老人举高了手机,始终没办法从狭小的荧幕中看清楚她的面目。但可以看见的是,少女的背上,长着一对鲜艳蓝色的蝶翼。那双蝶翼缓缓地开合着,上面的纹眼观照着整个世界,而薄薄的粉翼上,映照出夕阳的折光,幻化如虹不同的色彩。

老人看了许久。那个巨如神祇的少女,矗立在整座城市的废墟之上,仿佛只有他一个人看见。

老人放下了手机，扶着窗，对着窗外的虚空，号啕哭了起来。他的泪水滴在脚边，一滴一滴落在地上，如施了咒语的甘露，顷刻就唤醒了沉睡已久的生命。一株一株淡绿色的幼芽抽长，在他的脚边生长飞快，才过不久，就已经缠绕着老人的拖鞋，而至脚踝……

少年默在废墟之中一直待到近晚，却什么也没看到。

有时他也会怀疑，老三古说的都是真的吗？

那些密道和游击队的故事，或许到最后，都只是一个杜撰的谎言罢了。当眼前的天色渐渐暗下来，城市的轮廓更模糊了。乌鸦群集归来。它们纷纷钻入了那些公寓的窗口之中，仍不住地聒噪。也正是这个时候，昼伏夜出的兽类会慢慢地走出巢穴。今天的夕阳还没完全落去，圆月就已经挂起来了。少年默打开了手电筒，一柱光伸向废墟，拉出一个光圈。这是老三古教他的，在月圆的夜晚，当野兽看见灯光，会以为出现了两个月亮而疑惑不已，呆立在原地。

少年默曾经就在那银色月光的草地，篝火摇晃的光中，和老三古并肩坐在满是虫鸣的树林。他们因为追逐着那只马来虎的踪迹，闯进了丛林之深处，准备在林中过夜。那时候，他挥手驱赶着千百近身的蚊虫，忘了为了什么事和老三古怄气，而愤愤地问老三古——

"你说这么多，那你杀过人吗？"

少年默似乎把老三古也惹怒了。老三古啐了一口痰，把烟蒂用力地弹入火堆，说："我杀人时你还没开眼咧。"

然而像是说错了什么话，那天他们在树林之中兜兜转转了一整夜仍空手而归，那只从动物园逃走的马来虎早已无影无踪。而后就是瘟疫蔓延的混乱时期，老三古此生再也没有走进那座森林。

如今只剩下他自己一个人了。

此时少年默听见兽踩着树叶，碎步而来的声音。

他举起了枪。借着月光，他隐约可以看见不远处，草叶晃动，现出了一只野猪。那只野猪从废墟之中走出来，在这片荒土之上埋头觅食。阿默觉得自己已经隐藏得很好了。但野猪这时却像是察觉了什么，转过头，看了过来。阿默这时才发现，它有一双和人类非常相似的眼睛，此刻明晃、深邃，像是容纳了整个宇宙的黑宝石。它就站在长枪的准星之中，在少年默的注目之中。世界骤然缩小，缩小到仿佛只有他和那只野猪。

阿默没有扣下扳机，和九岁那年，他第一次握着长枪的时候一样，他慢慢放下了枪管，任那只粗壮的野猪，蹚着幼细的短腿，一步一步地离开眼前。

但这时一条巨大的灰影突然扑身出来。野猪回避不及，它的后脚就被一只老虎牢牢咬住。野猪想挣脱，而老虎倾全身重量压制着它，虎爪已深深地嵌在厚实的身体之中。那只野猪在夜里发出尖锐而凄厉的叫声，惊走了一群乌鸦。野猪徒劳地在利爪下不断挣扎，扭动着头。然而它还不够成年，尚未长出尖锐獠牙，无以抗敌。那只野猪就这样被老虎压在泥地上，血流满地，喘息愈来愈深且缓慢。

在它尚未断气之前，老虎已经扯开它的肚腹，肠脏都掉了出来，冒出一股热气。老虎啃咬着野猪的肉身，撕开棕色的皮毛，底下露出了一片鲜嫩的红色。野猪侧躺在地上，睁大着眼睛，似乎仍看着远方的阿默。它的眼睛仍闪烁生命的微光，此刻却毫无惊怖，仿佛早已预知了生命消逝的一刻，平静如烛光熄灭。

少年默蹲在废墟的暗影之中，紧握着长枪，却一动也不动。

他第一次看见那头逃亡多年的马来虎。老三古终其一生追捕不获的猎物，此刻就在眼前。如果老三古说的是真的，那么这头老虎藏匿在无人知晓的深处，也曾经目睹着整座城市被人类遗弃，而变成废墟的过程。它或许也曾经如此窥视着少年默、老三古和宝可梦老人，以及晃荡于此的一切生灵。而此刻老虎的一身斑纹格外华丽,随着踱步而幻如斑斓跃动的焰火。

在月光下,那只老虎低头舔舐着身上和巨掌余留的血污。它低吼了一声,摇晃着尾巴,转身走了。阿默看着它的身影慢慢走到了断桥的尽头。它向着灯火明亮的对岸之岛看了看,就纵身从断桥跃入了海。阿默远远都还看得到,那头老虎在海中慢慢地游向对岸。它的身后牵起一道很长很长的波纹,映照着初上的月光。

阿默撑起僵硬的身体,站了起来,走出了城市的暗影,此刻才听见了风吹过的声音。

第十二个房间

房间的雨林

风吹过的声音，似乎把捷运车厢里那些细琐的声响都掩盖了。

不知过了几站，窗外的风景变得陌生，车厢也从挤迫变得宽敞。乘客稀稀落落坐在车厢各处，然而每个人都戴着口罩，不是低头玩手机，就是睡觉。似乎没有人抬起头注意到惠子。列车轰然开进了地底，阳光骤然暗去，惠子的倒影就亮起来。她看着窗镜的影子，非常清晰，却有一种怪异的陌生感。一如她这个时刻，原本不该在这列捷运之上。像是为了确认什么，她微微侧了侧头，镜中自己也和她一样的动作。

惠子怀抱着一个婴孩，像一个母亲。

手里的婴孩被包裹在一条碎花披巾之中，隔着几层布料，惠子仍可以感觉到那柔若无骨的身体，此刻依附在她手臂上的重量。刚才还有人起身让座给她，大概看见她挤身在人群之中，无可依靠的困窘。她被当成是一个母亲，这让惠子一开始有点不习惯，却又有些忧喜自心底如油花浮起。有

第十二个房间　房间的雨林 | 323

一个多事的大婶，甚至刻意坐到她的身边，说："你的小孩好乖，都不吵不闹。"惠子仅回以微笑点头。她不知该说什么，但所有人仿佛都对抱着孩子的母亲有一种宽容。她坐在博爱座而心安理得。

她已经按捺下了之前的不安。刚才过捷运票闸的时候，惠子才发现多了测量体温的关卡。在瘟疫初绽的时期，体温变成了一种分界，把这座城市的所有人类分成健康的人以及染病的人。那是一道看不见的红线，三十七点五摄氏度，只要稍稍过了线，即使只是小数点之后的微小越界，就会马上被划进病患的那边，阻隔在现实的外面。

惠子跟在人群后面排队，突然警示声哔哔作响不停。她亲眼看见一个穿着中学制服的女学生，顷刻被拉出了队伍。一群黑衣人围着那个女孩，要把她押走。那被钳住了手臂的女孩不断挣扎哭喊，泪眼中带着巨大的恐惧。然而所有围观的人都避开得远远的，包括惠子。惠子站在远处看着那群穿着黑色防护服的人压制住那个女学生，像是一群乌鸦啄食着猎物。那些人戴着沿袭自十四世纪黑死病时代的防疫面罩，遮掩的脸只露出模糊的双眼。那面罩突出长长尖尖的形状，非常像是乌鸦的鸟喙。自疫情蔓延，城市里这些让人惧怕的黑色的鸟喙人无处不在。

"请站在这里，我们需要测量一下体温哦。"

有一瞬间，惠子在队伍之中，觉得自己只是流水线上一个无生命的零件。鸟喙人守着捷运站的闸门口，对每个人重复着同一句话。轮到她了。一柄像是镭射枪的测温器抵着她的额头。她乖顺地屈了屈膝盖，伸手拨开额前刘海，听见哔的一声。还好，这是代表过关了。

"等一等，还有你的小孩。"

她才要走，又转过身来，轻轻掀开了原本覆盖在婴儿脸上的披巾。怀抱里的婴儿仍然没有醒来，紧闭着双眼，小小的脸皱成一团。没事的，只是测量体温而已，没有人会发现的。惠子终于安然过了闸门，捷运却还没进站，她这才感受到手臂上一直承担的重量。惠子把小孩稍稍抬起来，换去左手，让右手暂时歇一歇。

小孩并没有因为这些动作而转醒。这孩子仿佛一路都在沉睡，陷落悠长梦中。

婴孩会不会做梦呢？也许会吧。惠子养猫。猫在沉睡的时候，会快速划动四肢，仿佛追赶什么。连猫也会做梦，为什么人类却不曾记得婴孩时代的任何记忆呢？为什么所有人生的初始都一片模糊？

惠子想起自己怀孕的那段时光，时常会胡思乱想这些。回溯自己最初的记忆，大概是四岁的时候。因为那年还没有搬家，记忆里仍是老旧的屋子。年幼的惠子坐在一扇窗前玩洋娃娃，日光洒进房间，在地上铺成明亮的方格。她就坐在光里。那是一幅晃亮而带着柔光滤镜的情景。而她至今仍记得，那个洋娃娃的身体后面有一个小拉环，只要拉动它，洋娃娃就会发出"妈妈我爱你"的声音。

惠子曾经在那个房间里，不断扮演着一个母亲。那恒常是一个人的孤独时光，只有洋娃娃陪伴着她。那个洋娃娃一头金色卷发，有很长的睫毛。蓝色的眼睛会因为摇晃而眨动。惠子抱着那个洋娃娃，用附赠的小奶瓶给娃娃喂奶。其实奶瓶里也只是想象成牛奶的白开水而已。但如今回想起来，非常奇怪的，那些被灌进娃娃体内的水分，也没有出口，从来不知道灌注到哪里去了。

惠子为娃娃梳头，跟娃娃说话。她是一位母亲。她对这个单人的扮演游戏乐此不疲。只要她愿意，她可以拉一下拉环，那娃娃就会模仿人类的声音回应她。

一如月台此刻不断播放的广播，那是一种介于人类和机械之间的嗓音。

惠子仍站在那里。没有人真正注意到捷运站的月台上摆了一排绿色盎然的盆栽。大概为了响应环境绿化，然而在白晃晃的日光灯照底下，却有一种抽离自现实的违和感。她初看那些观叶植物皆生长得异常茂盛，走近了摸摸那叶片，才发现那是塑胶做的假的植物。其实整个捷运站都是挖空了地底建造出来的，此刻所有人都挤身在地表之下，又如何期望这样不见天日的地方能长出真正的植物呢？

她才这样想着，列车就到站了，先是一股疾风，吹得她长发凌乱。列车停靠在眼前，很快又将往下一个站点。她跟着人群向前，走进了拥挤的车厢。许多人都提着大包小包，为将至的大禁制期做足囤粮的准备，恍如这是一节逃亡的末日列车。惠子原本也是到购物商场来采买家里那些耗完的日常用品和食物，如今却什么也没买到。列车的门，随着一串警示声缓缓关上。她一手抱着婴儿，一手拉着悬挂的吊环，随着列车一下子开动而跌了一步。车镜外面那些明晃的广告板开始流动，从眼前一晃而逝，但惠子其实并不真正知道她到底要去哪里。

总之，先离开这里再说吧。

然而要怎样才能在这座城市里藏匿起来，不被任何人发现呢？她在列车里，望着捷运的路线图，一个一个站牌的名字，如星星串联起来的星座。那些不同颜色的轨道，亦更像是，一道一道缝缝补补的，这座城市身上交错的伤疤。原本惠子也是在那伤疤上不断来回的人。生活不过就是不断重复的两点一线。然而此刻她抱着一个孩子，却感到无由的茫然。列车抵达了她日常下车的站点,但她却没有起身,仍坐在塑胶椅上,任由车门开了又关上了。她抬头看着那些熟悉的站名,却不曾到过的地方。她想,若就这样一直坐到最后一站,列车会把她带到哪里呢?

"为了女儿,我什么都做了。"惠子忧伤地说。

初期怀孕的那段时光,惠子曾经为了肚子里的孩子,不断地吃药、看医生。她已经过了三十五岁,嗯,其实都快四十了,早过了怀孕的黄金时间。一道明确的分界线,她的身体就被视为风雨飘摇的破船,必须堵住各种漏洞,才能承载得了身体之内的另一个生命。

惠子从诊所领回了一堆药。一向怕痛的她,竟然学会了在家里自己用针头打针。针尖刺入肚子的那刻,仍要咬着牙,把透明的药水注入身体里面。原本以为很痛,后来竟然也适应了那种被螫咬的恐惧和痛楚。针尖在肚子上留下了一枚一枚红色的细孔,好像被什么虫子咬过一样。只是那些注入体内的药物、激素和寄望,像小时候给洋娃娃喂水,不知最后流落到哪里,也许已经融化成了身体和记忆的一部分。

惠子曾经是那么执着地,希望拥有一个女儿。

她毅然签下了各种不同的人工受孕的配套,注射一种催谷排卵的激素，然后她必须忍受一整个月的浮胀感，想象小腹底下有一个管线复杂的机器，无日无夜地制造出一颗一颗、一颗一颗的卵。

惠子清楚知道这是一种透支，像是预先索取的时间。魔鬼交换，累积成债。原本依着身体的潮汐，每个月定时产生的卵，如今以一种快转的速度量产出来。大量从滤泡浮出的卵，像鼓胀着腹部的青蛙，堆满了自己的身体的每一处隙缝。有时，她甚至有一种这个身体好像已经不再属于自己了，那样忧伤而抽离的错觉。

惠子历经几次短暂的怀孕，却总是没有任何征兆地，那些催生之卵皆无法演化成形。它们长成了恍若蝌蚪那样幼小纤弱的形状，却像那些被弃绝自演化之树的生物，在某个无人知晓的时刻，停止了继续生长。那些胚胎皆来不及长出手脚，就像玻璃鱼缸里死去的小鱼那样，翻肚漂浮在子宫里面而慢慢变成灰色。而后来她才明白，身体这个容器，原来是有次限的。每一次药剂的催谷都在消耗着身体的使用次数。

为什么就是没有办法像正常的人一样去生育一个小孩呢？

惠子心底气馁而焦急。时间已经愈来愈少了。

时间已经愈来愈少了，莉莉卡。当我们走进拥挤的人群，总会有一种慢慢融化在人海之中的错觉。如何以一种血缘的方式，像系着一条红线，把两个分离的个体紧密牵连在一起？我们如何想象，从母体分裂出来的另一个生命，在每一个细胞之中，那像飘絮一样看不见的双螺旋体，隐藏着一串无法真正破译的密语，脆弱而又那么绝对，无可修改。它形塑了你现在的样子。

也许我们可以再想象一下，你刚出生的时候，尚皱着一张猴脸，厌光而哭号不止，旁边的人就煞有其事地说，啊幸好眼睛和鼻子长得跟妈妈一模一样，眉毛有一点爸爸的感觉……恍若他们一开始就认定了我们之间无由解脱的关联。

但我知道并不是这样的。

不是这样的。当这座城市毁灭之前，我匆匆将你从巨大的培养槽打捞起来（伴随着一种臭腥而混浊的液体流泻满地），你就已经是一个少女的模样。乳房的形状微微从身体浮出来，如果实未熟，以及腋下和阴部的纤毛，未曾修剪过，湿漉漉地紧贴着你的肌肤。对不起，莉莉卡，我错失了你从婴孩而至成长的过程。而你未知一切，尚沉睡梦中，眼球在薄薄的眼皮底快转滚动。

——你梦见了什么？你是否看见了时间长河的一瞬之光？

或许这就是人类文明发展至此，终于建构出来的复制时间的方式。那不是依托于影像和文字的复制法。那种古老且耗日费时的方法总是不免经过了人为的改造和虚构，而终究离开真实愈来愈远。而你诞生于精密的数据和科学的公式，一丝一毫都没有差错。你依着母体留下的DNA，被复制出了你现在的样貌、个性和思考的方式。所以你无由修改每一次面对的命运选择之岔路，必然要再一次经历同样的人生和记忆，以及时间轴上那已经重复了许多遍的毁灭时刻。

如同我们的时间总是一再一再重来。

所以我们还是要回到那节行驶的捷运车厢，嗯，或者我们必须把时间调得更早一点，回到那座拥挤的购物商场，以及那天明亮而抑郁的午后。

午后惠子一个人来到这座购物商场。她拎着商场的塑胶菜篮，站在蔬果区的冷冻柜前面，冰凉的冷气从隙缝吹出来，似乎直透心窝。但架子上却什么也没有了。或许还有的，就剩下了那些发黄脱落出来的菜叶，散散落落，干瘪、发了芽的马铃薯，以及瓶瓶罐罐不能真正当作粮食的酱料和调味品。人们正在抢购一切可以抢购的东西。惠子心想，似乎还是来迟了。新闻已经连续报道了几天，但她不曾想象原本干净明亮的购物商场，此刻凌乱、吵嚷而无序。收银处站满了排队而焦躁不安的人。每个人的手推车里都挤满了高高欲坠的货品，像是预知暴雨的蚂蚁，要把商场里的东西都搬空一样。

原本并不是这样的。原本这座巨大的购物商场就像人类文明最光亮而夸耀的展示之地。那些巨大的广告光板和时尚潮牌的名字，那些生活精品店、健身中心、连锁咖啡馆、电影院、中西式餐厅、有机蔬果、百货……一层一层堆叠成了虚浮的消费巨塔。一切这么浮华又这么相似，让她一度错觉了这就是城市生活的全貌。

自从在这座城市定居下来，生活已经和购物商场分不开。搭捷运来这里很方便，惠子会在这里买衣服、吃饭、看电影。有时，她会为了犒赏自己而买大杯的台湾珍珠奶茶，一边啜着吸管一边坐在三楼的休憩椅上，俯瞰着那些溜冰的人，一直到整杯奶茶喝完。

商场的正中央是一座巨大的溜冰场，眼下那些在冰上疾行的人形寸缩成指尖大小，在那块白色的冰上滑来滑去。有些人笨拙又胆怯地屈着身体，才迈开一步就跌坐在地，却又那么开心地笑着。偶尔也会见到，训练有素的溜冰好手，像一只燕子一样在那些人群里穿梭、跳跃、飞身旋转，绑在脑后的马尾高高地扬起，脚下的冰刀在冰块上划出一道一道半弧的轨迹。

惠子觉得那之中有一种抚过丝绸那样的柔美。从楼上看去那座溜冰场，有时就像一个巨大无比的冰块，所有人都在上面兜着圈子，恍如没有终点一样。她喜欢坐在那里看着那些溜冰的人，却不曾想过下去溜冰场，试一试让整个身体失去平衡的感觉。

莉莉卡，我们如何想象呢，那座溜冰场后来在大瘟疫时期，变成了停放尸体的所在。他们用塑胶布把死去的病人包裹起来，就一个一个摆放在那巨大的冰块上面，等待埋葬。低温可以延长腐坏的时间。但许多年后，即使所有的尸体都搬走、焚化了，人们却总是还可以在那个无人的溜冰场，看见那些滞留于此的幽魂，依旧冷得抖索，在冰块上来回走着，从口鼻呼出一团一团的白气……

在末日来临之前，没有人可以预知这些。一如惠子常常在商场的那些货架之间徘徊，亦时常茫然忘记了自己真正想买的到底是什么。

只是当她站在商场摆卖零食的货架之前，看着超现实的一排排紫红鲜艳的包装，那些国外进口的薯片和巧克力，心底仍偶然会想起小时候老街上的那间杂货店。她记得那间老店门口会摆着一整排的铁方桶。方桶上有一块玻璃，可以透视铁桶内的那些零食和饼干，诱惑经过的小童。

惠子记得只要走进那间老旧的杂货店，就会有各种不同的气味袭来。米粒的味道，是一种粉粉而微刺着鼻腔的气味；虾米或江鱼仔的咸腥，间夹着洗衣粉那种微微刺鼻的化学味……所有气味搓揉成了一种记忆，纯然属于感官的，不知什么时候已牢牢吸附在脑纹间，怎样也擦拭不去。但奇怪的是，当她站在那明亮的商场里，却完全都闻不到一点记忆中的那些气味。仿佛这里并没有摆售任何的记忆。后来她才发现，也许是因为这里的所有东西，都用了一层层的保鲜薄膜隔绝密封起来了。所有东西都贴上赏味时限的日期——

像是不同时速运转的时钟，一切的事物都在这里倒数计时。

莉莉卡，瘟疫在这座城市蔓延开来之后，所有人都躲藏在公寓里面，透过紧闭的窗口仰望着日月的更迭，数算日渐吃完的罐头和泡面。没有人再走进这座巨大的购物商场了。平日永远找不到车位的地下停车场，如今只剩下一根一根矗立的巨柱，像是古老而神秘的巨石阵。你若走在那里，洞空的回音会一直荡漾不绝。但非常怪异的，那段时日虽然商场里头的店面紧闭，走廊空荡，然而所有的灯光却依旧通明。像是所有人都忘记了把灯关掉。巨大的荧幕仍轮播着年中折扣的广告，以及在橱窗里，那些站着的假人模特儿，还穿着当季的流行潮服，维持着永恒的姿势。

一个人都没有。

明亮的光照底下，这里恍如就是人类文明的巨大的坟场。那些名牌店的皮制包包和鞋子，因为失去了冷气吹拂，长时间暴露在潮湿闷热的展示台上，而长满了灰白的霉菌。这些霉菌日渐增生、蔓延，愈积愈厚，而慢慢覆盖在那些墙壁、柱子之上，慢慢把整座商场都敷上了冬雪一样的白色。

但一开始没有人会预想到这些。我们若回到瘟疫末日之前，将会在商场的人群之中看见惠子。看见她几乎是被推挤一样，踉跄走出了冷冻食品部。但她的购物袋里空空的，什么都没有买到。

惠子低着头，走向商场的厕所，泄气地看见女厕门口也在排着长龙。

那些女人如湖畔的水鸟一样，站成一列。她们的脸妆脱了粉，露出蛛网细纹。她们隐然有些不耐烦，却仍努力保持着优雅，低头玩弄手机。女厕旁边是一个育婴室，挂了一个母亲抱着小婴孩的图示。那是商场贴心地让妈妈们可以给宝宝换尿布或哺乳的小隔间。惠子不曾走进过那神秘的门后，无从想象里头是什么样子的。那扇门紧闭着，而无人在前面等候。她刚好站在那里，正在认真考虑到下一层楼的厕所还是继续等待下去，那一刻，育婴室的门却从里面往外推开了。

一个少女从那扇门后露出来一张脸。少女的脸色很苍白，清清秀秀的短发，刘海却都汗湿，紧贴在额前。那个女孩紧皱着眉头，仿佛生病一样。女孩和惠子对了一眼，就逃离她的注目，转身走开了。惠子回过头，看着少女扶着墙，拖着脚步慢慢走远。但那幕情境里似乎少了什么。她才想，少女一个人走出来，却没有带着小孩。惠子看着育婴室虚掩的门，心想里头应该也有厕所吧。

育婴室的门缝间透出了暖色的光。惠子瞄了瞄里面，墙壁和洗手台皆被涂成粉色，画了卡通动物和树木。但她听见流水不歇的声音，不断从里头传出来。怎么竟连水都不关。她站在队伍中，那门伸手可及，想了想，终究还是推了门进去。

地板都是水渍，让惠子差点滑了一跤。她扶着洗手台走了几步，先是闻到一股陌生又熟悉的腥臭气味，像是小时候大人在厨房里杀鸡，被割喉的鸡仍跑跳着把自己的血喷得到处都是的那种铁锈一样的味道。水从洗手槽不断流淌出来。惠子伸手想把水喉关紧，却吓了一跳。

那满溢的水槽之中，载浮载沉着一个婴孩。

是刚才那个少女的孩子吗？刚才一进门并没有看见，那个初生的女婴沉在水面下。混着血液的水，是一种怪异的淡红色，已经淹过了婴孩的鼻嘴，几枚气泡挂在鼻孔上。那婴孩一动也不动，肚子鼓鼓的，上面还牵着一条长长的脐带。水里小小的身体，稀疏幼细的头发像藻类一样在水中漂荡着。婴孩的眼睛紧闭着，薄薄的嘴唇却微微张开，像只是睡着，像不知自己已经降生于此，仿佛还沉溺在子宫羊水的梦中。

惠子慌慌张张伸手把那孩子从水中捞出来，不顾水滴溅了一身。她把婴孩放在原本用来换尿片的小平台上，婴孩身上还留着一层剥落如蛋膜的胎衣，脐带垂挂半空。那孩子恍若无骨地瘫软躺着，头歪过一边，水从鼻孔和小嘴流出来。那柔软的身体失去了温度，摸起来冷冰冰的。她轻拍着婴孩的胸脯，搓揉小小的手。

有一刻，惠子似乎感觉到那小手握紧了一下。或许并不是错觉。她脱下了披巾，把婴孩包裹起来，然后抱在怀里。隔着披巾，惠子不断来回擦着小孩的背，想用自己的体温把小孩唤醒。但那怀里软绵绵的身体，似乎再没有任何动静。

"求求你活下去——"

惠子把孩子抱得更紧了。

惠子在那小小的育婴室里，一直抱着那个冷冰的女婴。有一瞬间，四周的景物柔柔地融化，坍塌下来，仿佛她又再一次回到了童年最初的那个房间。她一个人在窗下搂着洋娃娃，想象那是一个真的女儿（虽然她的岁数也没有大那娃娃多少）。而她在那个房间里扮演一个母亲。四岁的她用一条小手巾敷在娃娃的额头上，想象她自己正在照顾一个生病发烧的孩子。那个洋娃娃的双眼半开半闭，微张开口。她说，小贝比，别担心，你会好起来的。

如今回想起来，那个单人剧场，总有一种处在真实与虚构边缘的模糊柔光感。那个娃娃身上衣服的颜色和质感，金色的发丝穿过指缝间的感觉，一切都那么真实，历历在目。那是惠子此生珍惜的最初的记忆。虽然她知道她也只是在模仿大人的动作和语气而已。她亦知道，只要不走出那个房间，她就可以在那段记忆之中一直扮演下去，一个永远的母亲。

但此刻惠子感觉到怀抱中那个被人遗弃的初生孩子，竟然远远比一个洋娃娃还要沉重。而且婴儿的肌肤触感，也和硬邦邦的塑胶完全不一样。

原来一直都不曾知道，抱着一个真正的孩子是这样的感觉。

惠子望了望育婴室的四周，那狭小的育婴室，刻意布置成孩子气的氛围，装饰成一片雨林的模样。墙上画了整排的树木。树林里有着各种卡通小动物，以及"B for Bird""E for Elephant""M for Monkey"等英文。这是一座房间里的雨林啊。这里的一切，仿佛和整个时尚、华丽的商场都格格不人，只要关上门，就像是一个与眼前现实无关的结界。

但无人知晓此刻里头发生了什么。育婴室的房门紧紧关着，隔绝了外面的所有声音。没有人再伸手把房间的门打开。有一刻，惠子蹲在湿淋淋的瓷砖地上，眼泪禁不住一直落下来。她看着水渍倒映着破碎的自己，心底祈求，她愿意倾注自己的一切来交换怀里那渐渐流失的生命。她也不知为什么自己会这样想。她一瞬就决定了，要把这个被遗弃的小孩，当成自己的女儿。

"所以，求求你。求求你一定要活下去。"

你一定要活下去，莉莉卡。你会是这个城市最后的幸存者，还是最后一个把灯光捻熄的人？我们难道必须这样，一再把时间不断地按停又重来？像那似乎永远不会真正停下来的捷运列车，在轨道上不断来回相同的路线。一切都只是在重复而已。一如你此刻坐在那节车厢里，就坐在惠子的对面，看着她仍抱着那个披巾层层裹住的孩子。

没有人知道惠子怀里的小孩，已经渐渐失去了温热，紧闭的眼睛像是沉陷长长的梦中。列车发出快速行驶的呼啸，掩盖了水滴一直从她的座位滴落下来的声音。也没有人注意到，那灰蓝色的脐带，不小心从怀里掉出来一截。一枚一枚水滴，永无止境地，一直从婴孩身体的各处溢漏，潮湿了惠子的衣裙。惠子仿佛感觉到那个孩子在她手中愈来愈轻了。

不知已经坐了多久，惠子已经无从数算列车在同一条航线上到底来回多少次了。从她坐上这趟捷运开始，她就不曾下车。列车重复一样的路线，车窗的风景冒现又消失、消失又一下浮现出来，不断地顺行和倒叙。

搭客在不同的站点上车下车，在狭小的车厢里互相推挤至难以呼吸，却又在下一瞬间完全退潮而去。惠子仍坐在同样的座位。她坐得够久了，久得可以察觉到行驶的列车一如时间的潮汐。她微微地随着列车运行而晃动。捷运开出了隧道，窗外的景色从日光耀眼的午后，慢慢地暗去，一整片油画晕染成紫红色那般的晚霞，细碎的云底下，城市变成长长如齿的剪影，一直到阳光完全落幕，那些楼宇的灯光一枚一枚亮起如天上星光。

终于来到今天最后一班车的终末时间，都已经是午夜了。列车放慢了速度，缓缓停靠在最后一站的月台上，就不再往回走了。所有车厢的门都敞开着，一个打瞌睡的男人这时才醒来，举目四周，恍恍不知自己身在何处，低着头走了。

惠子是这节车厢里的最后一名乘客。此刻车厢一片寂静，终究还是抵达了时间的终点，不得不下车。

惠子抱着小孩站了起来，小腿有些麻麻的，扶着钢柱站了一阵，才走出车厢。跨出一步，踩上坚固的地面，却有些虚虚浮浮的感觉。她望去周遭，皆然陌生。她不曾来过这个捷运站，只能依着出口的指示牌往前走。这样的深夜时刻，巨大的捷运终站仍然一片通亮，却没有看见其他人，也不知刚才那个睡过站的男人走去哪里了。惠子在捷运站里寻找着出口，如置身地底迷宫，拐了个弯又拐了个弯。她的鞋跟在瓷砖地板上不断敲出脚步声，像是时钟行走的声音，咯嗒咯嗒，在空荡的捷运站里格外清晰。

到底所有人都去了哪里呢？惠子不曾知道午夜的捷运站竟然如此安静。此刻却只有她一个人。她走了很久，终于找到从地底伸向地面的电扶梯。那道电扶梯非常非常地长，几乎看不见彼端。夜里一切似乎都是静止的。她原以为电扶梯已经关了电，心想一步一步走上去到底要多费力。走近一些，那电扶梯似乎感应了她的存在，先是马达运转的声音，那长长的黑色梯级就突然动了起来。

惠子一踩上阶梯就不由自主地被带着往上升。那画面被一道笔直的对角线分割成对倒的三角形，而她抱着一个婴孩，从线的底端慢慢移向顶端。但电扶梯太长了，时间也一样，一切都显得那么漫无止境。她站在电扶梯上想了很多事，任由自己被带到未知的出口。

第十二个房间　房间的雨林

当惠子终于走出捷运站，却愕然于眼前的景物，已经全然不是自己所想象的样子了。

惠子向前踏了一步，似乎以为自己走进了一座幽深的丛林。她的身后是捷运出口的灯光，眼前却是一幅树木和藤蔓繁复交错的景象。茂密的树叶似乎连天空也都遮蔽了，但现在是午夜时分，抬头也仅是一片分辨不出方向的漆暗。但她可以清楚听见虫鸣间夹着不知什么鸟兽的叫声，在这座丛林之中此起彼落。

回过头，捷运站出口的灯光似乎更远了。惠子从来没有来过这里。这是捷运线的最后一站，也许列车已经把她带到远离城市的所在。然而在那些粗壮的植物枝叶层层覆盖底下，又似乎可以辨识出一座城市的样子——那是灯柱、安全岛和废弃的车子，此刻都寄生着密密麻麻的蕨类，远处的公寓大楼亦然，像是原有的棱角皆被什么削抹去，徒留了模模糊糊的样子。

所以，她坐在列车的那段漫长时间里，这座城市已经变成了一座雨林了吗？

也许那更像是一个走不出来的梦境。一如那潮湿而水流不止的育婴室，那墙上描绘的雨林之景，此刻仍深印在她的记忆之中。

惠子想起了其实自己早就身处在雨林之中。

她想起那一年她随着父母搬家,初来到这座城市,却因为在三个多小时车程的长途巴士上晕车而昏眩不止。当巴士拐了不知多少个弯,终于开进了繁华吵嚷的都心,她侧过头,隔着车窗,却非常魔幻地看见一堵很长很长的围墙上,画着一幅雨林的景象,延绵到看不见的远处。

那是她第一次进入这个城市,让她讶异不已的情景。许久之后惠子才知道,那是一座巨大的监狱。那些雨林的壁画是监狱的囚犯们在放风的时候,耗费了漫长时光,用漆料一笔一笔画出来的。那围墙上的热带丛林的景象,写实而逼真,从树干的纹理而至树叶的叶脉皆精心绘制出来。

然而那些灌木、树藤、小溪和青苔满布的石头,却是那么地和周遭大楼林立的景物格格不入。为什么在城市最繁华的都心地带,会矗立着一座监狱呢?为什么那些失去自由之人,要在禁锢他们的围墙上画一座雨林?

惠子始终没有得到任何答案。那座从英国殖民时期留下至今的监狱,已经一百多年,后来被空置许久,像一个历史的痂,不讨喜地占据在这城市最昂贵的地段。而随着时间和风雨冲刷,墙上的壁画一点一点地剥落,仿佛树叶慢慢凋零,露出底下的粉蓝的墙色。也没有人知道那些囚犯后来去了哪里。

每次经过那座巨大而废弃的监狱，惠子都想从那门缝或窗孔窥看里头到底有什么，却什么也看不到。再过了几年，因为都更计划，那座监狱连着壁画的围墙都被推倒，拆除殆尽。而满目疮痍的地方，重新换上了深蓝色的工地围墙，日夜添砖加瓦，砌成了崭新宏伟的现代大楼。

惠子却一直没忘记那围墙上的雨林壁画，那繁茂的树木，像一个预言。仿佛眼前的一切皆不长久，终究要消解、回归到这片雨林之中。所有的事物，都将再一次被绿色的枝叶一点一点地围困起来。

或许此刻惠子仍困陷在那房间的雨林而恍恍不知。或许她一直都没有离开过那个育婴室。但她手里抱着一个冰冷的婴孩，仍垂挂着一条连通这个世界的脐带。她知道，即使是梦境，她也必须再往前走。

惠子不知走了多久，树叶遮蔽星月。她拨开巨大的阔叶植物，而眼前的树林景象似乎格外厚重，层层叠叠的浓绿色，像是肌理堆叠的油画。草叶在她的小腿上划了细细的刮痕，她的裙角沾满了带着尖刺的种子。

眼前妖异的绿色，恍若行云，似乎变幻不止，或者可以任意诠释成各种意义：那些藤蔓如枯槁的人体，那些野芋的阔叶如猫的脸。她在那幽深的丛林中，看见羊齿螺旋的嫩芽如蜷缩的少年，树皮如满脸忧愁的老人。他们的身上皆敷满青苔和雨露，如纠结斑斑的伤害和爱。

惠子开始觉得自己只是走在一个梦之集散的地方。那非常像是，住在公寓的时候，她掀开窗帘偷窥对面那座公寓，一整面窗子，在不同的房间之中凝固而木然的人类。

惠子回过头，已经找不回来时的路途了。她今天原只是想出门买点东西，什么也没有交代。家里还有挂念的猫和人，但她似乎已经回不去了。她已经走了多久呢？惠子自己也不知道。时间于此似乎是无效的。此刻，她听见了风吹动树叶的声音，抬头看见树的针叶缓缓地晃动。她似乎隐约听见了海潮的一阵一阵的声音。

这里是尽头了吗？

眼前的树林间，出现了绿色的光点。惠子一开始以为是什么动物的眼睛，然而却不是。那忽明忽灭的光点，在她面前摇晃摇晃，徘徊不去。后来又冒现了第二颗、第三颗、第四颗……渐渐周围都是点点明灭的光，一挥手那些光点亦随着轻微的气流而飞散，慢慢又聚拢在一起。有一枚光，轻轻停靠在裹着婴孩的披巾上，照亮了一小寸的方圆，她这才看清楚了，那是一只萤火虫。那昆虫的尾巴闪烁着一小点淡绿色的微光。微光如呼吸的频率，重复地亮起又消失，就如此贴着她而不再飞走了。

惠子在那一刻停下了脚步,轻轻地掀开暗红色的披巾,对着尚在沉睡的女儿说:"你看。"

她指向的远方,夜暗幽深的树林之中,千千万万的萤火虫在飞舞着,像是繁星闪动,像是许久未见的晴朗夜空,铺着一条蜿蜒而耀眼的银河。

莉莉卡,你看,一如许多年以后,我们并肩站在这里,看着毫无城市光害的夜空,而错觉了星星离我们太近,近得要掉落下来一样。

我们的眼前是辽阔的海,身后是一整片的防风林,针叶随着风而缓缓地晃动,发出一种呼应着海浪的沙沙声。这里是半岛的最南端,临海的岬角。这里就是我小时候,父亲曾经想带我来而终究没有抵达的,世界的尽头。

我记得,许多年以前,父亲开车载着我,迷失在地图上的转角。地图的标记和现实的景物再也叠合不起来。天空已经慢慢暗下来了,父亲似乎终于放弃了他的坚持,颓然把车停在公路旁。从车窗外,可以看见树木遮蔽之后面,有一片海。海的颜色是一种灰褐色。我们下了车,傍晚的海风吹乱了头发。父亲蹲在潮湿的草地上抽烟,任由我一个人在海水退潮的烂泥地上玩耍,追着海滩上的那些小螃蟹。那些小螃蟹遇见任何动静，都会快速地窜逃，遁入泥地上的密密麻麻的孔洞里。

我记得，我踩在温热而腥臭的海滩烂泥里，发现了一种奇怪的生物。它们零零落落地趴在泥地上，像是搁浅在岸上的鱼，瞪大着双眼，鼓鼓地吹胀着它们的鳃帮。它们划动胸鳍笨拙地寸进前行。我叫父亲来看，叫了好几声，父亲才走过来，低头看了一眼，似乎一点都不稀奇地对我说，那是弹涂鱼啦。

父亲说，很久很久以前，这些丑陋的小鱼从海水里探出头来，一步一步地试探海之彼端的陆地。它们学习脱水而行，渐渐地，渐渐地，鳍变成脚，鳃换成肺，陆地上才开始有了各种动物。我疑惑而不可置信地看着父亲。而父亲望着远处的海平线，吐出了一团呛鼻的烟雾，说——

然后这些鱼就变成了我们。

为什么会和你说起这些？莉莉卡，我原本想对你说的，难道不是一个关于诞生的故事吗？然而我们却一再迷失在回忆的纹路之中。我以为我可以依循这些零星而松散的线索找回那些自生命中失散的人。但我们在这趟不断逃亡、不断兜圈子的旅程中，来到这片半岛的终端，终究再无处可去了。

第十二个房间　房间的雨林　| 347

沿途上，我似乎也已经快把自己的故事说完了。一如车子终于还是耗尽了汽油，抛锚在乡野的小路边。我们把车子丢下，整理了最后的口粮、食水，背在身上，徒步了许久，穿过了浓密的防风林，才来到这座岬角。岬角有一座巨大的灯塔，在无人的深夜里仍回旋着光。光如一根银针，重复刺向无垠的夜空。

莉莉卡，你第一次看见这片辽阔的海。

这是我仅能给你的，最美的风景。

海浪在星空下重复拍打相同的节奏，远处有新月映照的波光。你似乎对眼前一切都感到好奇。你攀过岸边岩石，脱下了鞋子，试探地赤脚踩进了海水。海水尚留着白天曝晒之后的一丝余温，是一种让人舒服的温度。你走进了海，像个孩子似的，欢快地伸手拨弄海水，把一整片的海水都拨成了粼光碎影。

我们连着几天赶路，我已疲累不堪。我坐在岸边，远远地看你。莉莉卡，有一瞬间，我以为你会一个人往海的深处愈走愈远，矮身一跃，如一尾海豚那样，背映着月光，消失在水平线之下。但你只是站在那里，海水齐腰，你的身影变得远远的、小小的。此刻，在一整片的星空之下，我看见你转过身，用力地对我挥舞着双手。

仿佛召唤着我，又仿佛在向我告别。

后记

看不见的女儿，以及看不见的父亲

曾经有一段漫长的时间，像电视上不断重播的影片，我和W总是并肩而坐，在那间明亮的诊所里等待叫号。那白色的场景，硬邦邦的塑胶椅上，坐着互不认识，却似乎都漂浮在相同情境之中的人们——给公司请了半天假，仍穿着上班套装打开笔电的女人；化了妆而抱着名牌包包的少妇，或者一对臃胖的中年夫妻，无语而相依地打起瞌睡……似乎在那里，每个人都等候了太长的时间，而常常挂着一种被磨蚀的，空洞、抽离的表情。我总是擅自把那幕情境想象成科幻剧某些常见的场景，那巨大废车场一样的地方，弃置着那些瑕疵处处的机器人，战损的、断手缺脚的报废品——

那些候诊的人皆是不孕者。失去延续基因能力的人类，仍苦求各种人工的技法，奢望制造出一个生命。

不知为什么，在我身处的年代，那样的人真是太多了。

我总是在诊所里排号而至整个上午的时间都虚掷而逝。终于轮到我的时候，却又因为坐得太久而整个人虚虚浮浮的，任由护士引领到那个隐蔽而狭小的房间里——呃，是的，你必须一个人待在里面，把尚留着体温的白浊液体灌进塑胶小罐子里，从一扇小暗窗，传递到另一头看不见全景的实验室里。

如今回想起来，那些小房间并排而像时钟旅馆的排列方式，而且隔音其实并不好，我会听见护士在门外闲聊午饭要吃什么，或者隔壁房间的另一个人扭开水喉洗手的声音。而我独自被留在那个房间里面，坐在幽暗灯光底下，看着小电视机播放着消音的欧美 A 片（呃，为了让你比较容易进入状况？）。总是在那幽暗的时刻，我会想起少年时候的自己，也曾经如此孤单地，把自己反锁在跟弟弟共用的睡房，企图把整个世界锁在门外；或是一个人蹲在学校污脏的厕所隔间里，盯着墙上莫名其妙五爪划过的褐色屎痕，无望而贪恋地，重复相同的动作——

那随即就哗啦啦跟着马桶水一齐冲掉的，或者在卫生纸上干涸成鼻涕化石那样的，无效的时光。

一如房间里那扇小暗窗的后面，科幻电影般的实验室里，冒着冰雾的低温冰箱塞满了一排一排试管，里头皆是陷入了永冻休眠的人类之卵。它们在某个时刻停止了细胞分裂，停留在初生萌发的一刻——那似乎是人类以执念发明出来的，将时间按停的其中一种方法。我亦忍不住想象那些看不见的细胞核之中，皆携带着螺旋状的一句密语，如书页里夹着一张留言字条，等待有人把它揭晓。

但我始终没有成为一个父亲。

多年以前曾经在小说中任意搬弄的情节，一对年轻的夫妻陷入无限寂静的时光，如今却像是该死的预言。那些小说情节仿佛穿透了一层看不见的薄膜而渗透到现实中来。现实中的我，后来站在简陋的医院病床边，目睹医生用钳形夹从W之膣中夹出了血淋淋之肉块，那未及成形即夭折的人类胎儿。或许从那一刻开始，我和W都觉得无法再这样继续了。不想再重来，那些按表操课的步骤，永远不能理解的缩写英文名词，以及那月历上画满的圈圈叉叉……那一段孵梦的旅程，经历了好几年，就这样结束了。

这段虚无之旅程，我知道W其实承受的伤痛，远远比我多了太多。

但有时候我仍会独自想象，比如在脸书上看见同辈朋友们晒娃的照片，或者无意间在跳转电视台的时候看到的那些电视剧或电影——《请回答1988》、是枝裕和的《海街日记》，或索菲亚·科波拉的《在某处》……那样的时候，我会偷偷想象，如果我有一个女儿的话，我将如何向她描述我身处的，这个紊乱又灿烂的世界？会由我教她认字，握笔写下自己的姓名吗？或者，我会将我所知道的一切知识和技艺，一点一点地告诉她？

但有什么总是在这里就断裂了。

一如我沉默的父亲，曾经在多年以前，下班的午后，仍穿着汗臭的衬衫而兴致勃勃地要教我打乒乓球。我的记忆里此刻仍可以听见乒乓球弹跳的声音。想起那时的父亲，应该就是我现在的岁数吧。而我在那情境中还是少年。我们各据着乒乓桌的两端，握着球拍，互相叩击着那刁钻的白色小球，发出一种节奏重复而清脆的声响。但那时的我，其实并不耐烦那永无止境的基础练习，只期盼打球的时间早一点过去。而我的父亲，却总带着一种想掩饰起来，但似乎是当时的我所不能理解的疲惫感。

我始终没有从父亲身上继承乒乓球的各种技巧。更多珍贵的经验，已经随着时光而恍恍失传。如果我真的拥有一个女儿的话，我可以告诉她什么而不令她觉得无聊而厌烦呢？然而我努力从少年记忆中考古挖掘出来的，似乎也只能是日本动画片、古老的电脑游戏和那些褪色消失的老街之景。那些曾经任我虚掷的时间此刻皆如玻璃碎片，如河上之光闪闪烁烁。

那些时间留下的细节琐碎而无用，不曾看懂它们在未来所指涉的意义。一如一座城市地图缩影般的电路板，或者大学时的艺用解剖学课本，必须一一死背皮肤之下的肌束和骨头的名字，却无从明白生命运转的方式。

后来我才明白，我以为我在小说里虚构出了一个女儿，或许，其实我只是贪恋于扮演着想象的父亲——可以任意切换着不同角色的，复数的父亲。

我也曾经想过，若在科幻故事那样的平行时空里，一切皆如预想那样，真的有一个女儿在过去的一刻哇哇诞生，那我会不会如同那些忙着生儿育女的朋友，成日被淹没在把屎把尿、喂奶、换尿片，长期严重睡眠不足的恍惚之中，而终于决定放弃继续写完这耗费时日而漫漫无期，且似乎也换不了多少实质回报的小说。

所以这本小说的完成，其实有点像是钢之炼金术士的等价交换——以看不见的女儿，换取了一个情节零散的故事。

如你知道，后来瘟疫来袭。末日隐喻的现实的各种细节，因为身陷其中，而显得太过切身和巨大，也不免就这样渗进了小说里——城里之人倾巢而出抢购粮食和卫生纸，然而明亮又现代感的购物商场却又在下一刻就空无一人。每个人在隔离时期禁锁于房间里，凝视着孤独，侧耳倾听隔壁房间的声音。以及漫长无边的孤单时刻，面对巨大灾难的各种想象和恐惧……

我在瘟疫失控的国度，把自己关在房间里面变成无比合理的事。如吐丝作茧之虫类，我每天在固定的时间里写字，一天却只能以一千多字的进度匍匐而行。每每是日光倾斜而知当下的时刻，望出窗外，是对面的另一扇窗，相隔很近。窗子里是一家印度人，有时他们为了通风，会把窗子打开一道缝，我就会听见和笔下的小说情节格格不入的印度歌曲。那一阵子，不知为什么，在浮躁而寂静的城市顶上，天空常常出现异常绚丽的夕阳和云彩。

我有时不禁会想象眼前这一切，因为一场疾病而毁灭的模样。

那些原本深藏在不同房间里暗涌的故事，会不会像草地的石块被突然掀开一样，那些人类的贪婪、幻梦、败德和美好，皆如突然裸露在日光底的虫蚁，仓皇逃散，或者隐匿在更深的梦境皱褶之中。也许到最后，像倾斜的积木而无人可以扶持，这座城市就这样无声而绚烂地倒下了。我这时才有些不可告人的侥幸——亲爱的，你无须目睹我身处的这个世界，其实这样也没有什么不好。

小说是虚构的，因瘟疫而不断攀升的死亡数字是真实的。小说是虚构的,而孤独必须是真实的。我在这段漫长的写作过程中,一直想象着我牵着一个看不见的女儿,可能已经是十二三岁的少女模样,会开始和我赌气、抵抗,而我们两人身处这座颓坏的无人之城亦如梦游一样。我开着一辆烂车,依着和所有人相反方向的路线,开展了我们的公路旅行……

或许我原来想写的其实是一篇关于逃亡的故事,赶在一切消亡之前。

又或许,我只是在重复一段早已演练过的路程而已。

我记得父亲过世之后,我曾经在一场梦中跟随着他,回到他出生的乡下。我对那处地方其实仍有着童年印象。那是一幢非常老旧的店屋,是我阿公留下的杂货店。那里恒常停留幽暗的光度,而且充满着各种干货混杂起来的气味。小时候,我对那杂货店里的一切都感到好奇,我会偷偷把整只手臂埋进米袋里而引来大人责骂。但那时的老店已是迟暮了。我长大之后就不曾再回去那里。而现实之中,那间杂货店在多年后的一天,被熊熊烈火吞噬,彼时已经没有人住在里面了。

梦中的我坐在父亲的车上,从车窗看去那童年记忆的原址,如今却只剩下被火熏成黑色的梁柱。木造的门窗、楼梯皆只剩下炭条。原本幽暗的店铺,因为屋顶都没了而充满阳光——那里真的什么都没有了。父亲停下了车。我跟在父亲的身后,踩进那座废墟之中。

在那荒芜的情景里,父亲叨叨絮絮地告诉了我很多他留在这里的往事。似乎是眼前的一切已皆然颓败,而必须以更多的故事去充塞那空洞的现实。但我发现,在那处处破绽之中,比故事更早一步占据了全景的,却是各种不同的荒草和蕨类。那些绿色的植物,在人类离弃的时间里,它们无声而坚毅地在这里发芽、扎根,从零星的枝叶慢慢衍生出更多的枝叶,终于慢慢地把整个流失意义的空间占据成一座丛林。

我站在那失去了原有形状的废墟里,不明白父亲载着我回到这里的原因。突然听见细微而尖锐的叫声,草丛的绿叶颤动,走出了几只蹒跚学步的幼猫。那些小猫各自拥有不同的毛色,眼睛都是灰色的。它们似乎不曾见过人类,好奇而无惧,对着我和父亲呦叫,小小的肚子起伏如风箱。

父亲蹲了下来,说:"看起来都还不到一个月大呢。"

那群猫崽似乎无有父母,好像本来就是从那座弃置的废墟中孕育出来的。它们彼此打闹着,追扑着草丛之间闪现的小灰蝶。我在那框破败又生气盎然的情景之中,仿佛站在过去和未来的交界。回头看父亲,父亲却往更深处走去了。他的背影渐渐隐没在草丛之中,像一枚枯黄的落叶,融进了一整片斑驳、深邃的绿色里。

评论

虚构的真实

◎施慧敏

我想,我不是万辉这本小说的理想读者。整部小说里为了加深情境而出现的元素,比如电脑游戏、线上直播、偶像选秀节目、COSPLAY、宝可梦手游等,我甚少接触而未必能掌握其中的寓意;但他一以贯之缓慢的叙述节奏,日式的主人公名字,透过受创的情节,推进一个抒情隐喻、封闭自转的风格世界,我却又极为熟悉。

这本小说我视为之前的短篇《无限寂静的时光》的承接与变异,因着篇幅拉长,采用了交替叙事和跳跃的非时序组合,结构前后呼应,显然可见作者愈发纯熟的技艺。原本塌毁房子中沉睡的妻,却在满目疮痍的大疫之年离家出走;一如每个章节中的房间,或许也是《隔壁的房间》的续写与覆盖,阿鲁已经衰老,死去的哥哥却成为马共突击队员,遗留在一座荒弃的大楼层底。不再拾荒的阿鲁,也不再对流逝的人事喃喃自语:"我记得……"他变成宝可梦老人,收服肉眼看不见的幻兽,最后还看到了巨如神祇的少女,可能是儿子直树的变身。

因此可知,在写作上,无论是题材或表述,万辉大致建立了自己的叙述系统,而后在其中不断地延伸/衍生。即使人到中年,生活结构改变,刻刀一样的日常避无可避地劈下来,但在叙事上,他还是以交错的轨迹铺写伤害,以魔幻来摹写城市的末世景观。换言之,多年来他的系统在面对"这个比哥斯拉怪兽还巨大的现实"之时,仍然不妥协地采取了一个能指相对于它的所指与所指物,始终不断滑落与错认的表达,这也意味着他直面的从来不是当下的政治社会的现实,而是在资本主义流行次文化中更能体现人心的"真实"。

小说从一场漫游开始,逃亡般的父亲带着童年的"我"辗转一家又一家廉价的旅馆;中年的"我"又带着一个现代科技的人造女儿,到访一个又一个谜样的房间,其实都是不言而喻的时光象征,以及逃离/重返创伤的情境。当"我"

穿梭在一个又一个被打开的房间,就是尝试透过场景、时刻、细节,揭开被遮蔽的记忆,道出深藏的、尚未治愈的伤痛,有点类似于精神分析里的 Screen Memory 的状态。所以"我"不再强调"我记得",而是犹豫地说出:"我其实并没有把握……""记忆总是不牢靠的。"同时一再质疑:"我们的记忆,是否也有虚拟与真实的叠影?"于是"我"回返现场,目睹命定的时刻:"我们那时并不能预知这些。"可是有些什么已经无法召唤回来,反而在时光中蔓生、层叠、分岔出去,而变成"只要一开始就没有办法阻止了",无从修改并且逐步崩坏的现实。"我"只能绝望于"没有人伸手将时间按停",甚至卑微乞求:"可不可以让我们再重来一次?""就再一次,好吗?"谁也无法挪动时间的枢纽,将事件停格、往前、倒带、放慢、快转或暂停,回到关键的那一刻。

这就是小说中不断诘问的"无人知晓的开端",究竟贪欢、背叛、败德和伤害是怎么发生的?就只是一个小盒子的小螺丝,像蝴蝶的翅膀、骨牌的效应,一瞬间却引起了地震,或者太空梭的爆炸。

这个"无人知晓的开端",在抒情化散文式的叙述里,有着漫长的时间跨度。"我"预先叙述、回顾叙述、预先中的回顾叙述、回顾中的预先叙述、重叙与倒叙……"叙述时间"（Narrative Time）和"故事时间"（Story Time）的差异，正好用来为混乱的、缄默的"事件"赋予形体，突显出由感官本能、复杂人性和社会结构形成的境遇，是以每一个当下、每一个片刻都没有推翻过去的可能性。它已经发生了，就好像小说中扑错火的飞蛾会被野猫吃掉，即便侥幸存活也会受困绝望；一如被挖出来的蛹，再也不会发育成原本应该有的样子；暗房里光不能进来，照片显影中的自己像蝴蝶被框在标本里。伤害凝结成形，时间仿佛停下来，要不出走、要不躲藏、要不自毁，这就是故事中人们的共同命运。因此，时间看起来凝固了，像一个封闭的、"实质意义的茧"，能够藏匿自己不受外界侵扰的（虚拟）空间；但其实宛若游戏《模拟城市2000》被按键暂停，"我"也很清楚那不过是"无限延长的无法继续下去的时间"。

同时，小说中整体时间的表征却仍然不断出现变化，从捶打墙壁的马共哥哥到COSPLAY的直树，从神明的瓷像到针孔摄像头，从动物园的野兽、宠物鸡到宝可梦的幻兽，从持枪打仗的老三古到清除废墟里兽类的少年默；从生灵死后会留在原地，不会消散，到另一颗星球在复制地球，新生命诞生……当"我"在老屋的梦中，和夭折的小贝比与莉莉卡的最初相遇；当"我"带着人造女儿超越现在的空间经验，走在往昔的某处，读者才恍然大悟，原来时间是一座古老循环的钟，人们在晶片般的遗传基因里，铭刻了哀乐爱恨的灵魂密码，于是伤害永劫回归。

尤其，当预言落空，约定失效，使徒没有来袭，世界末日也没有真的发生，时间性终于真正揭示出来——它没有界限。

"这个世界或许早已一遍一遍地毁灭过了"，小说里的人们带着爱的毁损和各自的伤疤走在人生的旅途，关系断裂（弃与被弃）导致的生命不可复原的剥落感和遗失感，就是猫切掉的尾巴、惠子缺了一枚的拼图，凿出的一方小小空洞。那个空洞，更是星野进入的假人模特儿胯下的幽深小孔，他以为的唯一出口，等到钻身出来，早已成了被遗忘在废墟里的鬼魂。只有鬼魂不受时间限制，永远存在，一直到遥远的未来。这些怪诞的情节，某种程度而言，正是小说意义的黑洞——伤害是没有时间性的无限后遗。所以夏美背上那一座扭曲变形的时钟（《永恒的记忆》，*The Persistence of Memory*），彰显了人与时间无休止的关系，它不是长度的数量概念，而是强度的心理概念。如此，记忆才会变成废墟。

当废墟变成遗址，后人如何考古，终有错读和擅自增添的想象，毕竟我们只是旁观他人的苦痛。于此，小说里的超验别有深意，如果伤痛是不忍见的，或者，如果直面伤痛的时候想要拥抱伤痛，应当如何呢？

柏拉图说过一个故事，有人看到一具尸体，好奇想探个究竟，却又恶心，非常挣扎。因此，亚里士多德借力使力，进一步说明模仿的好处，就是可用来回避令人胆战心惊的画面。我断章取义视为创作者的温柔，这也是万辉写作的方式，太沉重的伤害，只有诗意和魔幻可以救赎。文中一旦触及残暴的死亡，如地道里的马共婴儿成了一群野猪崽子、惠子溺水时看见的巨鳍长颈兽、慢慢融掉的父亲、像虫类一样吐丝缠绕自己消失的直树、蛾群从哥哥的伤口涌现出来……他就会透过一个幻视或妄想的征状（作者所描写的主观现实，即使是变形的超现实），打破理性世界中的时间，抵御了残酷的客观现实；也透过这种虚实交界的隙缝，那些无可诉说、无可解决的创伤，不是掩藏，而以另一种光怪陆离的形式得以被看见、被理解，开启了不同以往看待伤痛的路径。

那么，究竟作者说了什么创伤？小说的背景是在瘟疫肆虐的时期，外在的现实与小说里的禁制、隔离与封锁几乎完全切合。因此，对于人的处境、人我的关系、与世界的联结，更是反复表达一种"玻璃"阻隔的无语状态。

在城市渐渐废弃之时,"我"为何要带着人造女儿跨越空间的门槛,穿梭在时间的界限上?读者如何在错序的叙事中通往书写的核心?显然"少女"不仅仅是莉莉卡,同时也是惠子、夏美、阿樱表姐、小艾,甚至于直树。少女天真美好,画里的维纳斯"如一颗晶莹而无瑕的珍珠","裸露在微风之中的身体接近一种永恒",可故事里的少女们却都是社会的畸零人,有隐痛,有挫伤的身体,遭受疾病、家暴、霸凌、性侵、展演、背叛,以及流失孩子。

她们要不被相机、针孔摄像头、社会眼光、父权价值监督、凝视,要不干脆在直播间把自己当成景观。如福柯所言,用不着武器,她们会在凝视的重压之下变得卑微,变成自身的监视者。母亲谈起阿樱表姐刻意压低声量,故意不答或要"我"住嘴;直树被其他男生恶意作弄,他遮掩下身困在那里,"我"别开脸去,显然羞耻存在于注视之中,并且一直是耻感文化的内涵,人们服膺或无能反抗社会规训,因此以畏缩和忽视的方式来应对其中的焦虑。

当老师指定惠子当人像模特儿,同学们围绕她作画,是更具体的观看之眼,拥有权力的人最隐蔽,完全被剥夺权力的人却有最大的能见度;这是少女们生命的症结,最后只能把自己藏得更深,宁可与时间隔阂、断裂,余留空白。受创的女儿们也有一个受创的父亲,阿鲁老人、惠子的父亲,甚至"我"都是被拒之门外的人。"女儿"与"父亲"受苦的原因是相通的,都来自人类共同的生存状态和价值序列。

此外,伤害也源于政治和国家的暴力,直树的伯父和老三古身为马共的一分子,漫长年月的内耗与虚妄,在时差中成了荒谬的存在,成了被时代和历史遗弃的人。瘟疫猖狂,小说以城市的应对措施——受困的人们"用马克笔写了求救的大字贴在玻璃窗上——H,E,L,P","疲倦、惶恐的眼睛","无助而徒然地大力挥手",作为阿樱表姐被性侵的隐喻;为了防堵瘟疫死灰复燃,少年默使用老三古从森林带出来的长枪,清扫无人看管的动物;捷运站测体温的关卡,黑衣人环伺在侧,何尝没有影射之意?"政府之眼"无所不在的"凝视",确保了"管理"的法可以执行,但小说经由防疫制度来揭示背后的权力/暴力机制。

庞大世界的灾难,说到底就是人生实难,因而坍塌成"我"心里的废墟。而"少女"如作者所言,是时间压碾之后幸存下来的事物,是"我"纠结斑斑的伤害和爱的年月里,对世界怀抱的仅存善意。即使"我"庆幸"人造女儿"没有活在"我"的时代,实际上,她的存在已经证明了"我"从来没有真正绝望过,所以那些诗意的文字才能化身为废墟里攀爬疯长、蓬勃繁殖的动植物。尤其,一只在月光下斑纹跃动、从断桥纵身入海的马来虎，它野性、帅气地游到对岸去。《少年Pi的奇幻漂流》里说，"有老虎的故事，是一个比较好的故事"，因此，一定有更多同代人比我看懂时间背面的寓意，更领会到虚构里的真实。